Peter Lovesey wurde 1936 in Whitton, England, geboren. 1970 schrieb er den Kriminalroman »Der Tod hat lange Beine«, mit dem er auf Anhieb einen Wettbewerb (bestes Erstlingswerk dieses Genres) gewann. Einige Zeit später gab er seine Tätigkeit als Lehrer auf und widmete sich ganz der Schriftstellerei. Er veröffentlichte weitere erfolgreiche Kriminalromane, die im viktorianischen Milieu angesiedelt sind und nach denen zwei beliebte englische Fernsehserien gedreht wurden.
Peter Lovesey lebt mit seiner Familie in Surrey, England.

Von Peter Lovesey sind bisher als Knaur-Taschenbücher erschienen:

»Abschied auf englisch« (Band 1316)
»Der Tod hat lange Beine« (Band 1469)

Deutsche Erstausgabe 1987

Titel der Originalausgabe »A Case of Spirits«

Umschlaggestaltung Adolf Bachmann
Umschlagfoto Studio Schmatz, München
Satz Compusatz, München
Druck und Bindung Elsnerdruck, Berlin
Printed in Germany 5 4 3 2 1
ISBN 3-426-01504-8

Peter Lovesey:
Tod eines Mediums

Roman

Aus dem Englischen von Klaus Berr

Knaur

»Was ist ein ›Medium‹? Es ist ein Mittel, gut, schlecht
oder gleichgültig, aber immer das einzige Mittel,
durch das Geister sprechen können.«

Mr. Sludge, das Medium
Robert Browning

(Sämtliche Zitate an den Kapitelanfängen stammen aus diesem Gedicht.)

Erstes Kapitel

Absurd das alles, aber doch
ist etwas dran, ich weiß es. Wieviel?
Keine Antwort!

Mit den Innenflächen nach unten lagen vier Händepaare auf dem Kantinentisch des Polizeireviers in der Paradise Street, Rotherhithe. Ein uniformierter Sergeant, blaß und hohlwangig hinter einem herrlichen Schnurrbart, atmete gleichmäßig und vernehmlich aus, wie bei einer medizinischen Untersuchung. Aber seine Augen waren geschlossen, wie es sich für ein Medium in Trance gehört.

»Beim heiligen Georg, ich höre etwas klopfen!« flüsterte ein junger Constable zu seiner Rechten.

»Das ist seine Gürtelschnalle, die gegen die Tischkante schlägt«, bemerkte der ältere Beamte ihm gegenüber.

»Der Tisch hat sich bewegt!« beharrte der Jüngere. »Ich habe es genau gespürt.«

»Der Herr steh' uns bei, du hast recht! Das verdammte Ding ist lebendig geworden!«

Das Medium hatte eine merklich rosigere Gesichtsfarbe bekommen. Seine Augen blieben geschlossen, und seine Hände lagen noch immer fest auf dem Tisch, der sich nun unbestreitbar bewegte. Die Schwingungen schienen vom anderen Ende auszugehen, wo ein stämmiger Sergeant saß. Es sah aus, als würde der Tisch bald genug Schwung haben, um ganz und gar umzustürzen, aber im rechten Augenblick versteifte das Medium die Arme und gab ihm seine Stabilität zurück. Gleichzeitig wachte es so weit aus seiner Trance auf, daß es sein Gegenüber anstarren konnte.

»Die Geister sind heute abend sehr unruhig«, rechtfertigte sich der dicke Sergeant.
»Vielleicht haben sie eine Botschaft für uns«, schlug der junge Constable vor.
»Einen Augenblick«, sagte das Medium mit fremdartiger Stimme. »Irgend etwas kommt durch.«
Die Beamten am Tisch sahen ihn erwartungsvoll an, als er zu stöhnen begann. Am anderen Ende des Zimmers schrieb ein großer, bärtiger Detektiv-Constable weiter an seinem Bericht, ohne den anderen Beachtung zu schenken.
»Ist da jemand?« fragte das Medium, zur Decke gewandt.
Vielleicht war die Flamme in der Gaslampe über dem Tisch einen Viertel Zoll höher geworden, sonst jedoch gab es keine vernehmbare Antwort.
»Versuchst du durchzukommen?«
Von der anderen Seite des Tisches kam ein dreimaliges, schwaches Klopfen.
»Habt ihr das gehört?« fragte der junge Constable.
»Das ist bestimmt einer von denen«, bestätigte der Sergeant und rutschte auf seinem Stuhl hin und her. »Das ist ihre Art, etwas mitzuteilen. Dreimal Klopfen für ja, einmal für nein.«
»Hast du eine Botschaft für einen von uns?« fragte das Medium den Geist.
Wieder klopfte es dreimal, nun aber stärker. »Ist sie für den Sergeant?«
Einmaliges Klopfen deutete an, daß sie es nicht war.
»Für den Constable zu meiner Linken?«
Wieder klopfte es einmal.
»Also für den zu meiner Rechten?«
Der Constable seufzte erleichtert, als der Geist ihn ebenfalls ausschloß.
Das Medium runzelte die Stirn. »Ist sie denn für mich?«
Aber wieder klopfte es nur einmal.
»Na zum Teufel, für wen ist sie dann?« wollte der dicke Sergeant wissen.

Diesmal weigerte sich der Geist zu antworten.
»Kann sich verdammt noch mal nicht entscheiden.«
»Halt doch einen Augenblick deinen Mund«, sagte das Medium. »Ich will euch sagen, was wir tun werden. Ihr fragt, und wir ermuntern den Geist, meine Stimme für die Antwort zu verwenden. So arbeiten alle richtigen Medien. Laßt mir nur einen Augenblick Zeit, um meinen Kopf von allen weltlichen Gedanken freizumachen.« Er schloß wieder die Augen und sank sofort darauf mit dem Kopf zwischen den Händen nach vorne auf den Tisch.
Mit einem Seitenblick auf seine Kameraden stellte der dicke Sergeant die erste Frage: »Bist du noch da?«
»Ja«, hörte man die Stimme des Mediums, etwas rauher als zuvor.
»Hast du eine Botschaft?«
»Ja.«
»Für wen ist sie?«
»Für einen, der im Zimmer ist, jedoch nicht am Tisch.«
Der dicke Sergeant drehte sich in seinem Stuhl, um den anderen Benutzer des Zimmers anzusehen, der noch immer gewissenhaft an seinem Bericht schrieb. »Na, ausgerechnet… Es ist für dich, Thackeray!«
Detektiv-Constable Edward Thackeray wischte seine Schreibfeder ab und legte sie nieder. »Hm? Was hast du gesagt?«
»Die Botschaft. Sie ist für dich.«
»Welche Botschaft?«
»Die von dem Geist.«
»Ach so«, meinte Thackeray nicht sonderlich interessiert. »Ich halte nicht viel von solchen Spinnereien.«
»Wart ab. Sehen wir doch erst einmal, von wem sie kommt.« Mit feierlicher Stimme wandte er sich an den Geist. »Wer bist du?«
»Charlie«, antwortete das Medium.
»Ich kenne keinen Charlie«, meinte Thackeray und nahm seine Feder wieder auf, als wäre damit die Sache erledigt.

»Charlie Peace«, dröhnte die Geisterstimme, ohne daß sie jemand dazu aufgefordert hätte.
Thackeray wirbelte herum. Jeder in Paradise Street wußte, daß er seinen Platz im Criminal Investigation Department der Rolle verdankte, die er bei der Verhaftung des berüchtigten Peace im Jahre 1878 gespielt hatte. Es war sein Lieblingsthema bei Kantinengesprächen.
»Etwa *der* Charlie Peace, der Mörder von Banner Cross?« fragte der dicke Sergeant und zwinkerte seinen Kameraden zu.
»Genau der«, antwortete die Stimme.
»Ich kann es nicht glauben«, sagte Thackeray, mit einer Stimme, die genau nach dem Gegenteil klang.
»Bin vor sieben Jahren für meine Verbrechen im Gefängnis von Leeds aufgehängt worden«, fügte die Geisterstimme mit Hilfe ihres Sprachrohres hinzu. »Und ich könnte immer noch auf der Welt umhergehen und meine Mitmenschen berauben und töten, wenn Constable Thackeray nicht gewesen wäre.«
»Das stimmt auf jeden Fall«, bemerkte Thackeray. »Habe ich es euch Jungs nicht immer gesagt?«
»Aber natürlich, das hast du«, erwiderte der dicke Sergeant. »Genau das, und manchmal sogar noch etwas mehr, oder, Jungs, was meint ihr?«
Jeder nickte zustimmend.
»Laßt uns doch herausfinden, wie die Botschaft lautet«, fuhr er fort. »Wenn Charlie Peace freiwillig in ein Polizeirevier kommt, dann *muß* es etwas Wichtiges sein.« Er sah zur Decke. »Was willst du Constable Thackeray denn mitteilen, Charlie?«
Der gebeugte Körper des Mediums rührte sich nicht. »Ich bin mit einer Vorladung für Constable Thackeray gekommen.«
»Einer Vorladung?« wiederholte Thackeray.
»Na, das ist doch mal eine Abwechslung«, meinte der Sergeant, »daß Charlie mit einer Vorladung für einen von *uns* kommt.«
»Thackeray, bist du anwesend?« fragte die Stimme.
Wie ein Schuljunge, der in der Klasse aufgerufen wird, sprang Thackeray hoch. »Na ja, ich glaub' schon.«

»Dann mach dich fertig. Ich bin gekommen, um dir zu sagen, daß du in Kürze verreisen wirst.«
»Verreisen? Wohin?«
Es gab eine Pause. »Auf die Andere Seite.«
Thackeray fiel die Kinnlade herunter. »Die Andere Seite?«
Ziemlich unvermittelt und ohne Warnung löste sich das Medium aus seiner Trance und setzte sich mit einem breiten Grinsen im Gesicht auf. »Ja, Thackeray, auf die Andere Seite. Des Flusses natürlich. Heute abend kam vom großmächtigen Scotland Yard die Nachricht. Du sollst dich morgen punkt neun bei Sergeant Cribb melden.«
Mit befriedigender Langsamkeit breitete sich die Erkenntnis, daß man ihm einen Streich gespielt hatte, auf Thackerays Gesicht aus. Die anderen lachten zu heftig, um dem Bombardement von gebundenen Ausgaben der *Police Gazette* zu entgehen, die augenblicklich durch das Zimmer sausten.

Obwohl es schon mehrere Monate her war, daß die beiden zusammengearbeitet hatten, verlor Sergeant Cribb keine Zeit mit Freundlichkeiten, als Thackeray sich am nächsten Morgen bei ihm meldete.
»Behalten Sie Ihren Mantel an, Constable. Wir bleiben nicht hier.«
Es wurde kein Scotland-Yard-Kakao angeboten, der den Kreislauf eines Mannes an diesem frostigen Novembermorgen in Schwung gebracht hätte. Bei Gott, nein, das war nun überhaupt nicht Cribbs Art. Statt dessen eine schnelle Musterung mit stechenden Augen.
»Sie sehen älter aus, Thackeray.«
»Das muß der Reif auf meinem Bart sein, Sarge. Im Bus war kein Platz mehr. So mußte ich oben sitzen.«
»Sie würden besser in Form bleiben, wenn Sie zu Fuß gingen.«
Bei dem Gedanken verzog Thackeray das Gesicht. »So haben Sie doch ein Herz! Von Rotherhithe bis hierher sind es über drei Meilen, Sarge.«

»Das schaffen Sie leicht in weniger als einer Stunde. Ich sehe es nicht gerne, wenn ein Mann schwach wird, nur weil man ihn für Detektivarbeit von der Straße genommen hat. Aber jetzt gehen Sie doch bitte nach unten und halten eine Droschke an. Wir müssen zum Burlington House.«

»Zur Royal Academy? Aber das schaffen wir zu Fuß doch in zwanzig Minuten«, schlug Thackeray vor. »Das ist weniger als eine Meile. Und *so* heruntergekommen ist die Gegend auch wieder nicht.«

Cribb schüttelte den Kopf. »Diesmal nicht, Thackeray. An Orten wie diesem trifft man nicht zu Fuß ein. Wenn man zur Royal Academy will, fährt man durch den Torbogen und über den Hof zum Eingang. Es ist einer der wichtigsten Grundsätze für die Arbeit eines Zivilpolizisten, nicht durch ungewöhnliches Verhalten aufzufallen.«

Thackeray hatte schon vermutet, daß es wohl einen guten Grund gebe wenn sie mit einer Droschke fuhren. Gute Gründe gab es immer, wenn Cribb einen Ausflug plante.

Gegen halb zehn führte sie der Wärter über die Haupttreppe des Burlington Houses zum Eingang. Für die Öffentlichkeit wurden die Galerien erst um elf Uhr geöffnet, aber er erkannte die »Herren Detektive« sofort und ließ sie ein, trotz Cribbs sorgsamer Beachtung des ersten Grundsatzes für Zivilpolizisten.

Im obersten Stockwerk betraten sie einen langen Saal mit großen Gemälden in Goldrahmen an der Wand.

»Die neue Diploma Gallery«, verkündete der Wärter.

Am anderen Ende betrachtete eine vertraute Gestalt mit einem Seidenhut ein Bild.

»Sieht aus, als wäre Inspektor Jowett ein Kunstmäzen geworden«, meinte Cribb zu Thackeray. »Vielen Dank, Wärter. Wir werden uns jetzt diesem Herrn anschließen.«

Sie hatten den Inspektor schon fast erreicht, als dieser schnell von dem Gegenstand seiner Betrachtung, einer überlebensgroßen Darstellung des Urteils des Paris, wegtrat und sich ihnen vor dem weniger verwirrenden Hintergrund eines Stillebens mit Fasanen zuwandte. »Ah, Inspektor Cribb«, bemerkte er und steckte einen Kneifer weg, den keiner der beiden Detektive je an ihm gesehen hatte. »Ihr erster Besuch in der Academy, nehme ich an.«

»Korrekt, Sir. Die einzigen Porträts, die ich zu sehen bekomme, sind Verbrecherfotos.«

»Nun, das dachte ich mir. In diesen Hallen finden Sie die Arbeiten der Akademiemitglieder höchstpersönlich. Jeder von ihnen muß, wenn er gewählt wird, hier ein Gemälde oder eine Skulptur als seine Diplomarbeit abgeben. Zu Ihrer Linken, Sergeant, hängt ein Gainsborough.«

»In der Tat, Sir!« sagte Cribb und versuchte, Ehrfurcht mitschwingen zu lassen.

»Und wenige Schritte weiter ein Reynolds und ein Turner.«

»Und ein Constable, Sir«, fügte Thackeray unschuldig hinzu.

Der Nacken des Inspektors wurde steif. Widersetzlichkeit lag in der Luft.

»Und dort ist ein Landseer«, fügte Cribb schnell hinzu.

»Ich meine, wir sollten uns besser dem Grund für unsere Anwesenheit hier zuwenden«, bemerkte Jowett nach einer Pause. »Ich möchte, daß Sie diesen Etty hier einer genauen Untersuchung unterziehen.«

Er führte sie zu einer Leinwand, die fast völlig von einer zurückgelehnten jungen Frau ausgefüllt wurde. Die Dame war nackt, bis auf einen winzigen Schleier, der sich kunstvoll um ihre Hüfte wand. Die Arme hatte sie in der Sorglosigkeit des Schlafes hinter dem Kopf verschränkt. Eine Kreatur, halb Mensch, halb Ziegenbock, war eben dabei, ein Tuch zu heben, das offensichtlich noch einen Augenblick zuvor für angemessene Bedeckung gesorgt hatte. Eine zweite Kreatur dieser Art versuchte seinen Begleiter davon abzuhalten. *Schlafende Nymphe mit Satyrn* hieß das Bild.

»Fällt Ihnen irgend etwas auf?« fragte Jowett, zum Bild gewandt.

Cribb, der keine Übung in gelehrter Kunstbetrachtung hatte, sagte nichts.
Thackeray sprang in die Bresche. »Der mit dem Tuch sieht ein bißchen aus wie Percy Alleway von der C-Division.«
Hinter Jowetts Rücken bedeutete Cribb ihm mit einer verzweifelten Geste seiner Hand, er solle sich doch zurückhalten. Aber zu Cribbs Überraschung drehte sich der Inspektor Thackeray mit einem breiten Lächeln zu. »Ausgezeichnet, Constable. Ihre Bemerkung zeigt sehr deutlich, daß Sie das Gemälde betrachten, wie es ein guter Detektiv tun sollte. Sie versuchen, ein Detail zu finden, das es für immer Ihrem Gedächtnis einprägen wird. Genau aus diesem Grund habe ich Sie hierher gebracht. Machen Sie doch bitte weiter. Sie auch, Sergeant.« Er nahm den Sergeant am Arm und führte ihn näher zu der Nymphe, so als würde er einen Bluthund auf einen Geruch ansetzen. »Übersehen Sie nichts. Die Stellung der Glieder. Die Betonung bestimmter Körperpartien. In der Royal Academy gibt es nichts, das nicht für die Augen von Scotland Yard bestimmt wäre, wissen Sie.« Dann ging er den langen Saal hinunter und ließ die beiden bei der nicht wenig peinlichen Untersuchung des Bildes allein. Nach einer angemessenen Zeit kehrte er zurück. »Alles eingeprägt? Ich wußte, daß ich mich auf Sie beide verlassen kann. Sehen Sie, es ist äußerst wichtig, daß Sie diese Szene wiedererkennen, wenn Sie sie sehen, was, wie ich hoffe, sehr bald sein wird.«
Cribb sah das Bild stirnrunzelnd an und überlegte sich, was Jowett wohl meinte. Sollte dieser Besuch der Royal Academy denn zu einer regelmäßigen Übung werden – ein unglücklicher Versuch des *Home Office*, Freude und Erleuchtung in das Leben der untergeordneten Beamten zu bringen? »Sie wollen, daß wir es wiedererkennen, Sir?«
»Dahin ging meine Bemerkung, Sergeant. Ich hoffe, ich habe mich deutlich ausgedrückt.«
»Sehr wohl, Sir.« Cribb unterbrach sich und fragte dann: »Sie erwarten doch nicht, daß jemand versucht, es zu stehlen?«

»O nein. Der Diebstahl ist bereits geschehen. Ich will, daß Sie es wiederfinden.«

Cribb schüttelte den Kopf. »Jetzt verstehe ich gar nichts mehr, Sir.«

»Wirklich? Vielleicht sollte man erklären, daß Etty zwei Versionen seiner *Schlafenden Nymphe* malte, identisch bis auf wenige Kleinigkeiten. Die erste Version war eigentlich nur eine Übung für diese hier, seine Diplomarbeit. Und diese erste Version wurde gestohlen. Bis letzte Woche war sie im Besitz eines meiner Bekannten, der in der Welt der Wissenschaften einen nicht eben unbedeutenden Namen hat.«

»Wissenschaften?« wiederholte Cribb mit einem neuerlichen Blick auf das Gemälde.

»Ein Mann mit einem hervorragenden Geschmack«, fuhr Jowett fort. »Ein Mitglied der Royal Society. Ich nehme nicht an, daß Sie ihn kennen. Dr. Probert.«

»Dr. Proberts *Nimm-mich-mit?*?« warf Thackeray ein. »Ich habe immer eine Flasche bei mir.«

»Nicht *dieser* Dr. Probert«, bemerkte Jowett eisig. »Der Dr. Probert von der Universität von London, ein berühmter Physiologe. Ein Mann von ausgesprochen feinem Geschmack. Erst gestern abend befand ich mich in seiner Gesellschaft. Der Verlust des Etty hat ihn äußerst aufgeregt. Er bat mich persönlich, für seine Wiederbeschaffung zu sorgen.«

»Sie brachten uns also hierher, damit wir uns die eine Version ansehen?« fragte Cribb.

»Genau dieses.« Jowett schien erleichtert, daß er verstanden wurde. »Zum Glück haben wir diese Version, die Sie nun untersuchen können.«

»Sie erwähnten Unterschiede im Vergleich zum Original.«

»Ja. Nur unwichtige. Dr. Proberts Bild hat diesen Schleier über der –hm– Hüfte nicht. Ohne Zweifel bedachte Etty, daß seine Diplomarbeit öffentlich ausgestellt würde. Damen, Sie wissen schon. Die erste Version befand sich immer in Privatbesitz. Nur wenige Leute wissen von ihrer Existenz, und das macht es um so schwieriger, eine Erklärung für diesen Diebstahl zu finden.«

»Wurde sonst noch etwas gestohlen?«

»Überhaupt nicht. Das ist alles sehr eigenartig. Dr. Probert hat noch eine Reihe anderer Bilder in seinem Haus in Richmond, alle mit klassischen Themen. Alma Tadema, Leighton, und so weiter –«

»Vorwiegend junge Frauen in einem ähnlich natürlichen Zustand wie diese?« wollte Cribb wissen.

»Das tut weder hier noch dort etwas zur Sache, Sergeant. Dr. Probert besuchte Charterhouse. Er hat eine klassische Bildung.«

»Der Etty war also das einzige Bild, das gestohlen wurde«, sagte Cribb und kehrte schneidig zum Gegenstand der Untersuchung zurück. »Gibt es noch andere Informationen, die uns weiterhelfen könnten, Sir?«

»Nur ein ziemlich eigenartiges Zusammentreffen. Das Bild wurde letzten Freitagabend gestohlen, als Dr. Probert eine Abendvorlesung im University College Hospital hielt. Seine Frau und seine Tochter saßen im Publikum, und nur die Dienerin, eine alte, beinahe taube Frau, war zu Hause. Sie hatte nichts Ungewöhnliches bemerkt, als aber die Proberts zurückkehrten, war der Etty verschwunden. Seltsam dabei ist, daß die Proberts am Samstag davor ein Dinner für einige ihrer Freunde gegeben hatten, und daß in dieser Nacht eine von ihnen, eine Miss Crush, bei ihrer Rückkehr entdeckte, daß in *ihrem* Haus eingebrochen worden war.«

»Könnte von Interesse sein«, meinte Cribb. »Was wurde gestohlen?«

»Ah.« Jowett mahnte mit seinem Finger zur Vorsicht. »Sie glauben jetzt, ich werde sagen, daß es ein Bild war. War es aber nicht, Sergeant. Es war eine Royal-Worcester-Vase im japanischen Stil.«

»Wertvoll, Sir?«

»Nicht sonderlich. Etwa dreißig Pfund. Auf der gleichen An-

richte, von der sie gestohlen wurde, stand eine Minton-Vase von Solon im Wert von über tausend Guineen.«
Cribb pfiff durch die Zähne. »Was ist denn das für ein Dieb, der sich eine solche Chance entgehen läßt?« Über so viel kriminelle Nachlässigkeit schüttelte er den Kopf und fragte: »Womit um Gottes willen hat er dann seinen Beutel vollgestopft?«
»Interessanterweise«, bemerkte Jowett, »begnügte sich der Einbrecher mit einem einzigen Gegenstand – ähnlich dem Bilderdieb bei Dr. Probert, wie Sie sicher bemerkt haben.«
Thackeray nickte, um anzudeuten, daß zumindest er das nicht übersehen hatte.
»Und diese Miss Crush, Sir?« fragte Cribb. »Sie ist ja offensichtlich eine reiche Frau. Würden Sie sie als enge Freundin von Dr. Probert bezeichnen?«
Jowett seufzte kurz auf. »Sergeant, Sie dürfen nicht zulassen, daß Ihre Animositäten gegenüber Personen höheren gesellschaftlichen Rangs Ihre Schlußfolgerungen beeinflussen. Nein, Miss Crush ist keine enge Freundin von Dr. Probert. Sie ist nur eine Bekannte. Die beiden lernten sich vor drei Wochen bei einer kleinen Festlichkeit in ihrem Haus in Belgravia kennen. Der Doktor war eingeladen in seiner Eigenschaft als hervorragender Wissenschaftler.«
»Wegen seiner Konversation?«
»Nein, Sergeant. Er war dort, um ein Phänomen mit wissenschaftlichem Geist zu betrachten, das kaum, wenn überhaupt, mit den analytischen Methoden des Labors untersucht wird. Miss Crushs Hausparty und das Dinner in der Woche darauf bei Dr. Probert wurden beide für einen ähnlichen Zweck veranstaltet. Eine spiritistische Sitzung.«
»Oh, da bin ich aber baff«, sagte Thackeray.

Zweites Kapitel

Wer ein Bild findet, eine Münze ausgräbt,
auf eine Erstausgabe stößt – der wird dem folglich
seinen Namen geben, Ruhm erlangen:
doch wieviel mehr noch,
wer auf der Spur ist einem »Medium«?

Ein kaum merkliches Lächeln huschte über Cribbs Gesicht, während er den steilen Richmond Hill zu Dr. Proberts Privathaus hinaufging. Einen Einbruch hatte er schon lange nicht mehr untersucht. Denn nur bei Mord suchten die Divisions gerne die Unterstützung des Scotland Yard. Aber natürlich waren die Vorgänge hier eine Ausnahme. Dr. Probert war persönlich an Jowett herangetreten. Und Jowett, mit seinem Hang zur Verbrüderung mit der Oberschicht, konnte so eine Bitte nicht abschlagen. Nicht von einem Mitglied der Royal Society. Die Polizei von Richmond hatte den Vorfall kaum in ihre Akten aufgenommen, da wurde er schon vom C.I.D übernommen.

Cribb verstand die Gründe. Ein Ruf mußte gewahrt werden. Die örtlichen Polizisten sprachen zu bereitwillig mit der Presse. Probert wollte nicht seine *Richmond and Twickenham Times* aufschlagen und Artikel über seine Sammlung von nackten Nymphen und Göttinnen und über Geisterbeschwörungen im Haus am Richmond Hill lesen.

Aber es waren nicht die Besonderheiten des vorliegenden Falles, die Cribb lächeln ließen. Es war sein Vergnügen an dem Einbruch. Im Gegensatz zu Mord oder Tätlichkeiten war ein Einbruch eher ein Spiel, und selbstbewußte Einbrecher spielten es geschickt genug, um damit die besten Detektive auf die Probe zu stellen. Besitz war der Siegespreis. Manchmal verdarb unnötige Gewalt das Spiel, aber im allgemeinen war es eine vergnügliche Unterhaltung. So gut wie ein Abend am Pokertisch.

Proberts Haus, ein großer, freistehender Bau im gregorianischen Stil, stand knapp unter dem Gipfel des Richmond Hill, der Terrace fast genau gegenüber. Der beständige Nebel vom Fluß verbarg das darunterliegende Themsetal, aber auf dieser Höhe konnte man meilenweit über den Nebel hinwegsehen. Ein beunruhigendes Gefühl der Einsamkeit war das Ergebnis. Bevor Cribb an der Türglocke zog, warf er einen schnellen Blick auf die Erdgeschoßfenster. Sie hatten alle mächtige Läden. Wenn die Diener ihre Arbeit getan hatten, dann war der Dieb nicht auf diesem Weg ins Haus gelangt. Außerdem wäre es sowieso sinnvoller gewesen, an der Hinterfront einzubrechen, wo nicht die Gefahr bestand, die Aufmerksamkeit von Spaziergängern auf der Terrace zu erregen.

Wie jeder andere Polizist, der diesen Namen verdiente, konnte Cribb mit Bediensteten hervorragend umgehen, aber mit der, die ihm die Tür öffnete, hatte er von Anfang an Schwierigkeiten. Für ein Stubenmädchen war sie viel zu alt, und sie wußte es auch. Hier schien ihm der direkte Weg der sinnvollste zu sein; er stellte sich deshalb höflich vor und sagte, was er wollte. Er hätte es sich sparen können. Mit kräftiger, aber tonloser Stimme sagte sie ihm, daß Dr. Probert an der Vordertür nichts kaufe, und daß es auch nicht erwünscht sei, wenn er es am Dienstboteneingang versuche. Sie war ganz einfach taub. Ein zweites Mal versuchte er es mit Gesten, hatte aber auch damit keinen Erfolg. Er suchte deshalb in seiner Tasche nach Bleistift und Notizbuch und brachte dabei die Handschellen zum Vorschein, die er bei sich trug. Sie hatten die gleiche Wirkung wie eine Visitenkarte.

Man führte ihn durch die schlecht beleuchtete Halle in den Salon. Ein Feuer brannte und die Flammen spiegelten sich in einer Unmenge von glänzenden Gegenständen – Verzierungen und Verschönerungen aus Messing, Kupfer und Silber. Er ging zum Kamin, einem riesigen, schwarzen Marmorgebilde mit einem bis zur Decke reichenden Aufsatz aus vergoldetem Holz, und streckte seine Hände nach der Wärme aus, in der (wie sich zeigen sollte, irrigen) Annahme, daß Dr. Probert einen Detektiv-Sergeant für einen Menschen hielt, bei dem ein Händeschütteln angebracht war.

Er hatte sich angewöhnt, beim Betreten eines unbekannten Zimmers im Geist eine Liste aller Gegenstände und ihrer Positionen aufzustellen. Ein Raum wie dieser war eine harte Prüfung, denn er war mit Möbeln so vollgestellt, daß von der Wandverkleidung kaum etwas sichtbar blieb; jeder Sims und jedes Regal war mit seidenen Läufern bedeckt und überfüllt mit Gegenständen. Im Mittelpunkt stand eine große, schwarzlakkierte Vitrine mit Perlmutt-Intarsien. Er betrachtete eben ihren Inhalt, als er zu seiner Überraschung entdeckte, daß der Gegenstand neben der Vitrine, der von einer Zimmerpalme fast verdeckt wurde, gar kein Gegenstand war, sondern eine Frau, die vollkommen unbeweglich dasaß.

»Ich bitte um Entschuldigung, Madam«, sagte er und drehte sich um. »Ich hatte Sie beim Eintreten gar nicht bemerkt.«

»Das geschieht häufig«, erwiderte sie. »Kein Grund zu einer Entschuldigung. Mein Gatte bemerkt mich schon seit Jahren nicht mehr. Ich habe mich durchaus damit abgefunden. Sie müssen der Inspektor von der Polizei sein.«

»Nur Sergeant, Madam«, gab er zu. »Cribb ist mein Name.«

»Und Probert der meine – obwohl er ebensogut auch ganz anders lauten könnte«, erwiderte sie und schob zerstreut den Ehering an ihrem Finger auf und ab. »Es entspricht ganz und gar nicht meinen Fähigkeiten, die Rolle von Dr. Proberts Ehefrau zu übernehmen.«

Cribb legte die Stirn in Falten und rieb sich den Backenbart. So eine Salonkonversation war ihm noch nie untergekommen. Ganz offensichtlich war er nun verpflichtet, etwas zu sagen, das

Mrs. Proberts Selbstbewußtsein wieder aufrichtete. Aber was? Wenn er sie ansah, wie sie unter den Palmenblättern saß, blaß, mager, mit gleichmäßigen Gesichtszügen und dem abwesenden Ausdruck, mit dem Künstler die Mannequins für Korsettagen versahen, konnte er sehr gut verstehen, warum ihr Ehemann sie einfach übersah. »Sie sitzen aber unter einer hübschen Pflanze, Madam«, sagte er.

»Vielen Dank. Ich sitze gern hier, etwas vom Feuer entfernt. In Paravents habe ich kein Vertrauen. Dort drüben beim Kamin steht einer, den ich selber bestickt habe. Aber ich habe mich nie getraut, ihn zu benützen. Sie bieten keinen angemessenen Schutz für zarte Haut, Sergeant. Sie sind ebenso gefährlich wie Sonnenschirme.«

»Sicherlich«, bemerkte Cribb. »Sie werden verzeihen, daß ich es erwähne, aber ich frage mich, ob Ihr Mädchen den Zweck meines Besuches verstanden hat. Sie scheint etwas...« Er berührte sein rechtes Ohr.

»Ja, wir haben es bemerkt«, erwiderte Mrs. Probert. »Aber sie ist ja nun seit beinahe zwanzig Jahren bei uns. Seien Sie versichert, daß sie meinem Gatten Ihre Ankunft gemeldet hat. Wenn ich Sie langweile, bitte zögern Sie nicht, es mir zu sagen.«

»Aber ganz und gar nicht, Madam«, sagte Cribb mit Betonung. »Haben Sie noch andere Bedienstete?«

»Zwei Hausmädchen und natürlich eine Köchin. Bis auf Hitchman, die sie schon kennengelernt haben, waren sie an dem Abend, als das Bild gestohlen wurde, alle außer Haus. Wir versuchen, ihnen einmal pro Monat einen freien Abend zu geben, und dieser Abend war günstig, da wir ja bei der Vorlesung meines Gatten im Hospital waren. Hitchman hat natürlich überhaupt nichts gehört. Mein Gatte war äußerst ungehalten wegen dem, was wir bei unserer Rückkehr vorfanden, er sagte einiges, was nicht zu wiederholen ist, und ich war mehr als nur ein wenig dankbar, daß Hitchman nichts verstand.«

»Soviel ich weiß, haben Sie die Polizei am Morgen darauf verständigt.«
»Ja, es war viel zu spät, um noch in der gleichen Nacht etwas zu unternehmen, und wir gingen deshalb ins Bett.«
»Das ist schade«, bemerkte Cribb. »Ein Beamter ist in der Gegend immer auf Streife. Sie hätten ihn von einem Bediensteten suchen lassen können. Der Dieb hätte sich ja vielleicht irgendwo in Ihrem Garten verstecken können.«
»Wirklich? Was für ein schrecklicher Gedanke!«
»Es ist unwahrscheinlich, daß er mit einem gestohlenen Bild vor Mitternacht auf die Straße geht. Schließlich sind die Leute hier auf dem Hill ja bis in den frühen Morgen unterwegs.«
»Ja, man hört Schritte und Stimmen. Sogar Wagen. Ich kann nicht verstehen, was die Leute noch so spät in der Nacht zur Terrace zieht.«
Es gehörte nicht zu Cribbs Pflichten, sie aufzuklären, er wandte sich deshalb einem anderen Thema zu. »Ich nehme an, daß der Dieb durch ein Kellerfenster eindrang, Madam.«
»Ja. Ich bin sicher, mein Gatte wird es Ihnen zeigen wollen. Es war ein höchst dreistes Verbrechen. Wissen Sie, er drang durch ein vergittertes Fenster ein!«
»Das habe ich erwartet.« sagte Cribb. »Von einem Schlüssel abgesehen, ist das der einfachste Weg. Alles, was man braucht, ist ein Stück Seil und eine starke Eisenstange. Man legt eine Doppelschlinge über zwei Stäbe, schiebt die Eisenstange dazwischen und dreht sie so lange, bis sich die Stäbe verbiegen. Ich habe bemerkt, daß Sie Läden an ihren Vorderfenstern haben. Schade, daß Sie keine an der Hinterfront haben. Gitterstäbe sind meiner Meinung nach Sparsamkeit am falschen Ort.«
»Nach Ihrer Meinung hat Sie niemand gefragt, Polizist. Sie sind hier, um ein Verbrechen aufzuklären, und nicht, um mein Haus umzugestalten.« Der Sprecher mußte schon eine Zeitlang in der Tür gestanden haben. »Für den Fall, daß Ihre kriminalistischen Fähigkeiten hierfür nicht ausreichen, möchte ich Ihnen mitteilen, daß ich Dr. Probert bin.«

»Und dies ist Sergeant Cribb, Augustus, von Scotland Yard«, sagte seine Frau.
Aber Probert beachtete sie nicht; er stieß die Tür auf und verließ das Zimmer.
»Sie gehen besser mit ihm mit«, riet Mrs. Probert. »Er will Ihnen seine Gemäldegalerie zeigen.«
»Ich verstehe. Werden Sie mich begleiten, Madam?«
Sie schüttelte entschlossen den Kopf. »Das ist nicht erlaubt. Zweifellos werde ich Sie später noch einmal sehen. Beeilen Sie sich bitte. Er ist nicht sehr geduldig.«
»Da herein, Polizist«, dröhnte Probert über den Gang. Cribb betrat ein schmales Zimmer mit karmesinrotem Teppich, einer Anrichte, einer schwarzen Chaiselongue und einem schönen Exemplar einer als Flirtsofa bekannten Rarität in der Mitte. Es war wie ein S geformt, mit Sitzen in den Rundungen, so daß man in verschiedene Richtungen schaute und doch nebeneinander saß. Probert hatte die eine Hälfte bereits besetzt und schlug ungeduldig mit der rechten Hand auf die andere.
»Setzen Sie sich, Mann. Ich bin schon nicht sonderlich stolz darauf, mit einem Staatsdiener eine Sitzgelegenheit zu teilen, aber ich will verdammt sein, wenn ich ihm ins Gesicht sehen wollte.«
Das Gefühl beruhte auf Gegenseitigkeit, aber das verschwieg Cribb. Das Wenige, was er bis jetzt von Probert gesehen hatte – der untersetzte Körper mit dem unverhältnismäßig großen, kahlen Schädel darauf, die hervorstehenden blauen Augen und der blonde, an den Enden gewichste Schnurrbart –, mochte Cribb nicht. Die Tatsache, daß man in sein Haus eingebrochen hatte, war das Einzige, was für den Mann sprach. Und nur deshalb nahm Cribb auf dem Flirtsofa Platz.
»Ich will nicht lange herumreden«, sagte Dr. Probert. »Meine Frau mißversteht mich.«
»Wirklich?« fragte Cribb. Er wußte nicht genau, was von ihm verlangt wurde.
»Ganz und gar mein Fehler. Heiratete sie nur wegen dem Geld

ihres Vaters. Sie gab mir alles, eine hübsche Tochter und zwanzig Jahre Langeweile. Was habe ich also getan, um nicht verrückt zu werden? Ich habe mir Abwechslung gesucht. Sehen Sie sich die Wand vor Ihnen an.«

Es war eine überflüssige Anweisung.

»Was sehen Sie?«

»Vorhänge«, sagte Cribb. »Schwarze Samtvorhänge. Mindestens zwölf.«

»Stehen Sie auf und ziehen Sie an einer der Kordeln neben den Vorhängen.«

Cribb ging zu dem größten, zog an der Quaste und sah zu, wie sich die Vorhänge in der Mitte teilten, sanft wegglitten und das Bild einer Frau enthüllten, die mit dem Gesicht nach unten auf den Kissen eines Sofas lag. Sie war nackt.

»Wie lautet der Titel auf dem Rahmen?« fragte Dr. Probert von seiner Seite des S aus.

»*Liegende Nymphe*«, antwortete Cribb.

»Ach ja, der Boucher. Ich fuhr nach Paris, um ihn zu kaufen. Ein Porträt der Frau des Künstlers in einer klassischen Pose. Sie ist köstlich. Ziehen Sie bitte den Vorhang wieder vor. Man kann nicht vorsichtig genug sein, wenn Damen im Haus sind. Meine Frau und meine Tochter wissen zwar sehr gut, daß sie keinen Fuß in dieses Zimmer setzen dürfen, aber was Frauen angeht, weiß man ja nie, was passiert. Sie sind ein perverses Geschlecht, das kann ich Ihnen sagen, Polizist. Sie sind durchaus fähig sich einzureden, daß hier drinnen etwas vor sich geht, das sie dazu zwingt, meine Anordnungen zu mißachten. Die abenteuerlichsten Vorstellungen – ein Feuer, zum Beispiel.«

»Oder ein Diebstahl?« schlug Cribb vor und fügte schnell hinzu: »Einige dieser Bilder müssen sehr wertvoll sein, Sir.«

»In der Tat, aber sie sind alle versichert. Wollen Sie noch mehr sehen? Ich habe einen ausgezeichneten *Raub der Sabinerinnen* an dieser Wand.«

»Vielen Dank, Sir, aber im Augenblick nicht. Wir Polizisten sehen bei unserer Arbeit genug von diesen Dingen. Ich würde

gern sehen, wo das gestohlene Bild hing, wenn Sie nichts dagegen haben.«
»Der Etty?« Dr. Probert ging zu einem der größeren Vorhänge an der Wand und zog an der Kordel. Ein leerer Rahmen kam zum Vorschein. »Der Schurke hat die Leinwand aus dem Rahmen genommen. Ich hoffe zu Gott, daß die Oberfläche nicht beschädigt wurde. Ach, Polizist, die Hautfarbe dieser jungen Frau. Reinster Alabaster. Sie werden es natürlich wiederfinden?«
»Ich werde es versuchen«, antwortete Cribb. »Sagen Sie, Sir, war es Ihr wertvollstes Bild?«
»Aber nein doch! Es hat nur Gefühlswert. Etwa dreihundert Guineen, wenn meine Versicherungsagenten überhaupt etwas von Kunst verstehen. Ich besitze einen Ingres, der ist zehnmal soviel wert.«
Cribb hob den Rahmen von der Wand und sah dahinter. »Er arbeitete schnell. Sehen Sie, wie diese Metallklammern aufgebrochen wurden. Er riskierte, eine Ecke aus der Leinwand zu reißen, als er sie aus dem Rahmen zog. Für einen Bilderdieb ist das ziemlich unsaubere Arbeit. Normalerweise sind sie vorsichtiger. Wenn ein Händler bemerkt, daß die Leinwand gewaltsam aus dem Rahmen gerissen wurde, muß man ihm schon eine sehr einleuchtende Geschichte erzählen, bevor er etwas dafür bietet. Es war das einzige Bild, das angerührt wurde – stimmt das, Sir?«
»Davon bin ich überzeugt«, erwiderte Dr. Probert, »und Inspektor Jowett bestätigt es. Ich lud ihn zu mir ein, damit er jedes Bild persönlich untersuchen konnte, nachdem ich zwei Constables vom Richmonder Polizeirevier diese Gelegenheit verweigert hatte. Schließlich zeige ich meine Sammlung verdammt noch mal nicht jedem x-beliebigen. Natürlich zeigte ich ihm das aufgebrochene Fenster. Das zeige ich jedem Tölpel. Wenn Sie hier fertig sind, werde ich Sie hinunterführen, damit Sie es sehen können.«
Nach einigen Jahren Dienst bei Jowett war Cribb praktisch

immun gegen Beleidigungen, vor allem wenn sie den beruhigenden Klang der Spontaneität hatten. Er folgte Probert über den Gang und die Treppen hinunter in den Keller. »Ich muß eine Kerze anzünden«, sagte Probert mit hallender Stimme. »Hier unten haben wir das neue elektrische Licht noch nicht.« Auf das Stichwort erschien ein Mädchen mit einer Kerze in der Hand. »Das genügt, Pearce«, sagte Probert und nahm sie. »Du kannst an deine Arbeit zurückgehen. Viel zu neugierig«, teilte er Cribb mit. »Man könnte schon meinen, sie hätten noch nie einen gewöhnlichen Polizisten gesehen.« Er öffnete die Tür zu einer Vorratskammer, die mit Gläsern, Dosen und Schachteln vollgestellt war. »Dort ist es, über den Keksen. Und jetzt sagen Sie mir, daß ich Läden statt der Gitter haben sollte, wie all die anderen.«

»Kann ich die Kerze hier herüben haben, Sir?« bat Cribb und ging zum Fenster. »Wie ich sehe, haben Sie es bereits reparieren lassen.« Er deutete auf die glänzenden Köpfe der neuen Nägel, mit denen man ein engmaschiges Gitternetz befestigt hatte.

»Aber natürlich. Ich werde doch nicht zulassen, daß der Gauner auch alle meine anderen Bilder holt«, sagte Dr. Probert. »Wenn er kein professioneller Bilderdieb ist, wie Sie anzudeuten scheinen, warum, um alles in der Welt, hat er es dann gemacht? Hatte es etwas mit dem Thema des Bildes zu tun, was glauben Sie? Ich glaube, daß es Männer gibt, die Bilder wie diese aus verkehrten Gründen ansehen, wenn Sie wissen, was ich meine.«

»In der Tat«, bemerkte Cribb feierlich und fuhr im gleichen Ton fort: »Aber es könnte ebensogut ein Mann mit speziellem Interesse an den Klassikern sein, wie Sie selbst. Wer immer es auch ist, er weiß auf jeden Fall eine Menge über den Ablauf Ihres Haushalts.«

»Glauben Sie?«

»Da bin ich mir sicher. Er wählte genau den Abend, an dem Sie und Ihre Familie ausgegangen waren und sich vom Personal nur die taube Hitchman im Haus befand. Er wußte, wo er einbrechen konnte, und auch, wie er zur Gemäldegalerie kam. Besuchen viele Ihrer Freunde das Haus, Sir?«

»Nur sehr wenige. Ich bin viel zu sehr mit meiner Arbeit beschäftigt, um ein gesellschaftliches Leben zu führen. Wollen Sie nicht das Fenster ausmessen oder etwas in der Art? Alle anderen haben es getan.«

»In diesem Fall besteht für mich keine Notwendigkeit mehr, es ebenso zu tun«, entgegnete Cribb. »Mein Assistent, Constable Thackeray, überprüft in diesem Augenblick im Polizeirevier von Richmond die Berichte der Beamten, die den Fall zunächst untersucht hatten. Ich nehme an, sie haben draußen nach Fußabdrücken gesucht?«

»Ja, das haben sie wirklich«, sagte Probert, »aber sie konnten keine finden. Der Hof dort draußen ist gepflastert. Wenn Sie fertig sind, können wir dann nach oben gehen? Ich finde es schrecklich zugig hier unten.«

»Sie sagten, Sie führten kein gesellschaftliches Leben«, sagte Cribb, als hätte er nicht zugehört, »aber Inspektor Jowett erwähnte, daß in diesem Haus ein Fall von Tischerücken stattgefunden hatte.«

Probert räusperte sich umständlich. »Die Séance? Ja, am vorletzten Samstag hatte ich einige Leute hier, aber das war eher ein Experiment – eigentlich eine Fortführung meiner Arbeit – als ein gesellschaftliches Ereignis.«

»Wirklich, Sir? Ich dachte, daß Geisterbeschwörungen im Augenblick der letzte Schrei sind. Keine Party ist vollständig ohne ein Medium; so geht zumindest das Gerücht.«

»Nein, nein«, sagte Probert. »Das war kein Partyspiel. Es war ein wissenschaftliches Experiment, das erste in einer Reihe von Experimenten, die ich mit dem betreffenden Medium vornehmen will. Das nächste findet am Samstag statt. Wir sind nur Sucher nach der Wahrheit.«

»Ich verstehe. Wer sind diese Sucher, Sir?«

»Oh, ich kann mich für jeden von ihnen verbürgen.«

»Ich möchte aber dennoch ihre Namen wissen«, sagte Cribb.
»Nein, es waren meine Gäste. Ehrbare Leute, jeder von ihnen. Ich werde nicht zulassen, daß man sie einem Verhör unterwirft, nur weil sie wenige Tage vor dem Einbruch im Interesse der Wissenschaft mein Haus besucht haben. Verflucht, lieber würde ich die ganze verdammte Sache vergessen!«
Aber Cribb wimmelte man so leicht nicht ab. »Einer der Gäste war Miss Crush, deren Haus Sie aus ähnlichen Gründen am – « er holte sein Notizbuch hervor » – 10. Oktober besucht hatten. Ich werde Miss Crush noch heute nachmittag aufsuchen, Sir. Ich nehme an, daß sie mir die Namen geben wird, aber ich habe es nicht gern, eine Dame wegen Informationen bedrängen zu müssen. Das ist für mich noch geschmackloser als Bedienstete zu bestechen. Aber so ist es eben – das ist mein Beruf.«
»Bedienstete bestechen?« wiederholte Dr. Probert entsetzt.
»Das tun wir nur, wenn uns Informationen nicht so bereitwillig geliefert werden, wie sie sollten. Nein, bevor ich darauf zurückgreife, setze ich Miss Crush die Daumenschrauben an.«
»Guter Gott!« rief Probert. »Jowett versprach, jemand Diskreten zu schicken. Hören Sie, ich werde nicht zulassen, daß die gute Dame unter Druck gesetzt wird.«
»Dann erzählen Sie mir besser, wer bei der Séance anwesend war, Sir«, bemerkte Cribb in seiner sachlichsten Art.
»Also gut, Polizist, aber treiben Sie es nicht zu weit. An diesem Abend befanden sich neben mir fünf Personen am Tisch: Miss Crush; meine Tochter Alice und ihr Verlobter, William Nye; Henry Strathmore, ein Wissenschaftlerkollege; und Brand, das Medium.«
»War da nicht noch jemand anderes, Sir?«
Dr. Probert runzelte die Stirn. »Ich bin mir verdammt sicher, daß niemand sonst dabei war! Ah, ich verstehe.« Er lächelte blöde. »Sie meinen den Besuchergeist?«
»Nein, Sir«, sagte Cribb. »Ich dachte an Ihre Frau.«

»Winifred? Sie war nicht dabei. Sie weigert sich, mit unseren Experimenten irgend etwas zu tun zu haben. Das Übernatürliche entsetzt sie. Wenn ich sie nicht fest am Arm nehme, geht sie ja nicht einmal am Sonntagmorgen über den Friedhof der Pfarrei. Am Abend der Séance sperrte sie sich im Badezimmer ein und las alte Ausgaben des *Tatler*. Sie hielt das für den Ort, wo ein Geist sich am allerwenigsten zeigen würde.«

»Aber Ihre Tochter ist dann aus anderem Holz geschnitzt.«

»O ja.« Dr. Proberts Gesicht leuchtete vor Stolz. »Daran gibt es keinen Zweifel. Sie schlägt mir nach. Sie besitzt den forschenden Verstand der Proberts. Keine Hirngespinste bei Alice. Sie würde eine erstklassige Wissenschaftlerin abgeben, wenn sie die Gelegenheit hätte.«

»Darf ich daraus folgern, daß sie anderweitig beschäftigt ist, Sir?«

»Bei Gott, nein. Sie ist nirgendwo *angestellt*, wenn Sie das meinen. In der Pfarrei ist sie sehr aktiv. Wohltätigkeit: Sie verteilt die Erträge des Erntedankfestes an die Armen, und so weiter. Mein Gott, ja, es ist wirklich ein bewegender Anblick, wenn sie mit einem Kürbis unter dem Arm auf der Suche nach einer armen Familie den Hügel hinuntergeht. Das kann ich Ihnen versprechen.«

»Ich hätte gar nicht gedacht, daß es in dieser Gegend solche Familien gibt«, sagte Cribb.

»Stimmt schon. Es ist eine furchtbare Arbeit für sie, solche Familien in Richmond ausfindig zu machen. Aber sie ist unermüdlich. Und was sie nicht loswerden kann, verwenden wir hier im Haus. Nichts wird weggeworfen, das kann ich Ihnen versichern. Aber nun kommen Sie, wenn Sie hier fertig sind, wollen wir wieder in den zivilisierten Teil des Hauses hinaufgehen.«

Sie kehrten in den Salon zurück, in dem noch immer Mrs. Probert saß. Mr. Probert übersah ihre Anwesenheit vollkommen. »Rauchen Sie, Polizist? Nein? Dann haben Sie aber sicher nichts dagegen, wenn ich mir eine Zigarre anzünde. Nun, es tut

mir leid, daß Sie Alice nicht kennenlernen konnten, aber ich nehme an, daß sie sicher bereits wieder einen ihrer wohltätigen Ausflüge macht.«
»Hüte kaufen in der High Street«, bemerkte Mrs. Probert.
»William, ihr Verlobter, ist ebenfalls ein sehr sozial gesinnter junger Mann, müssen Sie wissen. Kaufte sich ein Offizierspatent für die East Surreys. Der Junge wäre eine Zierde für jedes Regiment. Hält sich tadellos. Er erinnert mich immer an ein Kamel – die außergewöhnliche Würde seiner Haltung, Sie verstehen, nichts anderes.«
»Ich werde mich bemühen, es zu beachten, wenn ich ihn kennenlerne, Sir«, bemerkte Cribb. »Sie erwähnten einen weiteren Gast – Mr. Strathmore, oder?«
»Ja. Ein Mann mit hervorragendem Ruf auf dem Gebiet parapsychologischer Forschung. Mitglied der Gesellschaft für das Leben nach dem Tode. Sämtliche Mitglieder sind Wissenschaftler, die sich für das Okkulte interessieren. Strathmore ist ihr Sekretär, soviel ich weiß. Darüber hinaus ist er der führende Schädelspezialist in London. Sie sehen also, ich kenne ihn aus beruflichen Gründen.«
»War er vor letzter Woche schon einmal in Ihrem Haus gewesen, Sir?«
»Nein, es hatte sich zuvor keine Gelegenheit ergeben. Wir trafen uns in unseren Clubs zum Trinken und entdeckten unser gemeinsames Interesse an übernatürlichen Erscheinungen. Da ich beschloß, eine Séance in meinem Haus abzuhalten, lud ich Strathmore ein. Es bot sich einfach an. Er ist nicht der Typ, der sich die Bilder eines Freundes unter den Nagel reißt, wenn es das ist, was Ihr mißtrauischer Verstand vermutet. Er ist ein Gentleman, verdammt noch mal.«
Das waren auch einige andere, die Cribb kannte und die jetzt in Newgate, Wormwood Scrubs oder Coldbath Fields schmachteten, aber das erwähnte er im Augenblick nicht. Über Strathmore würde er sich später eine Meinung bilden. »War denn die Séance Mr. Strathmores Besuch würdig, Sir?«

»Ausgesprochen. Wir hatten eine beeindruckende Folge von Phänomenen – Tischklopfen, Stimmen und Botschaften, die der Anderen Seite würdig waren. Ich bin natürlich für alles offen, Strathmore ebenso, aber man kann nicht leugnen, daß an diesem Abend Dinge passierten, die teuflisch schwierig zu erklären sind.«

»*Teuflisch* ist das richtige Wort dafür«, bemerkte Mrs. Probert und starrte ins Feuer.

Auf ihre Äußerungen schien sie keine Antwort zu erwarten, Cribb fuhr deshalb fort: »Ich habe noch eine weitere Frage über diesen Abend, Sir. Sie hat nichts mit dem Tischklopfen oder den Stimmen zu tun. Aber für meine Ermittlungen könnte sie dennoch wichtig sein. Erwähnten Sie vor Ihren Gästen zufällig Ihre bevorstehende Vorlesung im University College Hospital?«

»Aber natürlich«, entgegnete Probert. »So etwas kommt doch in einer Unterhaltung ganz automatisch zur Sprache.«

»Sicherlich, Sir. Lassen Sie uns zu Mr. Brand zurückkehren. Ich nehme an, daß er als Medium einen ziemlich guten Ruf hat. Er ist sehr gefragt, soviel ich weiß.«

»Ganz London wird sich bald um ihn reißen«, sagte Probert. »Das ist auch kein Wunder. Er ist das vielversprechendste Mitglied seiner Zunft seit D.D.Home. Ich hatte die größten Schwierigkeiten, ihn für meine Experimente zu gewinnen. Für nächsten Samstag konnten wir ihn nur engagieren, weil bei Lady Millmont Scharlach ausgebrochen ist. Wegen der Belastung seiner Lebenskräfte beschränkt er seine Auftritte auf zwei pro Woche.«

»Aber er ist doch noch sehr jung, soviel ich weiß«, bemerkte Cribb.

»Zweiundzwanzig. Aber der Kontakt mit den Geistern fordert seinen Tribut von jedem Mann. Und Brand ist nicht eben kräftig. Er ist von niederer Geburt, der Sohn eines Kutschers, wie man mir sagte, und sieht auch dementsprechend unterernährt aus. Es würde mich nicht überraschen, wenn er jung stürbe.«

»Mich auch nicht«, meinte Mrs. Probert. »Es wäre eine Strafe.«
»Wo haben Sie ihn kennengelernt?« fragte Cribb.
»Bei Miss Crush am Eaton Square«, antwortete Probert.
»Ach ja, die erste Séance. War die ebenso erfolgreich wie die Ihre, Sir?«
»Ich muß zugeben, daß sie es war. Einige der am Tisch Anwesenden sprachen sogar von einer Materialisation, von einer Geisterhand, die in der Luft schwebte, ich selber habe sie jedoch nicht gesehen. Aber alle akustischen Phänomene waren vorhanden. Und weil die mich so beeindruckt hatten, lud ich Brand für eine Reihe von Séancen auf wissenschaftlicher Grundlage in mein Haus ein. Natürlich ebenso Miss Crush, meine Gastgeberin.«
»Luden Sie noch andere Teilnehmer von Miss Crushs Gesellschaft ein?«
»Nur Brand. Sonst niemanden. Die anderen in Kensington waren Nachbarn von Miss Crush, die Bratts.«
»Wie bitte, Sir?«
»Die Bratts, sagte ich. Sir Hartley Bratt mit Frau und Tochter. Sir Hartley ist bereits neunzig, und er würde nicht einmal mehr auf meine Einladung bis nach Richmond fahren wollen. Er hat ein schwaches Herz.«
»Mit Neunzig ist das kein Wunder«, sagte Cribb. »Aber ich denke, daß dann der Kontakt mit Geistern auch nicht eben gut für ihn ist.«
»Im Gegenteil. Er ist ein überzeugter Spiritist. Die meisten seiner Freunde sind bereits gestorben und der Kontakt mit ihnen gibt ihm neues Interesse am Leben. Nun, Polizist, es scheint, daß wir weit von meinem gestohlenen Etty abgewichen sind, außer wenn Sie vorhaben, Sir Hartley Bratt zu verhaften. Zu welchen Schlüssen sind Sie gekommen?«
»Nur zu einem von Bedeutung, Sir. Im Augenblick nehme ich an, daß zwischen dem Diebstahl Ihres Ettys und dem von Miss Crushs Royal Worcester-Vase ein Zusammenhang besteht. Beide geschahen jeweils wenige Tage nach einer Séance in den

betreffenden Häusern. Ich muß zwar zugeben, daß ein Bilderdiebstahl nicht genau das gleiche ist wie der Diebstahl einer Vase, aber es könnte von Bedeutung sein, daß der Dieb in beiden Fällen die Möglichkeit hatte, etwas Wertvolleres mitzunehmen, es aber nicht tat.«

»Das ist ja sehr interessant, jetzt, da Sie es erwähnen«, meinte Dr. Probert.

»Wenn es wirklich von Bedeutung ist, dann sind die Gästelisten dieser beiden Séancen wesentlich für meine Untersuchung. Wenn ich Sie richtig verstehe, gibt es, von Ihnen und Miss Crush abgesehen, nur eine einzige Person, die bei beiden Séancen anwesend war.«

»Brand«, hörte man Mrs. Probert von ihrem Platz unter der Palme. »Peter Brand, das Medium.«

Drittes Kapitel

Wenn Gäste Ihren Wein bemäkeln,
die Möbel, Ihren Sprachbau, Ihre Nase,
was ist mit Ihrem »Medium«? Wo liegt der Unterschied?

Miss Crush achtete mehr auf den Dienstgrad als Dr. Probert. »*Sergeant*«, sagte sie, als das Stubenmädchen Cribb ankündigte. »Was für eine Aufregung! Kommen Sie doch bitte herein, Sergeant, und lassen Sie sich ansehen.«

Er machte zwei kurze Schritte ins Zimmer – kurze, nicht weil er schüchtern war, sondern weil ein kreisrunder Rosenholztisch ihm den Weg versperrte. In der Mitte stand eine große Copeland-Vase mit rosa Chrysanthemen, die schon bessere Zeiten gesehen hatten. In dieser Position betrachtete ihn Miss Crushs Gesicht durch eine Lücke zwischen den Blüten. Es war ein zartes, kleines Gesicht, umrahmt von blonden, etwas unordentlichen Haaren.

»Sie haben den Blick der Sensiblen«, bemerkte Miss Crush.

»Ich bin ein Detektiv, Madam«, erklärte Cribb höflich.

»Ja, aber Sie haben etwas, ganz sicher. Ich spürte es, sobald Sie die Tür öffneten, und ich spüre es jetzt noch stärker. Es hält Sie ja nicht davon ab, gleichzeitig ein Detektiv zu sein, wissen Sie. Ich meine, daß es sogar von Vorteil ist. Wie nannte Sie mein Stubenmädchen?«

»Cribb, Madam.«

»Ausgezeichnet. Sensibler Sergeant Cribb – wie gefällt Ihnen das?«

»Wenn ich ehrlich bin, Madam, bevorzuge ich meinen offiziellen Dienstgrad. Ich komme wegen Ihrer Vase.«

»Machen Sie sich über die keine Gedanken«, sagte Miss Crush. »Spüren Sie eigentlich Stimmungen – wenn Sie ein Zimmer zum ersten Mal betreten, zum Beispiel?«

Offensichtlich meinte sie nicht den leicht schalen Geruch der Chrysanthemen.

»Oder spüren Sie die Anwesenheit eines Unsichtbaren?« fuhr Miss Crush fort.

Cribb schüttelte den Kopf. »Ich bin ausschließlich an Tatsachen interessiert, Madam. Empfindungen haben in meinem Beruf wenig zu suchen. Soviel ich weiß, wurde die Vase letzten Freitag gestohlen.«

»Ja, aber das ist jetzt unwichtig. Es war keins von meinen guten Stücken. Dem jungen Constable, der mich am Samstag besuchte, habe ich bereits eine Beschreibung gegeben. Er war ausgesprochen höflich, aber er war kein Sensibler. Hatten Sie schon visionäre Erfahrungen?«

»Nicht im Dienst, Madam. Wurde die Vase aus diesem Zimmer gestohlen?«

Miss Crush stand auf, ging um den Tisch und legte die Hand auf Cribbs Arm. Sie war klein und in den Vierzigern. Entweder sie verwendete Rouge, oder die Aufregung, einen Sensiblen entdeckt zu haben, hatte ihre Wangen gerötet. »Wenn Sie wirklich auf dieser Befragung bestehen, werde ich versuchen zu antworten, aber ich mache mir wegen der Vase wirklich keine Gedanken. Sie wurde letzten Samstag, als ich bei Dr. Proberts Séance war, von der Anrichte dort drüben gestohlen. Der Dieb kam durch die Pferdeställe im Hinterhof und öffnete eine Tür, indem er eine Scheibe eindrückte, mit der Hand hindurchgriff und die Klinke herunterdrückte. Das Personal war in der Küche und hörte nichts – ich würde mich nicht wundern, wenn sie Karten gespielt hätten. Kurz nach Mitternacht kehrte ich zurück und erfuhr eine halbe Stunde später, als Annie, mein Stubenmädchen, abschloß, von der zerbrochenen Scheibe. Daß die Vase verschwunden war, bemerkte ich erst am Morgen darauf.«

»Haben Sie denn nicht nachgesehen, ob etwas gestohlen wurde, nachdem Sie das zerbrochene Fenster entdeckt hatten?« fragte Cribb ungläubig.
»Sie wissen doch, wie das ist, Sergeant. Hinterher ist man immer schlauer. Ich war bereits im Bett, als Annie mir berichtete, was sie entdeckt hatte, und ich muß gestehen, daß ich wegen der Manifestationen, die das Medium bei Dr. Probert hervorgerufen hatte, sehr erregt war. Um ehrlich zu sein, es widerstrebte mir, bei Kerzenlicht nach unten zu gehen. Ich wies Annie an, in jedem Zimmer nachzusehen, weil ich glaubte, daß es nur allzu leicht zu erkennen wäre, wenn uns ein Einbrecher besucht hätte. Ich hätte nie angenommen, daß er sich mit einer einzigen Vase zufriedengeben würde, und noch dazu mit einer gewöhnlichen Worcester.«
»Aber immerhin war sie doch 30 Pfund wert, soviel ich weiß, Madam. Das ist so viel, wie Ihre Annie in einem ganzen Jahr verdient, wenn Sie mir die Bemerkung erlauben.«
»Sicherlich, aber ich bin mir sicher, daß sie die Vase nicht gestohlen hat. Zur Sicherheit habe ich dem Constable gestattet, ihre Truhe zu durchsuchen. Außerdem, warum sollte sie ein Fenster einschlagen?«
»Es lag nicht in meiner Absicht, Ihr Mädchen zu beschuldigen, Madam«, sagte Cribb steif. »Ich wollte nur klarstellen, daß dreißig Pfund für gewöhnliche Leute eine ordentliche Summe sind. Sie hatten also bei Dr. Probert eine sehr lebhafte Séance, wenn lebhaft unter diesen Umständen der angemessene Begriff ist.«
Miss Crush fing an zu kichern und unterdrückte es mit einem Spitzentaschentuch. »Bei Gott, ja. Die lieben Verstorbenen waren sehr deutlich zu vernehmen. Mr. Brand hat die Absicht, das erfolgreichste Medium in ganz London zu werden. Der Abend begann mit Tischklopfen, was noch nichts Ungewöhnliches ist, aber am Ende sprachen die Geister mit seiner Stimme, ein Mann und eine Frau waren sehr klar zu verstehen.«
»Bemerkenswert«, bemerkte Cribb.

»In der Tat, ja. Sie überbrachten mir eine Botschaft.«
»Sie hatte aber nichts mit dem Einbruch in Ihr Haus zu tun?«
Miss Crush runzelte die Stirn. »Nein. Sobald sie die Andere Seite betreten haben, kümmern sie sich nicht mehr um weltliche Angelegenheiten. Man wollte mir mitteilen, daß mein Onkel Walter mit seinem jetzigen Aufenthaltsort sehr zufrieden ist. Er hatte sich sehr unglücklich verheiratet, der arme Mann, und meine Tante brachte ihn oft zur Verzweiflung. Sie wurde in der Botschaft nicht erwähnt, obwohl sie ihm nur zwei Monate nach seinem Hinscheiden folgte.«
»Es ist ein weitschweifiger Ort, soviel ich weiß«, entgegnete Cribb. »Wenn Ihr Onkel umherwanderte...«
»Ja, da haben Sie recht.«
Cribb drückte sich am Tisch vorbei, um die Anrichte zu untersuchen, auf der die gestohlene Vase gestanden hatte. Mindestens ein Dutzend andere waren in zwei Reihen darauf arrangiert.
»Man vermißt sie überhaupt nicht«, meinte Miss Crush, die ihm gefolgt war. »Ich habe die anderen einfach umgestellt und jetzt merkt man gar nicht mehr, daß die Worcester je da war.«
Für eine Sammlerin war ihre Gleichgültigkeit erstaunlich.
»Soviel ich weiß, war sie im japanischen Stil«, sagte Cribb.
»Ja. Eine von Hadleys Stücken. Ich habe dem Constable eine Beschreibung gegeben.«
»Vielen Dank, Madam. Ich habe einen Bericht darüber.«
»Es gibt viele von dieser Sorte, wissen Sie. Wenn ich will, kann ich einen Ersatz finden, aber ich bin mir gar nicht sicher, ob ich überhaupt will.«
»Stand sie auch an dem Abend hier, als Sie mit Sir Hartley Bratt, seiner Familie und Dr. Probert die Séance abhielten?«
»O ja. Ich fragte Mr. Brand, ob es richtig sei, die Vasen während der Séance stehenzulassen. Man hört ja oft davon, daß die Geister Gegenstände bewegen – Poltergeister tun so etwas, wissen Sie. Aber Mr. Brand versicherte mir, daß der Sammlung nichts geschehen würde. Ich bemerkte, daß er

meinem Porzellan die nötige Bewunderung entgegenbrachte, denn er konnte nicht widerstehen, während unseres Gespräches einige Stücke in die Hand zu nehmen. So wirken sie eben auf einen Mann von Geschmack. Zögern Sie nicht, es ihm gleichzutun.«

»Vielen Dank, Madam«, sagte Cribb und hielt sich an der Tischkante hinter ihm fest. »Wenn Sie erlauben, möchte ich gerne eine Frage stellen, die Sie als unverschämt empfinden könnten.«

»Ich nehme nicht an, daß ich sie so empfinden werde«, erwiderte Miss Crush mit einem ermutigenden Lächeln.

»Nun gut. Wieviel haben Sie Mr. Brand für seine Dienste als Medium bezahlt?«

»Sein Honorar betrug zehn Guineen. Ich gab ihm etwas mehr, weil es doch eine so außerordentlich erfolgreiche Séance war. Lady Bratt sah eine Geisterhand, wissen Sie.«

»Und Sie waren überzeugt, daß alle Erscheinungen echt waren?«

»Ganz und gar, Sergeant. Nun, ich muß zugeben, daß Lady Bratt eine leicht erregbare Person ist und sich mit der Hand vielleicht geirrt hat, aber wir alle spürten, wie sich der Tisch bewegte, und wir hörten das Klopfen.«

»Für mich fühlt es sich an wie ein sehr solides Möbelstück«, sagte Cribb und drehte sich, um die Unterseite zu untersuchen. Er bückte sich, spähte unter den Tisch und war auf das, was er sah, so wenig vorbereitet, daß er sich den Kopf am Tisch anstieß. »Der Herr steh' uns bei, Madam, da drunter ist ein Mann!«

»Ich weiß«, sagte Miss Crush wie selbstverständlich. »Mr. Strathmore, Sie können jetzt herauskommen.«

Strathmore! Der Mann von der Gesellschaft für das Leben nach dem Tode.

Langsam und auf allen Vieren kroch er unter dem Tisch hervor, wie ein Tier im Zoo, das herauskommt, um sich zu sonnen. Der braune Wollstoff seines Anzugs umschloß seinen Körper, Anzeichen der Belastung durch die außergewöhnliche Haltung waren jedoch deutlich zu sehen. In aufrechter Position war er ein kleiner Mann, stämmig, aber nicht dick. Er klemmte sein Monokel vor das rechte Auge und meinte: »Es besteht überhaupt keine Notwendigkeit für Ihren Schlagstock, Sergeant. Ich hatte gute Gründe für meinen Aufenthalt an diesem Ort. Ich bin kein Einbrecher, das kann ich Ihnen versprechen. Durchsuchen Sie mich, wenn Sie wollen. Sie werden nichts finden außer meiner Uhr, einem Notizbuch, zwei Bleistiften, einer Lupe und einem Bandmaß.«

»Ich bin sicher, daß es nicht notwendig ist. Ich war nur etwas überrascht–«

»Einen Mann unter meinem Tisch zu finden?« ergänzte Miss Crush. »Ich dachte daran, es Ihnen schon beim Eintreten zu sagen, aber es ist eben nicht etwas, das eine Dame gerne in dem Augenblick erwähnt, da ein Polizist in ihr Zimmer geführt wird. Auf welche Gedanken hätten Sie denn dabei kommen können! Wie hätte ich erklären können, daß Mr. Strathmore ein berühmter Forscher im Bereich übernatürlicher Erscheinungen ist, der auf Bestellung gekommen ist, um den Tisch zu untersuchen. Er kroch eben unter den Tisch, als Sie eintrafen.«

»Ehrenamtlicher Sekretär der Gesellschaft für das Leben nach dem Tode«, sagte Strathmore und legte eine Visitenkarte in Cribbs Hand. »Ziel: Die Untersuchung der Behauptungen von Medien und deren wissenschaftliche Überprüfung, letztendlich mit der Absicht eines schlüssigen Beweises für ein Weiterleben nach dem Tode.«

Cribb sah von der Karte auf. Kein Zweifel: Der Mann meinte es ernst. »War es das, was Sie unter dem Tisch gemacht haben?«

»Aber natürlich. Man muß so viele Dinge überprüfen, lockere Bodenbretter, verborgene Federn, hohle Tischbeine. Sehen wir doch den Tatsachen ins Auge, Sergeant. Seit nicht weniger als zwölf Jahren erfülle ich nun bereits meine Pflicht als Mitglied der Gesellschaft, und bis jetzt habe ich noch kein Medium gefunden, das kein Betrüger oder Scharlatan war. Ich habe keine Skrupel bei der Aufdeckung ihres Hokuspokus, denn als

Sucher nach der Wahrheit muß ich so sein. Es ist der einzig sichere Weg, jemand zu entdecken, der wirklich die Kraft hat.«

»Nach zwölf Jahren suchen Sie also immer noch nach so einem Menschen?«

»Jawohl.« Strathmore reckte den rechten Zeigefinger in die Luft wie ein alttestamentarischer Prophet. »Vor fünfzehn Jahren, noch bevor die Gesellschaft gegründet wurde, gab es einen Mann, der die Kraft, nach der wir suchen, vielleicht wirklich gehabt hatte. Er hieß Daniel Home. Bei jeder Séance produzierte er Phänomene, die alle Beteiligten erstaunten und überzeugten. Unter Laborbedingungen wiederholte er diese Erscheinungen vor keinem geringeren Wissenschaftler als Mr. William Crookes. Oh, unglaubliche Sachen. Stellen Sie sich nur die Situation im Labor vor, als Crookes Home mit einem völlig neuen Akkordeon konfrontierte, das er am gleichen Morgen in der Conduit Street gekauft hatte. Das Medium hielt das eine Ende des Instruments auf Armeslänge von seinem Körper weg, während eine unsichtbare Kraft am anderen Ende eine klagende Melodie spielte.«

»Es gab noch einen anderen berühmten Vorfall« ergänzte Miss Crush, »als Home in Gegenwart von zwei Lords und einem Offizier der Armee horizontal aus einem Fenster in Ashley House hinaus- und durch ein anderes wieder hereinschwebte.«

»Ich kenne diese Geschichte, Madam«, sagte Cribb. »Und ich glaube mich auch an einen Rechtsstreit vor drei Jahren zu erinnern, bei dem es darum ging, daß es Mister Home und seinen Geistern gelungen war, eine reiche Witwe zu überreden, 30000 Pfund Hypothekensicherheiten auf sein Konto zu überweisen. Danach waren seine Séancen bei den Wohlhabenden nicht mehr so beliebt.«

»Sie sind aber wirklich gut informiert«, meinte Miss Crush, eher im Ton eines Tadels denn eines Kompliments.

»William Crookes' Meinung konnte es nicht ändern«, sagte Strathmore eisig.

»Es freut mich, das zu hören, Sir. Es wäre eine traurige Welt, wenn wir alle Skeptiker wären. Ich persönlich freue mich darauf, den jungen Brand kennenzulernen.«

»Sie wollen ihn kennenlernen?« fragte Miss Crush entsetzt. »Sergeant, ich halte das nicht für sehr klug.«

»Warum nicht, Madam? Er macht mir keine Angst.«

»Nein, aber Sie könnten ihm Angst machen. Er ist so ein empfindlicher junger Mann. So leicht zu beeindrucken. Und sein Herz ist nicht das stärkste, wissen Sie. Ich könnte den Gedanken nicht ertragen, daß er in Verdacht steht, diese jämmerliche Vase aus meinem Haus gestohlen zu haben. Der Schock könnte stark genug sein, um das spirituelle Feuer in dem Jungen auszulöschen.«

»Bei Gott, ja«, sagte Strathmore. »Wir können nicht zulassen, daß ein Stück Porzellan die Chance zerstört, die Geheimnisse des Universums aufdecken zu können.«

»Nun ja, aber es geht schließlich noch um ein anderes Geheimnis. Um eine fehlende *Nymphe und Satyrn*. Aus dem Besitz Ihres Freundes, Dr. Probert. Ich bin gezwungen, Mr. Brand zu fragen, ob er mir dabei helfen kann. Aber seien Sie versichert, Madam, ich werde ihn vorsichtig behandeln. Ich habe schon so viel von ihm gehört, daß ich viel lieber selbst an einer seiner Séancen teilnehmen wollte.«

»Ich bin mir sicher, das ließe sich einrichten«, bemerkte Miss Crush. »Man will ihm ja schließlich nur die Peinlichkeit eines polizeilichen Verhörs ersparen.«

»Er ist vor dem Gesetz verantwortlich, wie jeder von uns, Madam«, erwiderte Cribb feierlich.

»O je, das ist alles furchtbar aufregend«, meinte Miss Crush. »Es könnte ihn davon abhalten, mein Haus oder das Dr. Proberts je wieder zu betreten. Ich glaube, ich muß darauf bestehen, daß Sie die Sache mit der fehlenden Vase vergessen, Sergeant.«

»Sie meinen, ich soll die Ermittlungen einstellen?« fragte Cribb ungläubig.

»Pfeifen Sie die Hunde zurück, sozusagen«, meinte Strathmore.

»Das kann ich nicht tun, Sir.«
»Warum denn nicht?«
»Es ist ein Verbrechen. Der Dieb, der die Vase geraubt hat, könnte auch bei anderen stehlen. Schließlich ist jemand mit Dr. Proberts Nymphe verschwunden. Nein, ich werde mit Mr. Brand sprechen müssen, so wie ich mit Ihnen gesprochen habe. Ich war doch nicht unhöflich, oder?«
»Ganz im Gegenteil, Sergeant«, antwortete Miss Crush und öffnete die Tür der Anrichte. »Ich wollte Ihnen eben einen Sherry anbieten.«
»Ich trinke nie, vielen Dank, Madam.«
»Vielleicht etwas Stärkeres?«
»Nein, Madam. Mit Spirituosen stehe ich auf Kriegsfuß.« Er unterbrach sich. »Mit Spirituosen, wohlgemerkt, nicht mit Spirituellem.«
Um Strathmores Mund spielte ein steifes Lächeln. »Spirituosen und Spirituelles. Ha, ha. Sie sind ja ein Scharfsinniger, Sergeant. Äußerst scharfsinnig.«
Cribb lächelte zurück. Es war das zuversichtliche Lächeln eines Mannes, der die Situation unter Kontrolle hatte. Diese Leute würden auch noch über den bemühtesten Witz, den er riß, lachen, weil sie in der Angelegenheit mit Brand seine Kooperation brauchten. Es wäre eine Vernachlässigung seiner Pflichten, wenn er diesen Vorteil nicht ausnützte. »Ich fürchte, Sir, nicht scharfsinnig genug.«
Strathmore hob die Augenbraue, die das Monokel nicht mehr an seinem Platz hielt. »Was wollen Sie damit sagen, Sergeant?«
»Nun, Sir, ein Detektiv sollte wissen, was vorgeht. Als ich zuvor hier hereinkam, hatte ich nicht die leiseste Ahnung, daß Sie unter dem Tisch saßen. Bei Dr. Proberts Tisch könnte ich das noch verstehen, aber nicht bei Miss Crushs.«
»Ah, Sie meinen, weil ich bei der Séance in Richmond anwesend war, und daß Sie mich nicht mit dem Haus der Dame hier in Verbindung gebracht hatten?«

»Genau.«

»Die Erklärung ist sehr einfach«, sagte Strathmore. »Bei Dr. Probert hatte ich zum ersten Mal Gelegenheit, den jungen Brand am Tisch in Aktion zu sehen, und die Erscheinungen, die er hervorrief, beeindruckten mich genug, um weitere Nachforschungen anzustellen. Miss Crush war so freundlich, mich zu sich einzuladen, damit ich den Ort der vorangegangenen Séance, bei der sich angeblich die Hand des Geistes materialisierte, untersuchen konnte. Erst wenn wir jede Möglichkeit von Tricks und Betrug ausgeschlossen haben, können wir beginnen, ein Medium ernst zu nehmen, wissen Sie.«

»Und haben Sie etwas Verdächtiges entdeckt, Sir?«

»Überhaupt nichts. Der Tisch ist vollkommen in Ordnung, und Dr. Proberts ebenso. Man wagt es gar nicht auszusprechen, aber ich glaube, wir haben vielleicht –«

»Einen zweiten Home, Sir?«

»Es wäre verfrüht, das zu sagen, Sergeant. Für den Augenblick genügt es festzustellen, daß nichts gefunden wurde, das auf einen Betrug Brands hinweist. Und das, ich darf es wohl sagen, ist bemerkenswert. Sie wären überrascht, wie plump die Tricks sind, mit denen die Mehrheit der sogenannten Medien die Öffentlichkeit täuscht. Ich selbst habe gesehen, wie sich in einem Salon nur zwei Straßen entfernt von hier eine Erscheinung materialisierte, als aber jemand unerwartet das Gas höher drehte, entpuppte sie sich sehr greifbar als junge Frau in einer Musselinverkleidung mit – verzeihen Sie mir die deutlichen Worte, Miss Crush – den nicht zu übersehenden Umrissen eines Korsetts darunter.«

»Die Schlampe!« flüsterte Miss Crush.

»Sie sehen also, die Gesellschaft muß unablässig auf der Hut sein«, sagte Strathmore und verschränkte die Arme.

»Ich nehme an, Sie haben Dr. Proberts Haus gründlich durchsucht?« fragte Cribb.

»Nicht das ganze Haus, Sergeant. Nur das Zimmer, in dem die Séance stattfand.«

»Ich verstehe. Seine Gemäldegalerie zeigte Ihnen Dr. Probert also nicht?«
»Aber natürlich nicht.« Vom Ton der Stimme her ließ sich nur schwer sagen, ob er entrüstet war über die Annahme, er könnte Interesse an Dr. Proberts nackten Damen haben, oder ob er dachte, die Frage wollte ihn mit dem Diebstahl des Etty in Verbindung bringen.
»Aber ich nehme an, daß Sie noch blieben, nachdem Brand gegangen war?« beharrte Cribb.
»Natürlich. Es war meine Pflicht als Forscher, unter den Tisch zu sehen.«
»Auch ich blieb noch«, warf Miss Crush ein. »Ich war über die Erscheinungen, die ich gesehen hatte, viel zu aufgeregt, um gleich nach Hause gehen zu können. Miss Alice Probert ließ Kakao servieren, als Gutenachttrunk, wie sie sagte. Er wirkte sehr beruhigend auf die Nerven.«
»Ich trinke ihn selbst, Madam. Was meinen Sie, um welche Zeit etwa verließ Mr. Brand das Haus?«
»Halb elf«, erwiderte Strathmore. »Ich habe genaue Aufzeichnungen von allen Séancen, die ich besuche. Ein Wagen wartete auf ihn.«
»Und wann gingen Sie, Sir?«
»Es war zwanzig Minuten vor zwölf. Ich ging wenige Minuten nach Miss Crush. Mr. Nye, Miss Proberts Verlobter, war so freundlich gewesen, Droschken für uns alle zu rufen.«
Cribb wandte sich an Miss Crush. »Mr. Brand ging also mindestens eine Stunde vor Ihnen, Madam, und als Sie nach Hause kamen, entdeckten Sie, daß Ihre Vase fehlt. Verstehen Sie jetzt, warum ich unbedingt einige Fragen an ihn stellen muß?«

Viertes Kapitel

Auf ins verheißene Land. Begleitet jene, die, am Donnerstag, mit Shakespeare ein Zusammentreffen suchen.

Die Ankündigung an der Store Street Hall am Bedford Square war sehr geschickt formuliert:

> DIE WELT HINTER DEM SCHLEIER
> Öffentliche Ansprache und Lichtbildshow über die Offenbarungen eines Lebens nach dem Tode, die in den letzten Jahren so gefeierten Medien gewährt wurden, wie Mr. D.D. Home, Mr. Stainton Moses, Miss Florence Cook und dem Vortragenden selbst
>
> *Professor Eustace Quayle*
>
> in deren Verlauf authentische Geisterphotographien auf eine Leinwand mit acht Fuß Seitenlänge projiziert werden. Vorgestellt wird auch das bemerkenswerte junge Medium
>
> *Mr. Peter Brand*
>
> dessen Séancen in einer Reihe hervorragender Londoner Häuser in den letzten Wochen von den sensationellsten Phänomenen begleitet wurden.
> 600 Sitzplätze
> Eintritt: Drei Pence. Galerie: Zwei Pence. Donnerstag, 12. November 1885, 19 Uhr 30.

Während sich drinnen die Bekehrten und die Neugierigen versammelten, spielte ein Harmonium *Who are these, like stars appearing*, und im Hintergrund des Saales unterrichtete Constable Thackeray Sergeant Cribb vertraulich über die Ergebnisse seiner Besuche in den Polizeirevieren von Richmond und Belgravia.

»Man könnte sagen, Sarge, daß ich in beiden Revieren ziemlich kühl empfangen wurde. Die Ortspolizisten halten sich für durchaus fähig, den Dieb zu fangen, und ich kann es ihnen nicht verdenken.«

»Ich auch nicht«, meinte Cribb, »aber wir sind nun einmal Jowett Rechenschaft schuldig, und wenn ich Sie wäre, würde ich nicht lange fragen, wieso und weshalb. Er ist ein Freund von Dr. Probert, und Probert will, daß der Yard sich darum kümmert, und damit basta. Übrigens, er kommt heute abend.«

»Dr. Probert?«

»Inspektor Jowett. Also nehmen Sie die Füße vom Stuhl vor Ihnen und versuchen Sie, der Polizei alle Ehre zu machen. Haben Sie bei der B-Division etwas Interessantes erfahren?«

Thackeray holte sein Notizbuch heraus und las es unauffällig unter seinem Mantel. »31. Oktober: Diebstahl einer Royal-Worcester-Vase, Hereafter House, 92 Eaton Square, Belgravia. Eigentum von Miss Laetitia Crush.«

Cribb zog eine Braue hoch. »Lettie, hm? Paßt zu ihr. Fahren Sie fort.«

»Wert etwa dreißig Pfund«, ergänzte Thackeray. »Japanischer Stil, hergestellt von einem James Hadley –«

»Lassen Sie die Beschreibung aus«, befahl Cribb. »Wie hat er sich Zutritt verschafft?«

»Eine neun mal elf Zoll große Glasscheibe in der Hintertür wurde eingeschlagen«, las Thackeray. »Anscheinend mit einem Ziegelstein, der in der Nähe gefunden wurde. Die Scherben fielen auf eine Kokosmatte, und die Bediensteten hörten nichts.«

»Aber trotzdem ungeschickt«, bemerkte Cribb.

»Ja, Sarge, vor allem weil bei einem Fenster keine zehn Yards weiter weg die Halteleine gerissen war. Er hätte dort leicht einsteigen können.«

»Was ist mit der Sache in Richmond?« fragte Cribb. »Läßt sich die Art des Eindringens vergleichen?«

»Auch das war ungewöhnlich plump, Sarge.« Thackeray blätterte in seinem Notizbuch nach den Angaben über den Schaden, der bei Dr. Probert angerichtet worden war. »Der Gauner versuchte zunächst einige Male ohne Erfolg, die Gitterstäbe vor dem Fenster der Vorratskammer mit einem Pickelstiel aufzubiegen, bis er daran dachte, ihn in Verbindung mit einer Schlinge zu verwenden. Und beim Hineinklettern richtete er in der Vorratskammer eine schreckliche Unordnung an. Stieß eine Dose Bath Olivers um und verschüttete eine Packung Graupen. Wir haben es nicht gerade mit einem Charlie Peace zu tun, Sarge. Das ist es ja, was die Bobbies vor Ort so wütend macht. Sie trauen sich zu, den Mann in wenigen Stunden aufzuspüren, wenn man ihnen nur die Chance gäbe. Offensichtlich ist es jemand, der wußte, an welchem Abend Miss Crush bei Dr. Probert war und wann Dr. Probert seine Vorlesung im University College Hospital hielt. Ein Pfuscher bei diesem Tischrück-Unsinn und ein Stümper als Einbrecher.«

»Inspektor Jowett«, sagte Cribb.

»Was?« platzte Thackeray heraus.

»Guten Abend, meine Herren«, sagte Jowett neben ihm. »Ich hoffe, Sie haben nichts dagegen, wenn ich mich Ihnen anschließe. Ich glaube, die Vorlesung fängt soeben an.« Er hatte gerade noch Zeit, auf dem Stuhl neben Cribb Platz zu nehmen. Die Harmoniumklänge wichen höflichem Applaus, während der Veranstalter des Abends hinter einem Kübel mit Pampasgras hervortrat und sich in der Mitte der Bühne aufbaute.

»Meine Damen und Herren, es ist mir eine große Ehre heute abend...« begann er.

»Das verspricht, lehrreich zu werden«, flüsterte Jowett Cribb ins Ohr. »Professor Quayle hat seine Hände auf den Tischen von einigen der besten Londoner Adressen gehabt. In den Siebzigern trat er in D.D.Homes Fußstapfen. Jeder will ihn haben. Jetzt sieht es so aus, als würde der junge Brand ihn in den Schatten stellen. Anständig von Quayle, daß er den Jungen zu der Vorlesung eingeladen hat.«

Cribb grunzte zustimmend. Er gewöhnte sich langsam daran, daß über Medien gesprochen wurde wie über Tenöre oder Violinisten. Den Wohlhabenden war es gleichgültig, ob etwas hinter dem Spiritismus steckte oder nicht, Medien waren Salon-Unterhalter, so leicht für einen Abend zu engagieren wie der neueste samtstimmige Italiener für eine Saison in Covent Garden.

»...übergebe ich das Wort an Professor Quayle«, schloß der Veranstalter und trat gewandt wieder hinter das Pampasgras. Der Professor, ein Mann von beeindruckender Größe und vollkommener Kahlköpfigkeit, ging auf das Rednerpult zu, stützte die Ellenbogen darauf und beugte sich vor, bis Kopf und Schultern wie eine Galionsfigur über den vorderen Sitzreihen hingen. »Wer will leugnen, daß sich heute abend in diesem Saal Besucher von der Anderen Seite befinden?« fragte er mit einer Stimme, die durch den Saal hallte. Nicht einmal ein Flüstern kam aus dem Publikum, als er seinen Blick herausfordernd über die Sitzreihen schweifen ließ. Seine Glatze war es nicht, die einschüchterte, und auch nicht seine außergewöhnlich eingefallenen Wangen. Es war vielmehr die Intensität seiner Augen, die so tief lagen, daß sie im Licht der Gaslampen wie unergründlich aussahen, und über denen buschige Augenbrauen wucherten. »Sie sind überall unter uns, oder nicht?« fuhr er fort, mit einem Blick, der noch die hintersten Reihen zu verschlingen schien.

Thackeray rutschte auf seinem Stuhl hin und her; er drehte sich leicht und sah in die ängstlichen Augen seiner Nachbarin, einer grauhaarigen Dame mit einem Hut aus Waschbärpelz.

»Die Gegenwart des Unsichtbaren«, sagte Professor Quayle. »Die unsichtbaren Geister des Verstorbenen. Unsichtbar? Oh, ich habe sie gesehen, meine Freunde, ich habe sie gesehen und mit ihnen gesprochen, wie es jeder von Ihnen kann, wenn er nur will. Heute abend werde ich Ihnen photographische Platten zeigen, die auch die größten Skeptiker unter ihnen zufriedenstellen werden. Aber ich bin nicht hier, um Sie davon zu überzeugen, daß Wesen außerhalb der körperlichen Welt existieren. Ihr Handeln ist frei. Sie denken und handeln gemäß Ihrer Gedanken, und wir nennen die Fähigkeit in Ihnen, die diese Gedanken bestimmt, Ihr inneres Wesen, Ihre Seele, Ihren Geist. Ich sage Ihnen, meine Freunde, die Geister, mit denen ein Medium in Kontakt tritt, sind nichts anderes als die Seelen von Männern und Frauen wie Sie und ich, lediglich losgelöst aus der Hülle der groben, weltlichen Materie.«

»Ist das nicht Dr. Probert dort, auf dem zweiten Platz in der zweiten Reihe von vorne?« fragte Jowett überraschend Cribb.

»Sie haben recht, Sir! Und Miss Crush sitzt neben ihm.«

»Ah, Sie haben die Dame bereits kennengelernt. Sie war zweifellos sehr dankbar, als sie erfuhr, das Scotland Yard ihrer gestohlenen Vase auf der Spur ist.«

»Diesen Eindruck hatte ich nicht, Sir.«

»Nein?« Inspektor Jowett drehte sich überrascht um.

Auf der Bühne hatte der Professor seine Ausführungen über die Geister im Saal beendet und war beim weniger beunruhigenden Thema seiner Gespräche mit berühmten historischen Personen angekommen. Der heilige Petrus machte den Anfang.

Cribb wartete, bis die Rede von Julius Cäsar über William Shakespeare auf George Washington kam.

»Miss Crush möchte, daß wir die Untersuchungen einstellen, Sir. Sie sagt, die Vase sei ihr gleichgültig.«

»Großer Gott«, sagte Jowett laut.

Der Mann zu seiner Linken runzelte die Stirn und beugte sich in einer Art vor, die deutlich machte, daß er, wenn er sich schon Blasphemien anhören müsse, die vorzog, die von der Bühne kamen.

»Ich glaube, sie will ihre Bekannten nicht aufregen, Sir. Die Vase ist Nachforschungen über ihre spiritistischen Freunde nicht wert.«

»Verständlich, das muß ich zugeben, aber ganz und gar unmöglich. Ich hoffe, Sie haben ihr gesagt, daß Sie Ihre Pflicht tun müssen.«

»Darüber habe ich keinen Zweifel gelassen, Sir.«

Vorne zitierte der Professor aus einer Unterhaltung, die er kürzlich mit Napoleon geführt hatte: »Marschiert voran, meine Kinder! Ihr braucht keine Bajonette, um eure Sache zu verfechten. Die Wahrheit ist mächtiger als Armeen, Flotten, Kanonen und Kartätschen.«

»Hört, hört«, rief jemand im Saal, und ein nervöser Applaus brach aus, in den man Miss Crush begeistert einstimmen sehen konnte.

»Sie haben natürlich die Dame nicht bedroht«, sagte Jowett. »Leute aus ihrer Schicht sind Einschüchterungsmethoden nicht gewohnt, müssen Sie wissen. Um ehrlich zu sein, etwas, das mir Dr. Probert diesen Nachmittag überbrachte, beunruhigte mich, daß Sie nämlich die Absicht hatten, ›Miss Crush die Daumenschrauben anzulegen‹. So führen wir doch unsere Ermittlungen nicht durch, oder Sergeant – nicht, wenn Leute von Stand betroffen sind?«

»Nur ein Versprecher, Sir. Keine böse Absicht dahinter.«

»Dafür kann ich mich verbürgen, Sir«, fügte Thackeray hinzu, der sich vorwärts lehnte, um Jowetts Blick zu erhaschen.

»O Gott, ich hoffe, *Sie* waren nicht dabei«, sagte der Inspektor, als hätte das seinen schlimmsten Verdacht über die Brutalität der Polizei bestätigt.

So bemerkenswert Professor Quayles Gespräche mit den Großen und Mächtigen auch waren, sie hätten das Publikum noch stärker in ihren Bann geschlagen, wenn sie sorgfältiger bearbeitet worden wären. So aber waren sie von einer enttäuschenden Gleichförmigkeit. Auf der Anderen Seite schien es eine Verschwörung zu geben, mit dem Ziel, nichts von dem Leben nach dem Tode preiszugeben. Die Gespräche bestanden vorwiegend aus Beteuerungen des guten Willens und Ermahnungen, den Kontakt nicht abreißen zu lassen; die Vortragsweise des Professors machte die Sache auch nicht besser; sie erinnerte stark an die Rede des Brautführers bei einer Hochzeit. Als Lord Beaconsfield an der Reihe war und das Publikum erkannte, daß er dank seines erst kürzlichen Ablebens fast mit Sicherheit der letzte sein würde, ging ein unmißverständliches Seufzen der Erleichterung durch die Menge.

Es war eine schwierige Phase des Vortrags. Sobald die Andeutungen über Schlüsselblumen und die Conservative Party unter Applaus beendet waren, brauchte es etwas wirklich Interessantes, um die Vorlesung lebendig zu halten. Glücklicherweise war so etwas bei der Hand. »Ich möchte Ihnen nun ein junges Medium vorstellen, dessen Séancen in den letzten Wochen von Erscheinungen der außergewöhnlichsten Art und Vielfalt begleitet wurden – so außergewöhnlich in der Tat, daß er in Kürze in der Hauptstadt in aller Munde sein wird. Geräusche und Tischeklopfen sind in den Vorortstädten nichts Neues, aber was sagen Sie zur Materialisation einer Geisterhand in Kensington, zum Schweben einer gesamten Zimmereinrichtung in Hampstead und zu einer schriftlichen Botschaft des verstorbenen Duke von Wellington in einem Privathaus in Camberwell – einem Schreiben, so kann ich Ihnen mitteilen, das von dem besten Londoner Graphologen als echt anerkannt wurde? Das sind beliebig ausgewählte Beispiele, nur um Ihnen einen Eindruck von der Reichweite der Kraft des jungen Mannes zu vermitteln – oder besser, von seiner Fähigkeit, die Kräfte der Geister so zu konzentrieren, daß sie solch gewaltige Phänomene hervorrufen können. Meine Damen und Herren, er ist noch jung und nicht an öffentliche Auftritte gewöhnt, aber er hat großzügigerweise zugestimmt, heute abend hier mit mir zu erscheinen – Mr. Peter Brand.«

Für einen Neuling hatte Peter Brand ein feines Gespür für die zeitliche Planung seines Erscheinens. Er verzögerte den Auf-

tritt gerade so lange, daß sich ein Anflug von Besorgnis im Publikum breitmachte. Dann trat er hinter dem Pampasgras hervor, verbeugte sich bescheiden und schüttelte Quayle die Hand. Er war merklich kleiner als der Professor, schlank und blaß, und mit einer verhangenen Unsicherheit in seinen Augen, die es wahrscheinlich machte, daß sich in jeder Brust im Publikum mütterliche Gefühle regten. Er hatte lange, schwarze Haare und trug einen marineblauen Samtanzug mit weißer Krawatte.
»Wie Charlie Peace sieht er aber nicht aus«, meinte Cribb zu Thackeray. »Was meinen Sie?«
»Raffinierter kleiner Bettler, Sarge. Ich würde ihm nicht trauen.«
»Meine Damen und Herren, Sie werden verstehen, daß dies keine Umgebung für eine Séance ist«, verkündete Professor Quayle, »und Mr. Brand ist nicht eines der sogenannten Medien, die ungewöhnliche Erscheinungen nur produzieren, um ihre Fähigkeiten zu demonstrieren. Wie ich betrachtet er seine mediale Kraft als ein Geschenk des Allmächtigen, er benutzt sie in Demut und in Hochachtung für die Seelen, die bereits zur Großen Reise aufgebrochen sind, es aber vorziehen, noch eine Zeit auf ihrem Weg zu verweilen, um jenen, die nachfolgen werden, Trost zu spenden.«
»Für jeweils zehn Guineen«, murmelte Cribb.
»Aber dennoch kann es möglich sein, daß einer der heute abend bei uns in diesem Saal unsichtbar Anwesenden den Lebenden eine Botschaft übermitteln will. Und deshalb hat sich Mr. Brand in aller Bescheidenheit bereit erklärt, Ihnen seine Fähigkeiten zur Verfügung zu stellen. Für den Fall, daß einige unter Ihnen nicht in aller Öffentlichkeit mit Ihren lieben Verstorbenen in Kontakt treten wollen, wird er nur denen Botschaften übermitteln, die ihre Bereitschaft bezeugen, indem sie kleine, persönliche Gegenstände in die Umschläge, die wir nun verteilen werden, stecken und mit Bleistift ihren Namen darauf schreiben.«

»Bitte«, rief eine Stimme aus den vorderen Reihen, und ein Diener eilte mit einem großen, braunen Umschlag dorthin.
»Miss Crush«, verkündete Thackeray enttäuscht. »Wahrscheinlich werden es nur Leute sein, die er kennt, Sarge.«
»Das muß nicht so sein«, sagte Cribb. »Was haben Sie in Ihren Taschen?«
»O Gott! Nur meine Handschellen –«
»Genau das Richtige. Lassen Sie sich einen Umschlag geben.«
So fand sich also Thackeray von Sergeant Cribb in die vorderste Front gedrängt, allerdings nicht zum ersten Mal.
»Sehr schön«, sagte der Professor in diesem Augenblick. »Wir haben jetzt vier Umschläge mit persönlichen Gegenständen aus dem Publikum. Jetzt werden wir sehen, ob einer davon eine Reaktion von der Anderen Seite hervorruft. Würden Sie bitte den ersten nehmen, Mr. Brand? Der Name auf dem Umschlag lautet Miss L. Crush.«
»Miss Crush«, wiederholte Brand.
»Sprechen Sie bitte lauter, Sir«, verlangte jemand im hinteren Teil des Saales.
Brand nickte zustimmend und legte die Hand auf den Umschlag. »Es ist ein Handschuh«, sagte er mit kräftiger Stimme und hielt ihn zur Bestätigung hoch. »Bitte haben Sie Geduld...« Er legte die andere Hand auf die Stirn und schloß die Augen.
Das Publikum hielt den Atem an.
»Wohnen Sie in Belgravia, Miss Crush?« fragte er mit geschlossenen Augen.
»Ja, ja, dort wohne ich«, rief Miss Crush von ihrem Platz in der zweiten Reihe so triumphierend, als würde bereits diese Information das ewige Leben beweisen.
»Etwas kommt für Sie durch von einem Ihrer Vorfahren. Männlich. Ein Onkel. Der Name ist schwierig. Etwas wie...« Seine Stimme brach ab.
»Walter«, warf Miss Crush hilfsbereit ein.
»Ja, das ist der Name. Ihr Onkel Walter, der vor noch gar nicht

langer Zeit verstorben ist. Vielleicht vor einem Jahr, richtig?«
»Stimmt genau!« sagte Miss Crush und sah sich nach beiden Seiten um, wollte sie doch ihre Begeisterung mit dem ganzen Publikum teilen.
»Er läßt Sie wissen, daß er sich daran erinnert, Sie vor vielen Jahren zur Großen Weltausstellung in den Crystal Palace mitgenommen zu haben. Stimmt das?«
»Vollkommen!« rief Miss Crush und fügte hinzu: »Natürlich war ich damals noch ein kleines Kind.«
»Er sendet Ihnen eine Botschaft. Sie besagt, daß die Große Ausstellung, bei der er jetzt ist, noch viel prächtiger ist. Ergibt das einen Sinn?«
»Unendlich viel Sinn!« rief Miss Crush. »Vielen Dank.« Von überall im Saal kam anerkennendes Murmeln.
Die nächsten beiden Umschläge enthielten ein Notizbuch und eine silberne Uhr. Die Besitzer waren über die Botschaften, die sie von der Anderen Seite erhielten, hoch erfreut. Brands Selbstbewußtsein wuchs. »Kann ich jetzt bitte den letzten Umschlag haben? Vielen Dank. Er ist etwas schwerer als die anderen. Wie, sagten Sie, lautet der Name, Professor? E. Thackeray? Darf ich sehen, wo Mr. Thackeray sitzt?«
»Stehen Sie auf«, sagte Cribb zu seinem Assistenten.
»Halten Sie das für klug, Sergeant?« fragte Jowett.
»Das werden wir gleich sehen, Sir.«
»Vielen Dank, Mr. Thackeray«, sagte Brand. Er steckte die Hand in den Umschlag und zog etwas heraus. »Was haben wir denn hier?«
»Handschellen«, rief jemand in der vordersten Reihe. Das Wort wurde aufgenommen und unter ungläubigem Murmeln von Reihe zu Reihe weitergegeben. Die in den hinteren Reihen streckten sich, um selber zu sehen. Vom ganzen Publikum war vermutlich Sergeant Cribb der einzige, der nicht den Gegenstand in Brands Hand betrachtete, sondern den Ausdruck auf dessen Gesicht. Ganz offensichtlich war das Medium dieser neuen Entwicklung nicht gewachsen.

Professor Quayle trat an den Bühnenrand und wandte sich an Thackeray: »Wenn dies ein Schabernack sein soll, Sir, so glaube ich im Namen des Publikums zu sprechen, wenn ich ihn für äußerst geschmacklos halte.«

»Bei Gott nein«, erwiderte Thackeray verletzt. »Es war der einzige Gegenstand, den ich in meiner Tasche hatte, bis auf mein Notizbuch, und mich von dem zu trennen, würde mehr als nur meinen Job kosten.«

»Sind Sie Polizist?«

»Richtig, Sir«, meinte Thackeray freundlich.

»Ein Polizist in Zivil?«

»Wieder richtig, Sir«, sagte Thackeray mit der gleichen ermutigenden Stimme wie die anderen Freiwilligen bei ihren Entgegnungen auf die präzisen Vermutungen von der Bühne.

»Aber sie sind dennoch für alle Notfälle gerüstet?«

»Für jeden, Sir.«

»Das würde also die Handschellen erklären«, sagte Professor Quayle etwas versöhnlicher. »Ich vermute, Sie haben übersehen, Officer, daß Handschellen wohl kaum als persönliche Gegenstände bezeichnet werden können, außer vielleicht von Mitgliedern Ihres Berufsstandes. Gegenstände dieser Art dürften schwerlich Reaktionen von Jenen da oben hervorrufen, wissen Sie. Für die sind Handschellen nichts Persönliches.«

»Für ein paar an diesem Anderen Ort schon, Sir«, erwiderte Thackeray.

Diese Antwort entzückte das Publikum und gab Cribb die Möglichkeit, Thackeray wieder auf seinen Stuhl zu drücken. Quayle für seinen Teil schien es zufrieden zu sein, den Dialog zu beenden.

»Mit Erlaubnis unseres Freundes, des Herrn Polizisten mit den außerordentlich guten Verbindungen, werde ich mich jetzt anderen Dingen zuwenden, meine Damen und Herren. Wenn das Personal doch bitte so freundlich ist, das Gas auszudrehen und die Laterna magica nach vorne zu bringen, werden wir mit den Geisterphotographien fortfahren. Ich bin sicher, daß die jeden Zweifel, den Sie an der Existenz des Übernatürlichen vielleicht noch haben könnten, ausräumen werden.«

Die Lampe, die bereits brannte und aus ihrem Rauchabzug mächtige Paraffinwolken austieß, wurde auf einem Karren über den Mittelgang gefahren und auf eine große, weiße Leinwand gerichtet, die der Professor in der Mitte der Bühne entrollt hatte. Die Lichter wurden gedämpft, und auf der Leinwand erschien das Bild einer jungen Frau, die auf einem Stuhl mit hoher Rückenlehne saß. Ihre körperhafte Erscheinung mußte auch die Anwesenden mit ängstlicher Disposition beruhigen.

»Das ist eine photographische Platte des Mediums Miss Georgina Houghton aufgenommen im Studio des Geisterphotographen Mr. Frederick Hudson«, verkündete Quayle. »Wie Sie sehen, gibt es nichts Bemerkenswertes. Aber nun betrachten Sie diese hier, wenige Minuten später aufgenommen.«

Miss Houghton im Stuhl wurde schnell nach links geschoben und auf der Leinwand von einem anderen Bild ersetzt, das sie in genau der gleichen Haltung zeigte. Aber diesmal stand eine gesichtslose, weißgewandete Gestalt hinter dem Stuhl. Der ganze Saal hielt die Luft an.

»Wenn jemand Interesse hat, so kann ich eine eidesstattliche Erklärung von Miss Houghton und Mr. Hudson vorlegen, daß kein anderer Sterblicher zum Zeitpunkt der Aufnahme im Studio anwesend war«, sagte der Professor. »Aber wie erklärt sich dann die zweite Gestalt? Ist es nur eine Laune des photographischen Prozesses – eine fehlerhafte Platte vielleicht, oder ein Lichteinfall in die Kamera? Wenn Sie das vermuten, darf ich Sie bitten, die nächste Platte anzusehen.«

Die Einladung mußte Cribb leider ausschlagen, denn er hatte etwas bemerkt, was es für ihn und für Thackeray unmöglich machte, noch länger zu bleiben. Mr. Peter Brand hatte die Dunkelheit dazu benützt, die Bühne zu verlassen und zum

Seitenausgang zu schleichen. »Haben etwas zu erledigen, Sir«, flüsterte Cribb Jowett zu, stieß Thackeray in die Rippen und dirigierte ihn zum Ende der Reihe, wobei er, über Füße, Knie und Regenschirme stolpernd, entschuldigend bemerkte, daß die Paraffindämpfe unerträglich seien.
Sie errreichten die Tür, wenige Sekunden nachdem Brand hindurchgegangen war. Er ging zügig die Store Street in Richtung auf die Tottenham Court Road entlang. »Einen Augenblick, Sir!« rief ihm Cribb hinterher. Aber Brand drehte sich nicht um.
»Ich halte den Kerl auf«, sagte Thackeray und fing an zu laufen.
»Keine Gewalt, Constable«, ermahnte ihn Cribb.
Thackeray war schlau genug, sich einem Befehl nicht zu widersetzen. Wenn man in der Art, wie er Peter Brand bei der Schulter packte, seinen Arm in einem Halb-Nelson nach hinten bog und ihn gegen einen nahen Laternenmast schleuderte, daß ihm die Luft wegblieb, etwas anderes sah als eine ganz gewöhnliche Aufforderung, doch mit der Polizei zusammenzuarbeiten, dann waren dreißig Jahre Polizeidienst umsonst gewesen.
»Eine widerlich kalte Nacht, Mr. Brand«, bemerkte Cribb, als er auf gleicher Höhe mit ihm war. »Es ist nicht die Jahreszeit, in der man ohne Hut und Mantel auf die Straße gehen sollte. Sie haben sie im Saal vergessen, nicht? Sie werden verzeihen, daß wir Ihnen folgten. Wir hofften, daß Sie einige Minuten für uns Zeit haben würden. Lassen Sie den Herrn los, Thackeray. Ich glaube, er versteht uns. Wir wollen doch jetzt alle friedlich zum Saal zurückkehren und uns ein ruhiges Plätzchen suchen, wo wir uns etwas unterhalten können.«
»Schade wegen der Geisterphotographien.« Cribb nahm das Gespräch wieder auf, als sie sich im Büro des Hausmeisters niedergelassen hatten. »Man hat nicht jeden Tag die Gelegenheit, Erscheinungen zu sehen, aber ich nehme ja an, daß Sie die Show schon kannten, Mr. Brand?«

Wenn es überhaupt noch möglich war, dann sah das Medium jetzt noch blasser und verletzlicher aus als auf der Bühne. Er schwieg.
»Das ist natürlich nur ein Trick«, fuhr Cribb fort. »Manipulierte Platten und Doppelbelichtungen. Waren Sie vielleicht mit den Photographien nicht einverstanden und haben deshalb den Saal unter Protest verlassen?«
Ob nun Cribb mit seiner Vermutung recht hatte oder nicht, Brand weigerte sich im Augenblick, von irgend etwas Notiz zu nehmen.
»Ich persönlich habe ja eine andere Theorie«, sagte Cribb. »Vielleicht war es der Anblick von Thackerays Handschellen, der Sie aufgeregt hat. Es ist schon schäbig, einem sensiblen Mann so einen Streich zu spielen, vor allem, wenn er etwas getan hat, für das er sich schämen müßte. Ich unterstelle nicht, daß Sie so etwas getan haben, Sir. Thackeray sollte sich schämen, nicht Sie. Er hat Sie ja wirklich mitten in Ihrer Aufführung unterbrochen, nicht?«
»Das is' keine Aufführung«, sagte Brand unerwartet.
»Mein Fehler, Sir. Das Wort war unglücklich gewählt.«
»Wollt' ja gar nich auf 'ner verdammten Bühne stehn«, fuhr Brand fort, mit einem Cockney-Akzent, der sich nur schwer mit übersinnlichen Kräften vereinbaren ließ. »Quayle hat's mir eingeredet. Sagt, ich muß mir in 'er Öffentlichkeit 'nen Namen machen, un' er war ja so'n guter Kumpel, da konnt ich nich nein sagen. Hat mich doch aufgenomm' un mir beigebracht, wie man Verbindung kriegt. Wissen Se, 'ne Gabe isses schon, du mußt aber auch wissen, wasde mit ihr machst.«
»Sicherlich«, sagte Cribb. »Ich vermute, es hat Ihr Leben verändert.«
»Na, aber total«, fuhr Brand fort. »War in 'en besten Häusern von ganz London. Und sogar bei de Adligen. Ohne den Professor hätt' ich's nie geschafft.«
»Klingt, als wäre er sehr großzügig. Was, glauben Sie, hat ihn dazu veranlaßt?«

»Ach, sehn Se, der hat ja seine Kraft fast ganz verlorn. Bringt keine Erscheinungen mehr zustande. Es fordert 'nem Mann schon was ab, wenn er älter wird. Und als er gemerkt hat, daß er seine Kraft verliert, hat er sich nach einem umgesehn, an den wo er sein Wissen weitergeben kann.«

»Und sein Adreßbuch, nehme ich an«, sagte Cribb.

»Na, 'n paar hat er mir ja vorgestellt, aber ich hab' auch selber welche kennengelernt.«

»Miss Crush zum Beispiel?«

»Miss Crush?« Brand errötete kaum merklich. »Ja, die zum Beispiel.«

»Sie ist heute im Publikum, oder?« fragte Cribb. »Sie war Ihre erste Freiwillige. Für jemanden, der nicht Bescheid wußte, muß es ja ziemlich eindringlich geklungen haben, das mit dem Onkel, wie hieß er gleich wieder?«

»Walter«, sagte Brand. »Na, hörn Se, Chef. Leuten mit meiner Berufung passiern eben komische Sachen. Und wenn ich 'en Dusel hab', jemand zu sehn, den ich kenne, dann bin ich doch nich so blöd, und nutz' des nich aus. Außerdem hat's der alten Schachtel eh gefallen, was se gehört hat, oder nich?«

»Zweifellos«, sagte Cribb. »Und überraschend, wenn man den Verlust bedenkt, den sie an dem Abend Ihrer Séance bei Dr. Probert erlitten hat.«

»Verlust?« wiederholte Brand geistesabwesend.

»Haben Sie nicht davon gehört? Eine Vase wurde aus ihrem Haus am Eaton Square gestohlen.«

»Scheiße. Hat mir keiner was davon gesagt. Aber doch nicht die Minton?«

»Sie haben sie also gesehen?« fragte Cribb.

»Habse alle auf der Anrichte aufgestellt gesehn. Mit Porzellan kenn ich mich aus. Und Sie wolln die jetzt wiederfinden, oder? Is'ja mindestens tausend wert. Dauert Jahre, bis de Oberfläche von so 'nem Ding fertig is'. Das machen die Schicht für Schicht.«

»Es war nicht die Minton-Vase, die Miss Crush gestohlen

wurde«, erklärte Cribb. »Der Dieb hat die Royal Worcester mitgenommen.«
»Na, dann is' ja alles in Ordnung«, meinte Brand. »Is' doch nur Schund, dieses Japanzeugs. Warum fragen Se mich denn danach? Se glauben doch nich, ich möchte so'n Zeug, oder?«
»Besitzen Sie selber eine Sammlung?«
»O Mann, nein. So dicke hab' ich's nich. Ich werd' vielleicht langsam bekannt, aber ich hab' ja noch nich einmal 'n eigenes Haus. Wohn' beim Professor in Untermiete. Hab' kein' Platz für Porzellan, das kann ich Ihn' sagen.«
»Vielleicht Bilder?« fragte Cribb.
»Wo wolln Se denn drauf raus?«
»Aus Dr. Proberts Haus wurde vor ein paar Tagen ein Etty gestohlen.«
»Das gibt's doch nich.« Brand blieb der Mund offen.
»Das sind zwei Ihrer Kunden«, sagte Cribb. »Miss Crush und Dr. Probert.«
»Die verdächtigen doch nicht mich?« fragte Brand entsetzt.
»Die nicht. Aber vielleicht andere.«
»Für was halten Sie mich denn? Ich werd' doch nich meine Karriere riskiern und bei mein' Kunden klauen. O Mann, ich bin noch für drei Séancen bei Dr. Probert bestellt. Wissenschaftliches Zeug. Am Samstag is' die nächste. Wär' doch verrückt, wenn ich dann seine Bilder mitgehn lassen tät, oder?«

Cribb nickte. »Keine Frage.« Er beugte sich vor. »Die Dinge, die bei den Séancen passieren, Mr. Brand. Geisterhände und so Zeug. Glauben Sie wirklich selbst daran?«
Es gab eine Pause. Dann sagte Brand: »Sie wolln mir 'ne Falle stellen, Bulle. Ich verdien' mein Geld nich mit Betrug, wenn Se das meinen. Meine Kunden wissen, daß ich nix garantiern kann ohne die Hilfe der Geister. Fragen Se doch Miss Crush oder Dr. Probert oder seine Tochter oder jemand anders, was die gehört oder gesehn ham. Es passiert einfach was, wenn ich die Hände auf 'nen Tisch leg', komische Sachen, die wo keiner

erklärn oder kontrolliern kann, nich mal die von Scotland Yard. Ham Se schon mal was davon gehört, daß Sachen einfach weggezaubert werden?«

»Ja, sogar ziemlich oft«, sagte Thackeray. »Aber am Ende kriegen wir die Gauner immer.«

Fünftes Kapitel

Ach, würden nur die Schatten
der verehrten Toten sich herablassen
zu einem Klopfen oder einem Rat!

Zärtlich drückte Inspektor Jowett Miss Alice Proberts linke Hand, die fest in seiner Rechten lag. Der Druck war genau berechnet, er sollte nur ein Beistandsversprechen ausdrücken, sonst nichts. Schließlich mußte Jowett ja an seinen Ruf beim Yard denken. Die Konsequenzen eines unvorsichtigen Händedrucks waren nicht auszudenken. Und doch war die Erfahrung des Händchenhaltens, trotz aller Gefahren, keine unangenehme. Außerdem war es erhellend. Hier in der Dunkelheit neben Miss Probert verstand er sehr gut, warum sich jeder um die Séancen riß.

Seine linke Hand hielt mit einem unzweideutigen Griff der Geisterforscher Dr. Strathmore. Auf ähnliche Weise war Strathmore mit Miss Crush verbunden; vervollständigt wurde der Kreis von Peter Brand, Dr. Probert und Captain William Nye, dem Verlobten von Miss Probert, der ihre Hand in schicklicher Art und Weise hielt. Sie alle saßen um einen ovalen Tisch in der Bibliothek von Dr. Proberts Haus in Richmond.

Proberts Einladung zu seinem nächsten Experiment, wie er es nannte, hatte Jowett gerne angenommen. Nicht daß er an diesen Tischrücken-Unsinn glaubte, aber wenn der Rest der guten Londoner Gesellschaft sich damit abgab, konnte er es nur schwer ignorieren. Die einzige Bedingung, die er Dr. Probert gestellt hatte, war, nicht als Detektiv-Inspektor vorgestellt zu werden. Das würde die Leute sicher erregen und dazu führen, daß sie für alles, was geschah, eine schlaue Erklärung erwarteten. Erklärungen waren nicht eben seine Stärke, ihn konnten sogar die Zauberer in den schlechtesten Varietés in Verwirrung stürzen. Nein, er war es recht zufrieden, als Mr. Jowett bekannt zu sein, ein Beamter mit einem Büro in Whitehall.

Die Präliminarien waren schnell beendet gewesen: Vorstellungen, ein Glas Sherry im Salon und dann ging es in die Bibliothek. Sieben Stühle standen bereits um den Tisch aus poliertem Mahagoni. Das Zimmer war schmal und hatte Regale bis zur Decke, aber Dr. Proberts ganzer Stolz, das elektrische Licht, entschädigte mehr als ausreichend für die düsteren Buchrücken. An einem Ende des Zimmer teilten Samtvorhänge eine Nische ab, die dem Doktor als Arbeitszimmer diente.

Eigentlich sollte bei einer Séance das Herz ja schneller schlagen, wenn das Licht ausging, Jowett aber fühlte sich bedeutend erleichtert, als Probert den Schalter umlegte. Der junge Nye, der links neben Miss Probert saß, hatte ihn auf eine Art gemustert, die vollkommen unzeitgemäß und seiner Meinung nach auch unberechtigt war. Was konnte er dafür, wenn die Zukünftige dieses Kerls sich im Gespräch fast ausschließlich an ihn wandte? Alice Probert war ungewöhnlich reizvoll, das gab er ja gerne zu, mit ihren natürlichen schwarzen Locken und einer Figur, die er bei einem Alter von neunzehn Jahren nur als frühreif bezeichnen konnte; Nyes Aufgeregtheit war deshalb gar nicht überraschend. Welche Qualen mußte der Mann in der Dunkelheit erleiden!

»Scheuen Sie sich nicht, sich leise zu unterhalten«, kam Brands Stimme aus der Dunkelheit. Er sprach jedes Wort mit der Sorgfalt eines Menschen aus, der zwar die Vortragskunst erlernt hat, jedoch die Vokale nicht vollkommen beherrscht. »Mir ist das lieber als ein gedrücktes Schweigen und den Geistern ebenso. Wenn Sie irgendwann während der Séance den Drang verspüren, etwas laut zu rufen, aus voller Brust zu singen oder zu gestikulieren, so möchte ich Ihnen zu Ihrem eigenen Besten raten, diesem Impuls nachzugeben. Erschrekken Sie auch nicht, wenn sich die Person neben Ihnen zusammenkrümmt. Das ist ganz normal. Legen Sie einen unterstützenden Arm um sie und lassen Sie sie sich an Sie lehnen, bis der Anfall vorüber ist.«

Das waren schlechte Nachrichten für Nye! Wieder drückte Jowett zärtlich Alices Hand, um sie wissen zu lassen, daß sie von links Beistand erwarten könne.

»Ich habe dem Personal für den Abend freigegeben«, sagte Dr. Probert als Reaktion auf die Aufforderung zum Gespräch. »Habe sie weggeschickt. Wollte nicht, daß sie im Haus lärmen und uns erschrecken.«

»Wo ist Mama?« fragte Alice.

»So weit weg, wie es nur ging«, erwiderte Probert. »Ich habe sie mit einem Band *Bedeutende britische Predigten* nach oben geschickt. Das sollte sie von den Vorgängen hier unten ablenken. Haben Sie die Zimmertemperatur überprüft, Strathmore?«

»Achtundsechzig Komma fünf Grad Fahrenheit« meldete Strathmore. »Vor fünf Minuten, um halb acht.«

»Ausgezeichnet. Es tut mir leid wegen des Ofenschirms, aber Dunkelheit ist wesentlich. Spürt schon jemand etwas? Was ist mit Ihnen, Jowett? Das ist doch Ihre erste Séance, oder?«

»Das stimmt. Ich kann Ihnen versichern, ich spüre nichts Außergewöhnliches.«

»Großartig. Und Miss Crush?«

»Ich fange langsam an, die Anwesenheit eines Geistes zu spüren«, sagte Miss Crushs Stimme mit einer eigenartigen Betonung. »Das Zimmer ist kälter geworden, oder?«

Jowett zumindest bekam eine Gänsehaut.

»Ist da jemand, der in Kontakt treten will?« fragte Brand.

Es kam keine Antwort, aber die Atmosphäre war inzwischen wie aufgeladen vor Spannung. Für diesen Abend war die gedämpfte Unterhaltung beendet. Die Anwesenden warteten atemlos darauf, daß Brand die Frage ein zweites Mal stellte.

»Bitte gib uns ein Zeichen, wenn du da bist.«
Es kam sofort: Ein deutlich vernehmbares Klopfen auf dem Tisch.
»Da ist es«, rief Miss Crush überflüssigerweise.
Brand handelte mit der professionellen Gewandtheit des Routiniers. »Bist du bereit, Fragen zu beantworten, mit einmal Klopfen für nein und dreimal für ja?«
Ein selbstbewußtes dreifaches Klopfen war zu hören.
»Kennt dich einer von uns?«
Die gleiche Antwort.
»Unser Gastgeber?«
Einmal.
»Miss Crush?«
Drei deutliche Schläge.
»Kannst du uns deinen Namen nennen?«
Fünf Schläge.
»Das Alphabet«, sagte Dr. Probert, der die Gepflogenheiten bei Séancen ebenfalls zu kennen schien.
Brand sagte das Alphabet so schnell auf, daß es schien, er wolle bis Z kommen, ohne unterbrochen zu werden, aber bei W hörte man einen heftigen Schlag auf den Tisch. Er begann von neuem und wurde sofort von einem zweiten Schlag gestoppt.
»A«, sagte Dr. Probert. »W und dann A.«
»Walter«, rief Miss Crush, als wäre sie plötzlich darauf gekommen. »Onkel Walter!«
Dreimaliges lautes Klopfen bestätigte dies.
Jowett beugte sich in der Dunkelheit vor und versuchte, den Ursprung der Klopfzeichen auszumachen. Zuerst schienen sie von der Seite gekommen zu sein, wo das Medium saß, aber die letzten hatten näher geklungen. Er ließ sich natürlich von ihnen nicht täuschen. Es gab mindestens ein Dutzend Möglichkeiten, diese Geräusche auch ohne die Hilfe der Geister zu produzieren. Im Laufe der Jahre hatten die sogenannten Medien so ziemlich alles gestanden, von Kastagnetten zwischen den Knien bis zum Gelenkknacken im großen Zeh. Von einer

Dame ging die Geschichte, daß sie in Ohnmacht fiel, wenn einer ihrer Freunde einen Keks zerbrach. Es brauchte schon etwas Sensationelleres als ein paar Schläge unter dem Tisch, um einen Scotland-Yard-Mann davon zu überzeugen, daß er sich in Gegenwart des Übernatürlichen befand.

Aber dennoch bot die Dunkelheit irrationale Möglichkeiten. Die Sinne waren darauf ausgerichtet, auch die kleinste Andeutung von etwas Ungewöhnlichem aufzunehmen. Die ganze Selbstbeherrschung, die man sich in einem Leben als Polizist erworben hatte, war nötig, um die Dinge im richtigen Verhältnis zu sehen.

»Die Herren der Wissenschaft sind hier, um die Phänomene einer Séance zu beobachten«, erklärte Brand Onkel Walters Geist. »Bist du bereit, uns bei unseren Experimenten zu unterstützen?«

Dreimaliges Klopfen.

Jowett spürte plötzlich einen Druck von Alice Proberts Hand.

»Sehen Sie!« sagte sie. »Es schwebt etwas über dem Tisch.«

»Bei Gott, ich sehe es!« rief ihr Verlobter.

»Ich auch«, sagte Probert.

Jowett richtete sich aus seiner Lauschhaltung auf und sah zu seiner gewaltigen Überraschung das Phänomen nun selbst: Ein Lichtfleck, etwa von der Größe eines kleinen Vogels, flatterte über den Tisch. Das Leuchten war nicht stark genug, um die Gesichter der Anwesenden zu erhellen, aber irgend etwas war unleugbar da, und es lebte. Es stieg und fiel, es schien willkürlich zu verschwinden und an anderer Stelle wieder aufzutauchen, es schien auf geheimnisvolle Weise seine Gestalt zu verändern.

»Sehen Sie es, Strathmore?« fragte Dr. Probert.

»Unglaublich!« murmelte der Mann von der Gesellschaft für das Leben nach dem Tod.

»Der Herr steh uns bei!« sagte Miss Crush. »Ich glaube, es ist eine Hand.«

Noch während Jowett hinsah, wurde das Flattern langsamer,

und er konnte kurz die Form einer menschlichen Hand mit Fingern und einem Daumen erkennen. Kein Handschuh und auch keine Gipsplastik, kein offensichtliches Kunstprodukt. Es war erkennbar eine am Gelenk abgetrennte Hand, die sich auf so natürliche Weise streckte und zusammenballte, daß die Faltenbildung der Haut mit den Handlinien zusammentraf. Aber trotz ihrer Beweglichkeit fehlte ihr die Farbe einer lebenden Hand. Sie war nicht rosa, sondern bleich, und sie leuchtete in der Dunkelheit.

»Eine Materialisierung!« flüsterte Probert. »Ich hätte nie geglaubt, daß ich das in meinem Leben –«

»Ich auch nicht«, murmelte Strathmore ehrfurchtsvoll.

»Diese Manifestation ist ziemlich häufig«, sagte Brand ruhig. »Nehmen Sie sich weiter fest bei der Hand, dann wird sie herunterkommen und uns berühren.«

Während das Medium sprach, sah Jowett, wie sich die Hand zur Faust schloß, sich umdrehte und verschwand. Einen Augenblick später hörte man einen Schrei.

»Sie hat meine Wange berührt!« rief Miss Crush.

Und plötzlich sagte Alice Probert: »Mein Kleid. Es zerrt an meinem Kleid!«

»Wirklich? Um Gottes willen«, sagte Nye an ihrer Seite. »Ich werde es nicht zulassen!«

»Behalten Sie Ihre Hände auf dem Tisch«, warnte Brand.

»Ich werde nicht zulassen, daß man meine Alice belästigt«, sagte Nye entschlossen.

»Es ist schon gut, William. Es hat aufgehört«, sagte Alice.

»Unverschämtes Benehmen, wer immer es war«, bemerkte Nye.

»Onkel Walter konnte einem hübschen Mädchen nie widerstehen«, bekannte Miss Crush.

»Das ist ja der passende Augenblick, uns dies zu sagen, Madam, wenn sich eine Hand unter dem Tisch Freiheiten herausnimmt«, erwiderte Nye. »Dr. Probert, glauben Sie, daß wir wirklich mit dieser Sache fortfahren sollten?«

Noch bevor irgend jemand antworten konnte, kam ein furchterregendes Gebrüll von Nye. »Was zum Teufel geht hier vor? Jemand bewirft mich mit Früchten!«
Und wirklich rollte etwas über den Tisch und blieb vor Jowetts Hand liegen. Die Frucht mußte aufgeplatzt sein, als sie von Nye abprallte, denn der säuerliche Geruch von Orangensaft hing in der Luft.
»Der Geist hat den Eindruck, daß Sie ihm feindlich gesonnen sind«, erklärte Brand. »Versuchen Sie, ihn zu besänftigen, Mr. Nye, oder das Experiment ist ruiniert.«
»Ja, William, spielen Sie doch um Gottes willen mit«, fügte Dr. Probert hinzu.
»Einen Teufel werde ich!« erwiderte Nye unfreundlich.
Man hörte, wie eine weitere Orange Nye traf. Eine dritte ging daneben, aber sie mußte die Vase mit Chrysanthemen auf dem Kamin hinter ihm getroffen haben, denn man hörte, wie das Gefäß umfiel, und dann das schnelle Tropfen von Wasser auf das Feuerblech.
»Meine Damen und Herren, der Geist hat uns verlassen«, verkündete Brand.
»Verdammt, Nye, Sie haben alles vermasselt!« rief Strathmore wütend. »Die ewigen Geheimnisse waren uns zum Greifen nahe. Darauf habe ich zwölf Jahre gewartet. Zwölf Jahre!«
Aber Nye war verstockt. »Ich erlaube nicht, daß man sich an der Kleidung meiner Verlobten zu schaffen macht, weder im Namen der Wissenschaft noch von irgend etwas anderem. Das ist unerträglich. Wenn das die Art Ihrer Experimente ist, Dr. Probert, dann verlange ich, daß Alice den Tisch verläßt, und ich werde es ebenfalls tun. Guter Gott, hier geht es ja zu wie im Kasino, nachdem der Colonel gegangen ist.«
»Ich glaube, es wäre angebracht, wenn wir alle für eine Zeit den Tisch verlassen würden«, meinte Dr. Probert. »Ich sehe keinen Sinn darin, hier sitzen zu bleiben und darauf zu warten, daß wieder etwas nach Captain Nye geworfen wird.«
Alice, an Jowetts Seite, machte ein komisches Geräusch in ihrer

Kehle, das er beinahe für ein unterdrücktes Kichern gehalten hätte. Sie war offensichtlich hysterisch, das arme Kind.
»Sie haben recht«, sagte Brand. »Der Augenblick ist vorüber. Wir müssen uns alle erholen. Danach werde ich mich glücklich schätzen, in dem zweiten Experiment mitzuarbeiten, das Sie vorbereitet haben, Doktor. Für den Augenblick würde ich jedoch vorschlagen, das Licht einzuschalten.«

Sergeant Cribb hatte sich verrechnet. Er hätte Guineen gegen Kirschen verwettet, daß der Einbruch an diesem Abend bei Miss Crush stattfinden würde. Er hatte seine Annahme bekräftigt, indem er Thackeray am diesem Abend hinter einem Baum am Eaton Square postierte. Es schien ja so offensichtlich: Miss Crush war in Richmond und die Minton-Vase stand praktisch auf dem Präsentiertablett. Vielleicht zu offensichtlich. Thackeray würde deswegen am Morgen ganz schön fluchen, denn der Mann, den Cribb der Einbrüche verdächtigte, war überhaupt nicht in Belgravia. Er war einfach durch die Hintertür in Dr. Proberts Haus in Richmond gegangen.
Cribb hatte ihn dorthin vom Stadtzentrum aus verfolgt. Bis zu Richmond Bridge in einer Droschke und den Rest des Weges zu Fuß. Er war selten so überrascht gewesen wie zu dem Zeitpunkt, da er bemerkte, daß die Spur ohne Umwege über die Kensington High Street nach Hammersmith, Chiswick und Richmond führte.
Und nun betrat der Verdächtige selbstbewußt Proberts Haus durch die Hintertür. War das Personal denn so verrückt gewesen, die Hintertür unverschlossen zu lassen? Eigenartigerweise war der Keller dunkel. Nur an der Vorderfront im Erdgeschoß brannte ein Licht, vermutlich in dem Zimmer, wo die Séance stattfand, und in einem kleinen Fenster im obersten Stockwerk, wohin sich wohl Mrs. Probert geflüchtet hatte.
Probert würde wahrscheinlich an diesem Abend keinen Detektiv-Sergeant in seinem Haus willkommen heißen, und Jowett ebensowenig, aber Cribb kannte seine Pflichten. Er ließ seiner

Beute eine halbe Minute Zeit, um die Treppe zur Klassikergalerie hinaufzusteigen, und folgte ihr dann auf dem gleichen Weg. Aber als er die Tür zur Galerie erreichte, merkte er, daß er sich schon wieder verrechnet hatte. Die Tür war verschlossen und der Mann, den er verfolgte, nirgends zu sehen.

Dr. Proberts Edison-Swan-Lampen waren nicht nur stärker als Gas, sie erleuchteten den Raum auch sofort strahlend hell, sobald man den Schalter umlegte. Die Anwesenden blinzelten, während ihre Sehnerven versuchten, sich an die neue Situation zu gewöhnen. Während der Séance hatte Jowett ein immer stärker werdendes Bedürfnis verspürt, die Position der Möbel und den Abstand zu Wänden und Decke zu überprüfen. Es war mehr als nur der Wunsch gewesen, sich zu orientieren, es war der Zwang, sich zu versichern, daß Möbel, Wände und Decke wirklich noch da waren.

»Möchte jemand noch etwas trinken?« fragte Probert und brach das unbehagliche Schweigen.

»Ein kleiner Gin würde nicht schaden, jetzt, da Sie es erwähnen, Doktor«, erwiderte Miss Crush.

»Wenn ich mir die Bemerkung erlauben darf«, warf Strathmore ein, »es wäre klüger, wenn wir im Interesse der Wissenschaft bis nach dem zweiten Experiment keinen Alkohol mehr zu uns nehmen würden. Ich werde natürlich einen ausführlichen Bericht über die Ereignisse des heutigen Abends für die Annalen unserer Gesellschaft schreiben. Und man will doch nicht von gewissen Teilnehmern berichten, die dem Alkohol in Form von Sherry, gefolgt von unverdünntem Gin frönten. Es würde wohl die Glaubwürdigkeit des Berichts schmälern.«

»Das klingt sehr einleuchtend, Strathmore«, sagte Probert. »Was meinen Sie dazu, Miss Crush?«

»O ja, ganz außergewöhnlich einleuchtend, Doktor. Ich wußte ja nicht, daß man über uns in den Annalen berichten würde.« Sie lächelte schüchtern in Strathmores Richtung. »Werden Sie unsere Namen nennen, Mr. Strathmore?«

»Mit Ihrer Erlaubnis, Madam, mit Ihrer Erlaubnis. Ich kann mir vorstellen, daß der Bericht in den wissenschaftlichen Gesellschaften der ganzen Welt gelesen und diskutiert wird, sobald die Bedeutung der Ereignisse des heutigen Abends allgemein bekannt ist.«
»Dann werde ich selbstverständlich auf den Gin verzichten«, verkündete Miss Crush.
»In diesem Fall, glaube ich, sollten wir unverzüglich mit dem Aufbau des Apparates für das zweite Experiment beginnen. Ich nehme an, daß auch weiterhin jeder zur Mitarbeit bereit ist?« Dr. Probert sah sich fragend in der Runde um, und sein Blick blieb an seinem zukünftigen Schwiegersohn hängen.
Captain Nye rümpfte die Nase. »Aber es sollte besser in einer schicklicheren Art und Weise durchgeführt werden als die bisherigen Ereignisse des Abends. Ich werde nicht zulassen, daß meine Verlobte noch weiter in Verlegenheit gebracht wird, das kann ich Ihnen versprechen.«
»Es ist schon in Ordnung, William«, versicherte Alice und nahm ihn beim Arm.
»Ich werde das beurteilen«, sagte Nye steif. »Ich habe von gewissen, sehr widerwärtigen Dingen gehört, die im Namen des Spiritismus passieren – Dinge, die du dir in deiner Unschuld nicht einmal vorstellen kannst – und ich weigere mich, hier an etwas dergleichen teilzunehmen.«
»Ich kann Ihnen versichern, daß unter meinem Dach nichts Unziemliches geschieht«, zischte Probert durch die Zähne.
»Ich bin froh über diese Versicherung, und ich achte sie«, fuhr Nye fort. »Aber ich betrachte die möglichen Folgen einer Situation weniger leichtfertig, bei der verschiedene Personen beiderlei Geschlechts sich in einem dunklen Zimmer an den Händen fassen.«
Bevor Probert antworten konnte, war schon Brand taktvoll dazwischengetreten. »Es ist absolut unnötig, daß wir uns bei den Händen fassen. Die Geister bestehen nicht darauf. Wir tun es nur als Vorsichtsmaßnahme gegen Betrug. Wenn jeder den

anderen bei der Hand faßt, wie wir es zuvor getan haben, kann man ziemlich sicher sein, daß niemand künstlich Erscheinungen produziert. Aber für das nächste Experiment brauchen Sie sich nicht an den Händen fassen, wenn Sie es lieber nicht wollen, und ich habe auch nichts dagegen, wenn die Séance bei gedämpftem Licht stattfindet, wenn Sie das beruhigt, Sir. Wir können den Ofenschirm wegnehmen und im neutralen Licht des Feuers sitzen.«

»Das scheint mir eine gute Möglichkeit, den Anstand zu wahren«, sagte Jowett, der glaubte, es sei an der Zeit, etwas Konstruktives zum Gespräch beizutragen. Er hatte sich damit abgefunden, nun, da Nye so einen Wirbel darum gemacht hatte, auf Alice Proberts Hand zu verzichten.

»Ich habe nichts dagegen einzuwenden«, sagte Miss Crush. »Ich persönlich fühle mich von keinem der Anwesenden bedroht, Onkel Walter eingeschlossen.«

»Können wir dann auf die Art, die Mr. Brand vorschlägt, fortfahren?« fragte Strathmore, der ebenso begierig war wie Brand, die Séance wieder aufzunehmen.

»Nun gut«, sagte Nye. »Aber ich möchte Sie darauf hinweisen, daß wir, Alice und ich, uns beim ersten Anzeichen einer Anstößigkeit sofort zurückziehen werden.«

»Na, dann sind wir uns ja einig«, sagte Brand fröhlich. »Meine Herren, wenn Sie bitte den Apparat aufbauen wollen. Ich werde den kleinen Schaden beheben, den unser Besucher angerichtet hat.« Er ging zum Kamin, stellte die Vase mit den Chrysanthemen wieder an ihren Platz und zog galant sein eigenes Taschentuch hervor, um das Wasser aufzuwischen, das auf Sims und Feuerblech verschüttet worden war.

»Das ist nicht notwendig«, sagte Probert. »Ich kann –«

» – einen Dienstboten rufen?« fragte Brand. »Ich dachte, Sie haben ihnen den Abend freigegeben. Überlassen Sie es nur mir und zeigen Sie den anderen Gästen, was sich hinter dem Vorhang in Ihrem Arbeitszimmer befindet.«

Es war ein elektrischer Stuhl.

Oder genauer, es war ein hübscher, im gotischen Stil geschnitzter Eichenstuhl mit an die Armlehnen geschraubten Messinggriffen. Von den Griffen führten Drähte zu einer schwarzen Kiste, etwa von der Größe und der Form einer Schuhschachtel. Am anderen Ende dieser Kiste war eine dickere Leitung befestigt, die sich über den Boden und unter der Tür hindurch schlängelte.

»Das ist ein ganz einfacher Stromkreis«, erklärte Dr. Probert den anderen, die jetzt den Stuhl umstanden. »Ich weiß nicht, wie gut Sie alle die Theorie der Elektrizität kennen. Dies ist bis jetzt eines der wenigen Häuser in Richmond, die an Coopers Elektrizitätswerk in der Queens Road angeschlossen sind. Ich habe vier Ladebatterien in meinem Keller, jede mit einer Spannung von 104 Volt. Diese Batterien werden von Mr. Coopers Generator aufgeladen. Man braucht keine 400 Volt, um das Haus zu beleuchten, deshalb wird der Strom durch einen Transformator geleitet, der sie auf die angemessene Stärke reduziert. Die Kiste, die Sie hier auf dem Boden sehen, ist ein stufenweise schaltbarer Transformator, den ich selbst entworfen habe. Wenn ich nun den Transformator an die Stromversorgung anschließe, wird er gewährleisten, daß der Strom nur schwach und gleichmäßig durch diesen Kupferdraht zu den Griffen am Stuhl fließt. Ein ähnlicher Draht führt von dem anderen Griff zum Transformator zurück, so daß ein Stromkreis entsteht, wenn die Griffe von einem Leiter miteinander verbunden werden.«

»Und Mr. Brand soll unser Leiter sein!« rief Miss Crush erfreut. »Was für eine scharfsinnige Idee. Wenn er die Hände von den Griffen nimmt, ist der Stromkreis unterbrochen.«

»Aber ist es auch ungefährlich?« fragte Alice ängstlich.

»Oh, absolut, meine Liebe«, antwortete ihr Vater. »Der Strom, der durch ihn fließt, wird sehr schwach sein, nur den Bruchteil eines Amperes. Der Transformator schwächt die elektrische Kraft aus den Ladebatterien bis auf zwanzig Volt ab. Aber als besondere Vorsichtsmaßnahme haben wir uns noch einen weiteren Zusatz ausgedacht. Das da.« Er berührte ein breites, metallenes Instrument mit einer Glasplatte, hinter der eine Skala aufgezeichnet war. »Das ist ein Galvanometer. Es mißt die Stärke des Stromes, der es durchfließt. Indem ich es an den Draht, der von der rechten Armlehne des Stuhls herunterhängt, anschließe, füge ich es in den Stromkreis ein. Entrollt ist der Draht so lang, daß wir das Galvanometer mit auf die andere Seite des Vorhangs nehmen können. Mr. Brand wird hier sitzen und die Griffe festhalten, während wir mit dem Instrument erkennen können, wenn er den Kontakt auch nur für den Bruchteil einer Sekunde unterbricht.«

»Bravo!« rief Miss Crush. »Was wird das für eine Schlagzeile in Mr. Strathmores Bericht geben! Ich kann es mir richtig vorstellen – *Das Medium, das den Test der elektrischen Wissenschaft bestand.*«

»Unsere Annalen sind wissenschaftliche Veröffentlichungen, Madam, keine Groschenhefte«, bemerkte Strathmore, und sein Monokel funkelte.

»Ehrlich gesagt, mir scheint, Sie geben sich außerordentliche Mühe, um sicherzustellen, daß der Kerl seine Hände auf den Lehnen behält«, sagte Nye und sprach damit aus, was Jowett dachte. »Wäre es denn nicht einfacher, wenn einige von uns ihm hier drin zusehen, anstatt hinter dem Vorhang auf dieses verdammte Galvanometer zu starren?«

»Das wäre es sicher«, entgegnete Probert. »Aber es würde auch das Experiment ruinieren. Wir konnten Mr. Brand überreden, heute abend das absolute Glanzstück aus dem Bereich des Spiritismus zu versuchen. Dazu muß er alle Kraft aufbieten, über die er verfügt. Er wird in einen Zustand der absoluten Trance verfallen und dafür braucht er eine Situation, in der er physisch alleine ist. Dafür gibt es gute Gründe: Ein Medium in vollkommener Trance ist außergewöhnlich verletzlich; er hat ja eigentlich jeden Kontakt mit der Welt abgebrochen, und jedes Geräusch und jede Unterbrechung muß ihn so in einen schweren Schock versetzen. Mr. Brand wird mir verzeihen, wenn ich Ihnen anvertraue, daß seine Gesundheit, obwohl er nicht eigentlich krank ist, nicht die beste ist. Er leidet an Herzflattern, wie es der Laie bezeichnet, – kein ernsthaftes Leiden unter normalen Umständen, aber eines, das bei einem plötzlichen Schock zu Komplikationen führen kann. Die wenigen Medien, die versucht haben, was Mr. Brand zum Wohle der Wissenschaft am heutigen Abend tun wird, arbeiteten immer in einem separaten Zimmer oder einer speziell konstruierten Kabine, die sie vor unvorhergesehenen Schocks abschirmten. Wir sollten dankbar sein, daß Mr. Brand nicht nur bereit ist, dieses Experiment zu versuchen, sondern daß er sich darüber hinaus noch der Belästigung durch unsere elektrischen Drähte unterwirft.«

»Ich bin außerordentlich dankbar«, murmelte Miss Crush.

»Ich bin sicher, daß Sie es sind, Madam. Und ich habe keinen Zweifel, daß die gesamte wissenschaftliche Welt diese Empfindung mit Ihnen teilen wird, wenn das Experiment ein Erfolg ist.«

»Was, um Himmels willen, ist denn das Ziel des Experiments?« wollte Nye wissen.

»Das Ziel ist, William, unter wissenschaftlich überwachten Bedingungen die vollständige Materialisation eines Geistes.«

Sechstes Kapitel

Seht Ihr Betrug hier? Wartet. Seht!
Nur ein Versuch zunächst, der Wahrheit wegen!

Man hatte Inspektor Jowett gebeten, das Galvanometer abzulesen. Beim Kamin war genug Licht, um den Ausschlag der Nadel zu erkennen, er kauerte sich deshalb neben Strathmore vor das Instrument, der die Angaben in ein Notizbuch schrieb. Unter anderen Umständen wäre er hocherfreut gewesen, wenn man ihn gebeten hätte, sich aktiv an einem so wichtigen Experiment zu beteiligen. An diesem Abend aber hatte er seine Vorbehalte. Schon früh am Abend hatte er sich nach dem Grund seiner Anwesenheit bei dieser Séance gefragt. Als er Dr. Proberts Einladung annahm, hatte er nicht weiter darüber nachgedacht. Es war ein Zeichen der Dankbarkeit, eine Entschädigung für den kleinen Dienst, den er dem Doktor erwiesen hatte, indem er Scotland Yard die Ermittlungen über den Einbruch übernehmen ließ.

Aber war es nur das? Als der wissenschaftliche Zweck des Abends immer deutlicher wurde, hatte er zu überlegen begonnen, ob es nicht noch einen anderen Grund für seine Anwesenheit gab, schließlich suchte man ein wissenschaftliches Untersuchungsteam nicht nach gesellschaftlichen Kriterien aus. Das Nachdenken war der Besorgnis gewichen, als Strathmore davon sprach, seine Ergebnisse in den Annalen der Gesellschaft für das Leben nach dem Tode zu veröffentlichen. Leute, die außerordentliche Behauptungen in einem wissenschaftlichen Bericht lasen, interessierten sich berechtigterweise für die Stellung und den Ruf der Teilnehmer. Eine überzeugendere Rechtfertigung

als die Anwesenheit eines Detektiv-Inspektors der Metropolitan Police konnte es kaum geben.
Das gab Grund zur Sorge, wirklichen Grund zur Sorge. Denn obwohl ihm Probert sein Wort gegeben hatte, während des Abends nichts über Beruf und Dienstgrad seines Besuchers aus Whitehall zu sagen, war das Versprechen, es auch danach geheim zu halten, weder verlangt noch gegeben worden. Für seinen Bericht würde Strathmore eine Aufstellung mit Namen und Beruf aller Zeugen erwarten, und das würde eine sehr eindrucksvolle werden: zwei in der guten Gesellschaft von Richmond und Kensington äußerst bekannte Damen, zwei berühmte Ärzte, ein Offizier der Armee und... ein Detektiv-Inspektor der Polizei. Er durfte gar nicht daran denken, wie Scotland Yard die Nachricht aufnehmen würde, daß einer seiner höchsten Beamten einen Geist gesehen hatte. Und das war noch der Punkt auf der Tagesordnung dieses Abends, der ihn am wenigsten beunruhigte. Konnte man denn überhaupt hoffen, daß Onkel Walter beleidigt wieder auf die Andere Seite zurückgekehrt war?
Die Nadel zeigte beständig 205 an. Für das Experiment war das elektrische Licht unterbrochen worden, die letzten Vorbereitungen waren bei Kerzenlicht geschehen. Probert hatte sich große Mühe gegeben, um sicherzustellen, daß die Hände des Mediums wirklich guten Kontakt hatten: Er hatte mit Salzlösung getränkte Baumwollappen um die Griffe am Stuhl gewikkelt. Einige der Anwesenden hatte man gebeten, sich auf den Stuhl zu setzen und das Gefühl des elektrischen Stroms auszuprobieren. Miss Crush erklärte, es sei »angenehm anregend, wie das Prickeln von Champagner«, Strathmore hielt es für »unbedenklich« und Captain Nye sagte, er spüre überhaupt nichts. Bevor Brand auf dem Stuhl Platz nahm, ließ er sich durchsuchen, um sicherzustellen, daß er nichts versteckt hatte, das er zum Vortäuschen einer Materialisation benützen könnte. Schließlich kehrten alle in den Hauptraum zurück, die Vorhänge wurden vorgezogen und die Kerzen gelöscht.

Fünf Minuten vergingen, ohne daß irgend etwas geschah, von Nyes leisem Schnaufen und Seufzen einmal abgesehen, der damit seine Ungeduld bei der ganzen Sache zum Ausdruck bringen wollte.
»Vielleicht hilft es etwas, wenn wir uns wieder bei den Händen fassen«, schlug Miss Crush vor. »Ich persönlich finde, daß es meine Gedanken mit denen der anderen Teilnehmer in Einklang bringt.«
»Das hatten wir doch schon, Madam«, sagte Strathmore, bevor Nye aufbrausen konnte. »Das Medium sagt, daß es nicht notwendig ist. Außerdem müssen Jowett und ich hier beim Galvanometer bleiben. Ah, der Augenblick ist da!«
»Ein Abfall auf 196« sagte Jowett.
»Um 22 Uhr 20«, sagte Strathmore und schrieb es auf.
»Er hat wohl seine Stellung etwas verändert«, erklärte Probert. »Das Instrument zeigt auch die geringsten Schwankungen in der Stärke des Kontakts an.«
»Ich vermute, daß er noch tiefer in Trance versunken ist«, meinte Miss Crush.
Das flackernde Licht des Feuers mochte vielleicht Captain Nyes Zweifel über die Anständigkeit des Vorhabens besänftigt haben, die Nerven der anderen Anwesenden aber stellte es auf eine härtere Probe als vollkommene Dunkelheit. Ihre eigenen Schatten hüpften über die Regale und Wände der Bibliothek. Weil die Wirkung unberechenbar war, konnte man es nicht übersehen. Aus den Augenwinkeln betrachtet war jede Bewegung fast sicher ein Schatten auf dem Vorhang – *fast*, aber wer konnte schon sicher sein?
»Eine Veränderung. 188«, berichtete Jowett.
»Um 22 Uhr 25«, fügte Strathmore dazu.
Auf dem Rost bewegte sich ein Holzscheit. Irgend jemand hielt den Atem an.
»Beruhigen Sie sich«, ermahnte Probert. »Solange wir uns selbst unter Kontrolle haben, ist nichts zu befürchten.«
Plötzlich hob Miss Crush den rechten Zeigefinger, als wollte sie

ihren Gastgeber tadeln. Aber statt dessen hielt sie ihn ruhig vor ihrem Gesicht, die Ringe daran funkelten heftig. Nach einigen Sekunden verkündete sie: »Ich spüre die Anwesenheit des Göttlichen. Es ist das gleiche Gefühl wie zuvor, die Luft wird kälter. O ja, da bin ich mir sicher. Wir haben jetzt einen Besucher bei uns in diesem Zimmer.«

Strathmore nahm diese Information mit wissenschaftlicher Sachlichkeit entgegen. »Ein Sinken der Temperatur, sagten Sie? Wir hätten die Thermometerangaben notieren sollen, Probert. Es hätte weitere Beweise für meinen Bericht geliefert. Beim nächsten Mal –«

»Bitte beunruhigen Sie sich nicht, aber ich bin ziemlich sicher, daß eine Hand über mein Haar streicht«, sagte plötzlich Alice Probert. »Es ist schon in Ordnung, William. Es will mir nichts Böses. Wenn Sie nur alle ruhig bleiben wollen... Es will zu uns kommen.«

»Das Galvanometer zeigt weiter 188 an«, sagte Jowett leise. *Jemand* mußte ja die Damen daran erinnern, das Gespräch auf einer wissenschaftlichen Ebene zu halten. Gütiger Himmel, wenn er sich von dem heutigen Abend die Chance einer Beförderung zum Chefinspektor verderben lassen sollte, dann mußte schon Sensationelleres geschehen als nur ein Luftzug in Alice Proberts Haaren!

Wie als Antwort auf seine Gedanken gab es hinter dem Vorhang eine erstaunliche Entwicklung, ein Geräusch von etwas, von einem *Wesen,* das über den Teppich ging.

Die Nadel des Galvanometers stand weiter bei 188.

»Der Herr steh'uns bei«, rief Miss Crush.

Hinter dem Vorhang brüllte eine Stimme: »Was zum Teufel ist denn hier los?«

»Es muß ein Geist sein«, verkündete Miss Crush mit einem bühnenreifen Flüstern. »So spricht Mr. Brand nicht.«

Mit Sicherheit fehlte dem Ausbruch die sorgfältige Aussprache von Brands früheren Äußerungen.

Die Schritte huschten jetzt eiliger durch das Arbeitszimmer.

Das Galvanometer war auf 196 gestiegen.
»Sollte vielleicht jemand hinter dem Vorhang nachsehen?« fragte Alice.
»Eine verdammte Unverschämtheit!«
»Ich glaube, wir dürfen das«, meinte Dr. Probert. »Strathmore, Sie stehen am nächsten. Wollen Sie so freundlich sein?«
Der Vertreter der Gesellschaft für das Leben nach dem Tod näherte sich ängstlich dem Vorhang und zog in gerade so weit auf, daß er hindurchsehen konnte. »Ist alles in Ordnung, Mr. Brand?«
»Nein, isses nich«, sagte das Medium und jetzt erkannte man auch die Stimme wieder. »Holen Sie Dr. Probert, aber schnell.«
Probert sprang sofort auf und eilte an Strathmore vorbei in das Arbeitszimmer. Er war ungeschickt. »Verdammt! Ich habe die Schüssel mit der Salzlösung umgestoßen. Jemand soll um Gottes willen eine Kerze anzünden und sie hier hereinbringen.«
Strathmore entdeckte eine Kerze auf dem Kaminsims, zündete sie am Feuer an und brachte sie Dr. Probert. Peter Brand saß mit den Händen an den Griffen noch immer so, wie sie ihn verlassen hatten, nur wies seine Erscheinung jetzt Anzeichen der Trance auf, die Haare waren von der Berührung mit der Stuhllehne verdrückt, der Jackenkragen war aufgestellt und die Hose, aus der das Taschentuch zur Hälfte heraushing, war zerknittert wie eine Ziehharmonika, weil er auf dem Stuhl nach unten gerutscht war.
Sonst war niemand bei ihm im Arbeitszimmer.
»Verdammt, was haben Sie denn mit mir vor?« fragte er Probert, und jede Herzlichkeit war spurlos verschwunden. »Mir haben Sie gesagt, das is Wissenschaft. So 'n beschissenes Experiment. Ich komm' in gutem Glauben, und was passiert? Kommt doch einer hereingekrochen und spioniert mir nach, wo ich gerade in Trance falle – was ich verdammt noch mal nich ausstehen kann. Hätt' mich ja glatt fertigmachen können, bei

meinem schwachen Herz, hätt' es das. Was'n das für 'ne Scheißsituation, wenn en ehrliches Medium sich nich mal drauf verlassn kann, daß die anderen für zehn Minuten hinterm Vorhang bleiben?«

»Ihre Sprache, Brand. Es sind Damen anwesend«, ermahnte ihn Nye.

»William, ich wäre Ihnen äußerst dankbar, wenn Sie mit einer Kerze in den Keller gehen und den Strom ausschalten würden«, sagte Probert mit der Stimme echter Autorität.

Nye salutierte praktisch vor ihm, bevor er sich auf den Weg machte.

»Mr. Brand, wir waren *alle* hinter dem Vorhang, das kann ich Ihnen versichern«, sagte Alice. »Keiner hat das Zimmer verlassen.

»Ach, ich bild' mir doch nichts ein«, erwiderte Brand.

»Mein Lieber, niemand will Ihnen das unterstellen«, sagte Miss Crush. »Wir haben alle die Schritte gehört. Sie waren da drin nicht allein – da gibt es keinen Zweifel. Aber sind Sie nicht auf die Idee gekommen, daß der Eindringling vielleicht keiner von uns war?«

»Personal, meinen Sie?«

»Sind alle ausgegangen. Kommen vor elf nicht zurück«, sagte Dr. Probert. »Und wenn Sie glauben, daß es meine Frau war, dann würde ich Ihnen raten, es schnell wieder zu vergessen. Die ist so verdammt abergläubisch, daß sie ihren Kopf nicht aus der Tür streckt, bevor Sie nicht aus dem Haus sind.«

»Dann muß es ein Geist gewesen sein«, folgerte Miss Crush.

»So isses noch nie gewesen«, erwiderte Brand skeptisch. »Die Schritte warn hinter mir, wie ich im Stuhl gesessen bin. Da is' einer durch die Tür gekommen und halb durchs Zimmer gelaufen. Bestimmt. Dann is' er wieder raus.«

Miss Crush flehte Brand mit geöffneten Händen an. »Verstehen Sie denn nicht? Sie haben uns eben von einem klassischen Spuk berichtet. Was wir gehört haben, war ein Gespenst.«

Brand machte einen etwas besänftigteren Eindruck. »Meinen Sie wirklich?«

»Es gibt keine andere Erklärung«, bestätigte Probert.
»Na wenn das so ist, da Sie mich ja nicht alle hintergehen können«, sagte Brand und seine Sprache gewann schnell wieder ihre Blasiertheit zurück, »bin ich geneigt, einen Schleier über den Vorfall zu ziehen.«
»Sehr anständig von Ihnen«, meinte Probert. »Da das jetzt erledigt ist, können wir mit dem Experiment fortfahren? Ah, William«, sagte er, als er Nye bemerkte, der schnaufend vom Keller zurückkam, »wir wollen eben wieder anfangen. Gehen Sie doch bitte wieder hinunter und schalten Sie den Strom ein. Guter Junge. Und Jowett, seien Sie doch bitte so nett und beobachten wieder das Galvanometer. Wir wollen sicher sein, daß der Kontakt zustande kommt.«
Es war eine Arbeit von wenigen Minuten, das Experiment wieder so einzurichten, wie es vor der Unterbrechung gewesen war, und die Vorhänge zu schließen. Man versammelte sich erneut um das Feuer in der Bibliothek, Strathmore kniete mit gezücktem Bleistift und Notizbuch neben Jowett, Miss Crush saß da mit den Händen auf dem Tisch und mit zur Decke gedrehten Augen, Probert lehnte sich mit verschränkten Armen in seinem Sessel zurück und Nye, der immer noch nach Luft schnappte, warf gierige Blicke auf Alice, die gedankenverloren an ihrem Verlobungsring drehte.
»Zwanzig Minuten vor elf«, sagte Strathmore.
»Ein Wert von 202«, ergänzte Jowett.
Irgendwo draußen, weit unter ihnen, sandte ein Schiffshorn seinen traurigen Ton über die Themse.
»Nebel, nicht?« fragte Nye.
Es schien niemand zu interessieren.
Das Feuer auf dem Rost war niedergebrannt und glühte jetzt gleichmäßig, nur ab und zu unterbrochen vom Aufflammen von Gas, das bis jetzt im Holz verborgen gewesen war, und es versprühte Flämmchen von unglaublich reiner und brillanter Farbe.
Miss Crush war diesmal nicht die erste, die die Anwesenheit von etwas Fremden bemerkte.

»Da ist etwas«, flüsterte Alice Probert. »Hören Sie!«
»201«, sagte Jowett und dachte an Scotland Yard.
»Pst!«
Eine Diele knarzte.
»Die Tür«, sagte Nye mit kreisrunden Augen. »Die Klinke bewegt sich.«
Jeder sah zur Bibliothekstür. Er hatte sich nicht geirrt. Die Klinke bewegte sich, gleichmäßig und unter einem genau bemessenen Druck, der bei Jowett das Blut in den Adern erstarren ließ. Als sie den Endpunkt ihrer Bewegung erreicht hatte, schwang die Tür selbst langsam nach innen. Eine Gestalt trat einen Schritt in das Zimmer und blieb dann stehen. Sie war groß, schlank und hatte scharf geschnittene Gesichtszüge. Sie trug eine Melone.
»Sergeant Cribb! Wie zum Teufel wollen Sie das erklären?« explodierte Jowett.
Noch bevor Cribb antworten konnte, bellte Strathmore Jowett an: »Sehen Sie auf das Galvanometer. Der Stromkreis ist unterbrochen.«
»Kein Wunder bei diesem verdammten Durcheinander!« sagte Probert.
»Als ich Sie in mein Haus bat, Jowett, hatte ich nicht erwartet, daß Sie den ganzen Scotland Yard mitbringen. William, wollen Sie bitte ein Kerze anzünden und zum Vorhang bringen. Ich glaube, wir können davon ausgehen, daß Mr. Brand nach diesen Vorfällen sicherlich nichts mehr mit unseren Untersuchungen zu tun haben will!«
Die Annahme war korrekt. Auf eine entsetzliche Weise.
Als Probert den Vorhang beiseite schob, enthüllte das Kerzenlicht ein Medium, das zwar noch gegen den Stuhl lehnte, aber nicht mehr auf ihm saß. Brand lag wie ein Stück Holz gegen die linke Arm- und die Rückenlehne gestützt, seine Beine ragten steif nach rechts. Sein Körper war starr, das Gesicht seitwärts verdreht, und die Gesichtszüge waren, mit entblößten und zusammengebissenen Zähnen, verzerrt.
»Seine Haare!« rief Alice Probert. »Sie stehen ihm zu Berge!«

»Bleib weg!« warnte sie ihr Vater. »Rühr ihn nicht an. Schnell nach unten, William, schalten Sie den Strom ab! Um Gottes willen, Mann, beeilen Sie sich! Strathmore, bringen Sie mir bitte eine zweite Kerze.«

»Was ist geschehen?« keuchte Miss Crush.

»Ein elektrischer Schlag, Madam. Gehen Sie in den anderen Teil des Zimmers zurück. Sie können hier nicht helfen. Das ist die Arbeit eines Arztes.«

»Ich muß!« schrie Miss Crush hysterisch und stürzte auf den Stuhl zu.

»Haltet sie zurück!« befahl Probert.

Cribb, der am nächsten stand, reagierte mit lobenswerter Schnelligkeit, wenn man die verwirrende Folge von Vorfällen berücksichtigte, die seit seinem Eintreten passiert war. Er faßte Miss Crush um die Hüfte und zog sie an sich. In seinen Armen wurde sie ohnmächtig.

»Typisch für diese Frau«, bemerkte Probert. »Kümmere dich um sie, Alice.«

Captain Nyes Stimme klang schwach vom Keller herauf: »Der Strom ist aus, Dr. Probert.«

Das Stromabschalten bewirkte keine merkliche Veränderung in Brands Aussehen. Dr. Probert fühlte seinen Puls und legte ein Ohr an sein Herz. »Meine Herren, ich muß einen Wiederbelebungsversuch machen. Versuchen Sie doch bitte, den Patienten auf den Tisch im anderen Teil des Zimmers zu heben. Schaffen Sie es? Wo ist dieser andere, der Sergeant?«

Niemand antwortete, denn niemand hatte bemerkt, daß Cribb eiligst auf den Korridor verschwunden war, nachdem er Miss Crush einem Lehnstuhl und Alice Proberts Riechsalz anvertraut hatte. Der Schnüffler-Instinkt des Sergeants konnte durch nichts abgelenkt werden. Bei der Verfolgung eines Verdächtigen hatte er das Haus betreten, und als im ersten Stock eine lose Diele knarzte, hörte er das trotz des Durcheinanders wegen Brand.

Leichtfüßig sprang er die Treppe hinauf und nahm dabei immer

zwei Stufen auf einmal. Im ersten Stock sah er sich fünf geschlossenen Türen gegenüber. Eine Verfolgung in einem so großen Haus wie diesem war die reinste Hölle, lieber würde er jeden Tag jemanden auf der Straße verfolgen. Dies hier waren sicher Schlafzimmer, jedes mit verschiedenen Möglichkeiten, sich zu verstecken – Betten, Garderoben, Schränke und vielleicht sogar Balkone. Wenn er das eine gründlich durchsuchte, gab er seinem Mann die Gelegenheit, aus einem anderen herauszuschlüpfen und sich über die Treppe und in die Nacht hinauszuschleichen. Am Treppenabsatz zu lauern war ebenfalls sinnlos. Jeder Einbrecher, der diesen Namen verdiente, würde im Notfall über die Regenrinne verschwinden.
Aber war dieser Mann überhaupt ein Profi? Cribb bezweifelte es. Alles wies bisher auf einen Neuling hin, und auf einen unfähigen noch dazu. Unter diesen Umständen konnte man durchaus hoffen, daß er in Panik geriet.
Mit einer Hand auf der nächsten Türklinke drehte er sich um und wandte sich selbstbewußt an den leeren Flur: »Also gut, Männer. Ich will, daß ihr jedes Zimmer gründlich durchsucht. Sergeant, nehmen Sie zwei Männer und fangen Sie mit diesem an. Ich werde hier nachsehen. Brown, Sie holen Verstärkung. Wir brauchen ein halbes Dutzend fähige Männer. Aber Tempo. Gewaltanwendung möglichst vermeiden, jeder. Der Verdächtige wird sich vielleicht ergeben.« Er legte die Hand über den Mund und antwortete mit zwei verstellten, deutlich unterscheidbaren Stimmen: »Jawohl, Sir.« »In Ordnung, Sir.« Er öffnete die Tür und schlug sie sofort wieder zu. Dann ging er mit schweren Schritten über den Flur, öffnete die nächste Tür und trat ein, um abzuwarten.
Es war ein ungücklicher Zufall, daß er sich nach einer Darbietung von solcher Qualität und solchem Einfallsreichtum gerade dieses Zimmer aussuchte, denn sofort nach seinem Eintreten fällte ihn ein Schlag auf den Kopf, der ihm ohne seine Melone wahrscheinlich das Hirn zerschmettert hätte. Zusammen mit den zerbrochenen Überresten eines Wasserkruges traf er am

Boden auf. Einen Augenblick lang lag er bewegungslos da, während sein Angreifer über ihn hinweg und quer über den Flur zu der Treppe in den zweiten Stock stolperte.
Mit einer gigantischen Willensanstrengung beförderte sich Cribb von der Vertikalen in die Horizontale und taumelte nach draußen, gerade rechtzeitig, um auf Inspektor Jowett zu treffen, den der Lärm nach oben geholt hatte.
»O Gott, Cribb. Was machen Sie denn jetzt schon wieder?«
»Ei...einen Verdächtigen verfolgen, Sir.«
»Wo ist er hin?«
»Nach oben, Sir«, keuchte Cribb.
Jowett streckte den rechten Arm aus, als würde er Verkehr dirigieren. »Ihm nach. Es ist keine Zeit zu verlieren.«
»Ich könnte Hilfe brauchen, Sir.«
»Das habe ich zu beurteilen, Sergeant. Ich halte mich knapp hinter Ihnen, verlassen Sie sich darauf.«
Während Cribb nach oben humpelte, wobei er sich am Geländer festhielt, kam ihm der Gedanke, daß es seiner Verkörperung eines Inspektors, der seine Männer befehligt, vielleicht an Wirklichkeitsnähe gefehlt hatte. Jowett machte das viel überzeugender.
Er war schon auf halbem Weg nach oben, als ihm Mrs. Probert einfiel. Es war schon in Ordnung, einen Verdächtigen im obersten Stock eines Hauses zu stellen, aber was geschah, wenn der sich entschlossen hatte, seine letzte Zuflucht in einem Zimmer zu suchen, das bereits von einer Frau in Todesangst belegt war?
Sie würde schreien.
Tat sie auch. Laut genug, um die Geländerstreben klappern zu lassen. Sie schrie immer noch, als Cribb sie erreichte. Bewußtlos zu ihren Füßen lag Professor Quayle. Und neben ihm lag der Band mit *Bedeutende britische Predigten*, den Mrs. Probert gegen seinen Kopf geschleudert hatte.

Siebtes Kapitel

Haltet ein und sammelt Euch! Wir verstehen!
Vergeßlichkeit ist's oder natürlicher Schrecken,
oder eine unerklärliche Erscheinung!

»Ich fürchte, er ist tot«, sagte Dr. Probert und knöpfte sich seine Manschetten wieder zu.« Eine halbe Stunde intensiven Bemühens, Peter Brand wiederzubeleben, hatte nicht die geringste Wirkung gezeitigt. Sein Körper lag noch immer in seiner ursprünglichen Stellung auf dem Tisch der Bibliothek. Der Rest von Dr. Proberts Gästen und Familie stand erwartungsvoll da.
»Verschieden?« fragte Miss Crush, die anscheinend die Nachricht nicht verstanden hatte.
»Sich der Mehrheit angeschlossen, Madam«, erwiderte Strathmore in einer Sprache, die sie verstehen konnte.
»Halte sie, Alice!« befahl Probert. »Sie wird schon wieder ohnmächtig.«
»Wie zum Teufel konnte das geschehen?« fragte Nye, der alle Bemühungen ignorierte, Miss Crush nicht auf den Boden sinken zu lassen.
»Das wird der Leichenbeschauer entscheiden müssen«, antwortete Probert. »Ich vermute, daß die unmittelbare Todesursache Herzversagen infolge eines elektrischen Schocks ist. Die Muskelverkrampfungen und das eigenartige Verhalten der Haare legen das nahe. Ein Mann mit einem Herzen wie dem seinen ist für einen elektrischen Schock sehr anfällig.«
»Aber Sie wollten uns doch glauben machen, daß der Apparat vollkommen ungefährlich sei«, meinte Nye. »Wie konnte er dann einen schweren Schock erleiden?«

Probert schüttelte den Kopf. »Ich kann es mir auch nicht erklären, William. Das muß alles von Experten untersucht werden.«

»Richtig, Sir«, sagte Cribb aus dem Arbeitszimmer. »Wir werden veranlassen, daß dieses Zimmer bis dahin abgesperrt wird. Ich habe das komische Gefühl, daß das Hausmädchen morgen in aller Herrgottsfrühe mit dem Teppichkehrer durch die Drähte fährt, wenn Sie keine Vorkehrungen treffen.«

»Der Schlüssel steht Ihnen zur Verfügung, solange sie ihn brauchen«, erwiderte Dr. Probert merklich kleinlaut.

»Ich werde mich darum kümmern«, sagte Jowett, der nun keinen Zweifel daran ließ, wer der ranghöchste Polizist im Zimmer war. »Dies ist wohl der richtige Augenblick, Dr. Probert, Ihren Gästen zu sagen, daß ich Detektive-Inspektor bin. Meine Verbindung zum Scotland Yard haben Sie ja gegen meinen Wunsch bereits enthüllt. Der Mann, der die Séance unterbrach, ist Detektiv-Sergeant Cribb, und sein Eintreffen kam für mich ebenso überraschend wie für Sie. Wir wissen jetzt, daß er einen Mann verfolgte, der dieses Haus unbefugt betreten hat, einen Herren namens Professor Quayle. Wo haben Sie Quayle für den Augenblick hingebracht, Cribb?«

»In die Küche, Sir. Habe ihn mit Handschellen an den Herd gefesselt. Dort wird er es schön warm haben, bis wir uns um ihn kümmern können.« Cribb lächelte Mrs. Probert an, die heruntergekommen war und jetzt unscheinbar zwischen zwei Bücherregalen saß. »Das war der beste K.-o.-Schlag, den ich je gesehen habe, Madam. Wenn Sie mir die Bemerkung erlauben.«

»Es war nur die Angst«, erwiderte Mrs. Probert bescheiden. »Ich hörte die Stimmen auf dem Flur unter mir und kam zu dem Schluß, daß eine ganze Armee auf dem Weg zu mir war. Ich hielt es nicht aus, nur darauf zu warten, daß sie bei mir hereinbrechen werden, und so stellte ich mich mit dem nächsten Gegenstand, der gerade zur Hand war, an die Tür. Es war das Buch, das ich gelesen hatte. Ich meinte, das würde schon deutlich machen, daß ich nicht bereit war, kampflos unterzugehen. Für den nächsten Mann hielt ich eine Stricknadel bereit. Es war vernünftig, daß Sie nicht über Professor Quayle hinweggestiegen sind, Sergeant.«

»Ich glaube, wir sollten uns in diesem Augenblick nicht zu sehr mit Quayle beschäftigen«, sagte Jowett mit Bestimmtheit. »Es scheint offensichtlich, daß sich heute abend in diesem Haus innerhalb weniger Augenblicke zwei bedauerliche Zufälle ereignet haben. Als höchster anwesender Polizeibeamter muß ich darauf bestehen, daß Mr. Brands plötzlicher Tod in unseren Ermittlungen den Vorrang erhält. Können Sie ihn nicht mit irgend etwas zudecken, Probert? Ganz offensichtlich bereitet sein Anblick den Damen Kummer.«

»Ich werde ein Leintuch holen«, sagte Mrs. Probert und ging zur Tür.

»Sie halten es also für ein zufälliges Zusammentreffen?« meinte Strathmore. »Ich bezweifle das.«

Jowett verschränkte herausfordernd die Arme. »Was genau wollen Sie mit dieser Bemerkung andeuten?«

»Nun, es scheint einleuchtend, daß zwischen Brands Unfall und Quayles Anwesenheit eine Verbindung besteht. Die beiden arbeiten doch beruflich zusammen, oder nicht?«

»Sie *arbeiteten*«, verbesserte Probert.

»Und sie wohnten im gleichen Haus«, fuhr Strathmore fort. »Als Okkultismusforscher muß ich mir über die Ereignisse des heutigen Abends Gedanken machen, und ich frage mich, ob Quayle nicht als Komplize hier war, um dem Medium zu helfen, auf betrügerische Weise Erscheinungen zu produzieren. In der Geschichte des Spiritismus ist dies nichts Ungewöhnliches, das kann ich Ihnen versichern.«

»Das ist aber eine Kehrtwendung«, bemerkte Nye. »Noch vor einer Stunde wollten Sie der ganzen Welt verkünden, daß das ewige Leben eine bewiesene Tatsache sei.«

»Und welche Gründe haben Sie jetzt für die Annahme, dies sei eine betrügerische Séance gewesen?« fragte Miss Crush, die jetzt wieder voll bei Bewußtsein war und das Riechsalz gegen Strathmore schwang. »Was ich heute abend gehört und gesehen habe, ist echt gewesen, da bin ich mir vollkommen sicher. Sie haben es ja alle erlebt – das Klopfen, die Geisterhand, die Orangen, die durch die Luft flogen, und die umgeworfene Vase. Wenn Sie unterstellen wollen, daß Professor Quayle im Zimmer war und uns Orangen ins Gesicht geworfen hat, dann haben Sie, glaube ich, einiges zu erklären. Nehmen Sie auch an, daß er unter dem Tisch saß und an unseren Kleidern zerrte? Alice, Sie spürten doch, wie Sie eine Hand berührte, oder nicht?«

»Ja, ganz sicher. Sie berührte den Saum meines Kleides und zog mehrmals daran. Und in der zweiten Séance strich mir etwas über die Haare. Ich habe es Ihnen ja bereits gesagt. Man konnte *sehen*, daß außer uns noch jemand im Zimmer war.« Alice Proberts Augen glänzten vor Ernsthaftigkeit. Sie sprach mit der ganzen Leidenschaft ihrer neunzehn Jahre und runzelte über die Bedeutung der Angelegenheit ihre hübsche Stirn.

»Zweifellos Täuschungen«, sagte Strathmore. »Sie waren ja darauf eingestimmt, etwas dieser Art zu erwarten.« Er ließ ein kehliges Kichern hören. »Es ist heute nicht das erste Mal, daß ich vom schönen Geschlecht die Behauptung höre, etwas hätte sie in der Dunkelheit berührt, meine Liebe.«

Sie warf ihm einen vernichtenden Blick zu. »Diese Bemerkung wirft nur auf Sie ein schlechtes Licht, Mr. Strathmore.«

»Passen Sie auf, wie Sie mit meiner Verlobten sprechen«, warnte ihn Nye, mit der gleichen Wirkung wie ein Mann, der *Vorsicht vor dem Hunde* an seine Tür hängt, nachdem sein Liebling den Nachbarn angefallen hat.

Probert lieferte einen konstruktiven Vorschlag. »Wir können feststellen, ob Brand ein Betrüger war, wenn wir seine Taschen durchsuchen. Zur Identifikation muß man sie sowieso ausleeren. Wenn wir einen weißen Handschuh finden oder eine Hand aus Gips, dann werden wir wissen, ob Strathmores Verdacht richtig ist. Was meinen Sie, Inspektor?«

»Ich habe nichts dagegen einzuwenden«, entgegnete Jowett, den es freute, daß man sich an ihn gewandt hatte. Es hatte ausgesehen, als würde er die Kontrolle über das Gespräch verlieren. Er machte einen Schritt auf die Leiche zu, hielt dann aber an und delegierte die Aufgabe an Cribb. »Sergeant, kommen Sie doch bitte her und durchsuchen Sie die Taschen. Ich werde währenddessen ein Verzeichnis anfertigen.«
Cribb trat rasch vor. »Linke Hosentasche, Sir: nichts. Rechts: etwas Geld, zwei Shilling und sieben Pence in Halfpenny-Stücken. Hüfttasche: nichts. Jackentasche, links außen: silbernes Zigarettenetui und eine Schachtel Streichhölzer, *Bryant and May*. Rechts: zwei Schlüssel an einem Ring. Zetteltasche: Zugrückfahrkarte dritter Klasse von Richmond nach Waterloo. Brusttasche, links innen: nichts. Rechts: Brieftasche aus Schweinsleder mit zwei Penny-Briefmarken, drei Zehnshilling-Scheinen und einem Photo mit Eselsohren von einer Dame in einem – ehm – Varieté-Kostüm. Da sind Nummern auf dem Rücken, Sir.«
»Auf dem Rücken des Photos, nehme ich an«, bemerkte Jowett trocken. »Zeigen Sie her.«
Cribb gab es seinem Vorgesetzten diskret mit der Bildseite nach unten. Zwei Reihen ordentlich geschriebener Ziffern standen darauf: 469, darunter 9281 und daneben ein Quadrat von derselben Größe wie die Nummern.
»Meiner Meinung nach ohne Bedeutung«, bemerkte Jowett nach einer Weile. Er drehte die Photographie um, errötete und gab sie Cribb zurück. »Machen Sie weiter, Sergeant.«
»Oberste Jackentasche: nichts, Sir. Weste, links innen: nichts. Rechts: silberne Uhr mit Kette, mit *P.B.* eingraviert. Das ist alles, Sir.«
Cribb legte die Gegenstände ordentlich nebeneinander zu den Füßen des toten Mannes auf den Tisch. Mrs. Probert brachte ein Leintuch und deckte es über die Leiche.
»So viel zu Ihrem Verdacht, Mr. Strathmore«, sagte Jowett. »Es gibt nichts, was auf einen Betrug hindeutet.«

»Ich hoffe, daß sich gewisse Leute angemessen schämen«, bemerkte Miss Crush gekünstelt flüsternd.
»Nun gut, das Medium hatte kein Indiz für einen Betrug bei sich«, gab Strathmore zu. »Aber das brauchte ihn nicht davon abzuhalten, gewisse Dinge an seinen Komplizen weiterzugeben. Ich schlage vor, daß wir Quayle ebenso durchsuchen.«
»Das ist bereits geschehen, Sir«, warf Cribb ein. »Er trägt eine Zugfahrkarte, zwölf Shilling und Sixpence und eine Hüftflasche mit Gin bei sich, die glücklicherweise seinen Sturz unbeschadet überstanden hat.«
Jowett hüstelte in der Art eines Vorsitzenden, der die Versammlung zur Ruhe mahnt. »Meine Damen und Herren. In dieser Richtung haben wir nun lange genug ermittelt. Ich schlage vor, daß wir uns nun ausschließlich auf die Gründe für Mr. Brands unglückliches Ableben beschränken. Darf ich annehmen, daß Sie dazu etwas beitragen wollen?« Er blickte bedächtig in Miss Crushs Richtung, die während seiner ganzen Rede mit der Hand gewinkt hatte.
»Ja«, sagte sie. »Sollte man denn vielleicht nicht einen Polizisten holen?«
Sogar in der Gegenwart des Todes ist spontanes Lachen schwer zu unterdrücken. Es dauerte mehrere Sekunden, bis Jowett die Ruhe wiederhergestellt hatte. »Madam, ich nehme an, daß Sie noch ohnmächtig waren, als ich mich vorstellte. Ich bin Detektiv-Inspektor Jowett vom Criminal Investigation Department, Scotland Yard, und ich werde als Polizist ausreichen. Mein Assistent hier ist Sergeant Cribb, der, wie ich angenommen hatte, Sie bereits bei Ihnen zu Hause befragt hat. Auch er ist Polizist.«
»Ich hätte mich doch daran erinnern müssen«, sagte Miss Crush und legte dem Inspektor eine Hand auf den Arm. »Aber wissen Sie, ich sehe ihn als einen Sensiblen, nicht als einen Gesetzesvertreter. Es würde helfen, wenn sie beide in Uniform wären.« Sie seufzte und ihr Blick trübte sich. »Ich finde die hohen Helme sehr *chic.*«

Jowett schloß die Augen und sagte bedächtig: »Ich muß die Umstände, die zu Mr. Brands Ableben führten, bestimmen. Dazu brauche ich eine Aussage von jedem von Ihnen, aber bevor wir mit den Formalitäten beginnen, hat jemand zu dem Unfall etwas zu sagen, das noch nicht erwähnt wurde?«

»Ich glaube schon, Sir«, sagte Cribb. »Wenn Sie in das Arbeitszimmer treten wollen, kann ich es Ihnen zeigen.« Mit Jowett im Gefolge durchquerte er die Bibliothek und kauerte sich vor dem Stuhl nieder, auf dem Brand gestorben war. »Legen Sie Ihre Hand hier auf den Teppich, Sir. Spüren Sie es? Achtzehn Zoll vor dem Stuhl ist ein ziemlich großer, feuchter Fleck. Als wir die Leiche fanden, berührten die Füße diesen Fleck. Ich halte mich selbst nicht für einen großen Wissenschaftler, aber ich weiß, daß Wasser Strom leitet und daß Strom in die Erde fließt. Wenn Brand ursprünglich seine Füße auf dem trockenen Bereich unter dem Stuhl hatte, sie aber während des Experimentes nach vorne streckte, hätte das den Strom nicht so ablenken können, daß er durch seinen Körper floß? Ich halte die Frage für angebracht, wie dieser nasse Fleck zustande kam.

»Das ist kein Geheimnis«, entgegnete Dr. Probert sofort. »Ich habe die Schüssel mit Salzlösung umgestoßen, die wir zur Kontaktverbesserung der Griffe verwendeten.«

»Wann geschah das, Sir?«

»Nach der Hälfte des Experiments, als Brand mich hinter den Vorhang rief. Es war vollkommen dunkel, wenn Sie mir folgen können, und ich bin gegen das Ding gestoßen. Aber es machte nichts aus. Ihn traf kein elektrischer Schlag oder etwas ähnliches.«

»Vermutlich nicht, Sir, solange seine Füße auf dem trockenen Teil des Teppichs waren. Aber vielleicht, sobald er sie ausstreckte.«

»Ich verstehe, was Sie meinen, Sergeant, aber das erklärt immer noch nicht, wie ihn dieser Schlag töten konnte. Die Stromstärke konnte sich nicht verändert haben, wissen Sie. Es

war ja nicht mehr als ein Kitzeln. Einige von uns haben es ausprobiert.«
»Spürte überhaupt nichts«, bestätigte Nye.
»Der Transformator war die Schutzvorrichtung«, fuhr Probert fort. »Er reduzierte die Stromstärke auf zwanzig Volt, und das kann keinen Mann töten, da können Sie sicher sein.«
Cribb betrachtete nachdenklich die hölzerne Kiste, von der die Drähte ausgingen. »Dieses Kabel, das mit der gegenüberliegenden Seite des Transformators verbunden ist, führt zu den Batterien im Keller, oder?«
»Ja, das ist die Hauptleitung. Sie führt 416 Volt. Wenn ich *die* an den Stuhl angeschlossen hätte, wäre es tödlich gewesen.«
»Und wenn der Transformator einen Defekt hatte?«
Probert schüttelte mit Nachdruck den Kopf. »Ich bin mir verdammt sicher, daß das nicht der Fall war, Sergeant. Lassen Sie ihn ruhig überprüfen, aber Sie werden sehen, daß er ausgezeichnet funktioniert. Anderenfalls hätten wir andere Galvanometerangaben erhalten. Mein Gott, bei 416 Volt wäre das verflixte Galvanometer durchgebrannt.«
Cribb stand auf und massierte sich die Wange, eine taktvolle Art, Jowett anzudeuten, daß er die Befragung weiterführen könne, wenn er wolle. Aber bis auf das Rascheln seines Backenbartes blieb alles ruhig, und er begann deshalb von neuem.
»Dr. Probert, Sie erwähnten, daß Brand Sie rief, und daß Sie deshalb die Schüssel mit Wasser umstießen. Was wollte er?«
»Er behauptete, daß jemand während seiner Trance ins Arbeitszimmer gekommen sei. Er war darüber äußerst entrüstet und beruhigte sich erst wieder, als wir andeuteten, daß es vielleicht ein Geist gewesen sein konnte. Bis auf meine Frau waren alle Leute in diesem Haus in der Bibliothek versammelt, müssen Sie wissen.«
»Das nahmen Sie zur fraglichen Zeit zumindest an, Sir.«
»Ach Gott, ich vergaß. Es hätte ja Quayle sein können, der ihn unterbrach – oder sogar Sie!«
»Ich nicht, Sir, das kann ich Ihnen versichern, aber Professor

Quayle ist eine Möglichkeit. Sogar eine sehr naheliegende. Ich folgte ihm durch die Hintertür ins Haus. Sie sollten deswegen einmal mit Ihrem Personal reden. Wir bei der Polizei verbringen viel Zeit damit, Leute wegen ihrer unverschlossenen Hintertüren zu ermahnen. Auf jeden Fall, ich glaube, daß der Professor wohl gehört hat, daß ich ihn verfolgte, denn als ich vom Keller heraufkam, war er nirgends zu sehen. Ich vermute, daß er im Arbeitszimmer verschwand, um mir zu entkommen. Beim Eintreten sah er vermutlich überhaupt nichts.«

»Natürlich«, rief Nye aufgeregt. »Der blöde Gauner stieß mit dem Fuß gegen den Transformator und jagte 400 Volt durch Brand, den armen Kerl.«

»Das ist unmöglich«, erwiderte Probert und sah Nye böse an. »Brand war vollkommen in Ordnung, als wir den Vorhang beiseite zogen. Der Unfall passierte erst später, irgendwann in der Zeit, nachdem wir uns zurückgezogen und den Vorhang wieder geschlossen hatten und bevor der Sergeant durch die Bibliothekstür kam. Und zu dieser Zeit war Quayle mit Bestimmtheit nicht im Arbeitszimmer.«

»Er war mir entwischt, Sir«, sagte Cribb. »Das nächste, was ich von ihm hörte, war eine knarzende Diele im ersten Stock, nachdem wir entdeckt hatten, was hier geschehen war. Durch den Keller konnte er nicht entkommen, weil ja Captain Nye dort unten war und den Strom ausschaltete, und er ging deshalb nach oben.«

»Wie wir bemerkten«, sagte Probert.

»Wie ich bemerkte«, verbesserte ihn seine Frau.

»Was bis jetzt noch niemand erklärt hat«, warf Alice ein, »ist, warum Professor Quayle überhaupt ins Haus kam. Wenn er nicht zu Brands Unterstützung kam, was ja nun klar zu sein scheint, was war dann der Zweck seiner Anwesenheit hier?«

Cribb warf seinem Vorgesetzten einen fragenden Blick zu. »Ich hatte gehofft, dies vom Professor selbst zu erfahren, Miss. Wenn Inspektor Jowett nun Ihre Aussagen aufnehmen will, dann könnte man mich vielleicht entlassen, damit ich nach

unten gehen und am Küchentisch einige Fragen stellen kann. Natürlich nur, Sir, wenn das Ihren Plänen entspricht.«
Jowett nickte, seine erste wirkliche Handlung seit zehn Minuten. »Genau das hatte ich nun beabsichtigt, Sergeant.«
»Vielen Dank, Sir. Es scheint eine lange Nacht zu werden, ich will deshalb den Wasserkessel aufsetzen, wenn ich dort unten bin. Ich werde ihn neben den Professor stellen und abwarten, wer von den beiden zuerst singt.«

Wie sich zeigte, konnte das Verhör nicht in der Küche stattfinden. Hitchman, das taube Stubenmädchen der Proberts, war von ihrem freien Abend zurückgekehrt und bedrohte nun, als Cribb nach unten kam, den Professor mit einem Fleischhaken. Die Küche war ihr Herrschaftsgebiet, und sie war ganz offensichtlich so halsstarrig, daß Cribb an ihr vorbeiging, den Professor von den Handschellen befreite, ihn nach oben brachte und sich von Probert den Schlüssel zur Gemäldegalerie geben ließ.
»Setzen Sie sich, Sir«, sagte er und beförderte den Professor mit einem kräftigen Knuff auf das Flirtsofa. »Ich werde mich nicht zu Ihnen setzen. Das ist nicht persönlich gemeint, ich sehe einem Mann nur gerne in die Augen, wenn ich ihn befrage. Nur für den Fall, daß Sie auf die Idee kommen sollten: Wir sind nicht hier, um die Damen an der Wand zu betrachten, und ich habe auch nicht die Absicht, ihnen Konkurrenz zu machen.« Er zog an der Kordel neben einer von Dr. Proberts nackten Göttinnen, die zum Teil enthüllt war, drehte sich dann geschickt um, deutete mit dem Finger auf Quayle und fragte: »Was haben Sie mit dem Etty gemacht?«
»Dem was?« fragte Quayle mit dünner Stimme, der niemand zugetraut hätte, daß sie das Publikum in der Store Street Hall von der Bühne aus in Angst und Schrecken versetzt hatte.
»*Schlafende Nymphe und Satyrn.* Hing bis letzten Freitag an der Wand hinter Ihnen. Dr. Probert möchte es gerne zurückhaben. Ich hoffe nur, es ist nicht beschädigt.«

»Von der Sache weiß ich nichts, Constable.«
»Sergeant, bitte. Cribb ist mein Name. Vergeuden Sie nicht meine Zeit. Ich will heute nacht noch etwas schlafen. Etty hieß der Künstler, müssen Sie wissen.«
»Ich glaube, ich habe noch nie etwas von ihm gehört.«
»Das ist offensichtlich«, sagte Cribb, »denn dann hätten Sie nicht dieses Bild mitgehen lassen. An diesen Wänden hängen bessere Sachen als Ettys, das kann ich Ihnen sagen. Unter uns könnten wir ja vermuten, daß es zwischen drallen Gören im Evaskostüm keine großen Unterschiede gibt, aber da würden wir uns irren. Hier hängt etwas, das ist zehnmal soviel wert wie der Etty. Franzosen. Kein gebildeter Mann hätte sich eine englische Nymphe genommen, wenn er Mademoiselles hätte haben können. Und warum nur eine, wenn Sie einen ganzen Arm voll hätten kriegen können? Sie haben viel ausgelassen, wissen Sie. Sie sind kein Bilderdieb. Sie können ja nicht einmal die Leinwand sauber aus dem Rahmen schneiden. Sie sind ein absoluter Anfänger, da gibt es keinen Zweifel.«
Quayle sagte nichts, er fuhr sich nur nervös mit der Zunge über die Lippen.
»Bei Miss Crush war es das gleiche«, fuhr Cribb fort. »Sie nahmen eine gewöhnliche Royal Worcester, wo Sie doch eine Minton von unschätzbarem Wert hätten haben können. Für mich war es klar, daß Sie von Porzellan so wenig verstanden wie von Nackten oder vom Einbrechen. In Dr. Proberts Vorratskammer haben Sie eine schreckliche Unordnung angerichtet, als Sie über die Kekse und die Graupen stiegen, oder nicht? Da brauchte es keinen Mann von Scotland Yard, um herauszufinden, daß der Dieb kein professioneller Einbrecher war.
Wie ich darauf kam, Sie zu verdächtigen? Nun, zunächst tat ich, was Sie ja beabsichtigt hatten – ich verdächtigte Peter Brand. Es war offensichtlich, daß der Dieb gut informiert war. Er wußte, wann die Zeit am günstigsten war, um in die Häuser einzubrechen: wenn die Besitzer ausgegangen waren. Denken Sie doch nur an den Ablauf der Ereignisse. Am 15. Oktober ist

bei Miss Crush eine Séance, Brand und Dr. Probert sind anwesend. Höflicherweise lädt der Doktor Miss Crush zu einer Séance am 31. Oktober in sein Haus ein. Sie kommt, Brand ebenfalls. Im Verlauf des Abends erwähnt Dr. Probert eine Vorlesung, die er halten wird und bei der seine Frau und seine Tochter anwesend sein werden. Die Séance wird beendet, Brand geht und etwa eine Stunde später auch Miss Crush. Als sie nach Hause kommt, entdeckt sie, daß die Vase gestohlen wurde. Am 6. November, an dem Abend von Dr. Proberts Vorlesung, wird in sein Haus eingebrochen und ein Bild gestohlen. Da kann ich ja nur Brand verdächtigen, denn außer dem Doktor und Miss Crush war nur er bei beiden Séancen anwesend und wußte, wann er die Einbrüche ausführen konnte.«

»Das scheint ja eine vernünftige Schlußfolgerung zu sein«, meinte Quayle vorsichtig. »Er ist von niederer Herkunft, wie Sie sicher an seinen sprachlichen Ausrutschern gemerkt haben. Soviel ich weiß, war sein Vater ein gewöhnlicher Droschkenkutscher. Jemand aus dieser Schicht wird doch sicher gewissen Versuchungen erliegen, wenn ihm plötzlich die Häuser der Wohlhabenden geöffnet werden, oder nicht?«

»Ah«, sagte Cribb mit erhobenem Zeigefinger. »Das wollen Sie mich glauben machen, und für eine kurze Zeit tat ich das auch. Bis Sie mir unter die Augen kamen, Professor.«

»Wo war denn das?«

»Jetzt sehen Sie nur nicht so erschrocken drein. In Dr. Proberts Garten war es nicht. Es war bei etwas ganz Legalem – bei Ihrer Vorlesung in der Store Street Hall.«

»Sie waren dort?«

»Constable Thackeray, der Mann mit den Handschellen, ist mein Assistent.«

»Das hätte ich mir ja denken können.«

»Hätten Sie, Sir. Wenn ich mich recht erinnere, sahen Sie etwas besorgt aus, als Peter Brand die Handschellen aus dem Umschlag zog, aber Brand natürlich auch, das muß ich zugeben. Aber ich hatte mir schon zuvor einiges durch den Kopf gehen lassen. Mir schien, daß Brand ein ehrgeiziger junger Mann war. Er war eben dabei, sich in der Hauptstadt einen Ruf zu schaffen. Und womit? Schreibende Geister in Camberwell und schwebende Möbel in Hampstead? Auf jeden Fall gibt es nicht viele zwanzigjährige Medien mit der Fähigkeit, es Ihnen auf der Bühne in Store Street Hall gleichzutun.«

»Das geschah ja nur auf meine Einladung«, beharrte Quayle.

»Um was es geht«, fuhr Cribb fort, »ist, daß er eben anfing, saftige Honorare zu verdienen, und seine Aussichten waren noch besser. Warum sollte er sich selber Steine in den Weg legen, indem er seine Kunden noch bestahl, die er ja sowieso schon ganz schön übers Ohr haute? Das ergab keinen Sinn.«

»Sie übers Ohr haute«, erwiderte Quayle. »Was meinen Sie damit?«

»Ganz einfach, daß ich ihn für einen gerissenen Gauner halte, und meiner Erfahrung nach tanzen diese Herren nicht auf zwei Hochzeiten gleichzeitig.«

»Ich hoffe doch, daß Sie Spiritismus nicht mit gewissen Wettpraktiken gleichsetzen.«

»Man kann sich seine Taschen auf beide Arten füllen, wissen Sie«, meinte Cribb. »Aber Sie werden keinen Taschendieb finden, der gleichzeitig auf der Rennbahn betrügt. Als unser Brand die Handschellen aus dem Umschlag zog, war er entsetzt, das konnte ich sehen. Aber nicht wegen dem Etty oder der Worcester-Vase, sondern weil er fürchtete, wir wüßten bereits, daß er Miss Crush kannte und alles über ihren Onkel Walter wußte.«

»Ach das«, meinte Quayle wegwerfend. »Reiner Opportunismus. Das war vollkommen gerechtfertigt.«

»Ich möchte hören, wie Sie das Ihrem Publikum erklären«, sagte Cribb. »Auf jeden Fall ergriff Brand, aus welchem Grund auch immer, bei der ersten Gelegenheit die Flucht. Kurz vor der Tottenham Court Road holten wir ihn ein. Wissen Sie, Professor, er hatte nicht einmal gewußt, daß die Vase aus Miss

Crushs Haus verschwunden war, und als ich es erwähnte, glaubte er, daß es die Minton-Vase gewesen sei, die man gestohlen hatte. Im Gegensatz zu Ihnen kann er den Wert von Porzellan beurteilen. Und über Sie hat er auch gesprochen.«

Quayles Augen funkelten vor Zorn. »Hat er? Der schäbige Gassenbengel!«

»Nannte Sie einen guten Kumpel, wenn ich mich recht erinnere. Gab an, daß Sie ihn aufgenommen hatten und ihm die Grundbegriffe des Tischeklopfens beibrachten.«

»Ach, das sagte er?« Seine Stimme klang sofort versöhnlicher. »Das stimmt natürlich. Ich führte ihn bei einigen der besten Adressen Londons ein.«

»Das habe ich gehört«, erwiderte Cribb. »Und gerade dann, als Sie in der Gunst des Publikums sanken. Man muß schon ein sehr großzügiges Herz haben, um einen aufstrebenden Neuling so zu unterstützen.«

»Ich bin froh, daß Sie es zu schätzen wissen.«

»Und ich frage mich, warum Sie es getan haben.«

»Aus reiner Nächstenliebe, Sergeant.«

Cribb ging zur Anrichte und goß sich aus der Karaffe, die dort stand, ein Glas Wasser ein. »Sie haben auf alles eine Antwort, hm? Nein, ein Mann wie Sie übergibt nicht ohne guten Grund seinen Lebensunterhalt an einen Emporkömmling. Ich weiß, warum Sie es taten. Sie halfen ihm, vorwärts zu kommen, um ihm dann mit dem Messer in den Rücken zu fallen. Bildlich gesprochen, natürlich.«

Quayle schüttelte so heftig den Kopf, daß seine Wangen zitterten. »Absoluter Blödsinn!«

»So war für sie die Chance viel größer, die Gunst Ihrer Gönner zurückzugewinnen. Haben Sie sich je für Berufsboxen interessiert? Sie haben viel gemeinsam mit dem großen Jem Mace. Wissen Sie, Professor, eins sehen die Zuschauer noch lieber als einen unbekannten Neuling, der einen Kampf gewinnt, und das ist den alten Meister, der zurückkommt, um ihn zu schlagen. Das ist ein solider Grundsatz, und es hätte auch bei Ihnen funktioniert, wenn Sie als Dieb nicht so ungeschickt gewesen wären. Die Umstände waren günstig. Brand hatte nicht die geringste Ahnung von dem, was Sie vorhatten, und er sagte Ihnen deshalb alles, was Sie wissen wollten. Sie brachen in die Häuser ein, als alle ausgegangen waren, und Sie fanden ohne Schwierigkeiten Dinge von Wert. Aber unglücklicherweise kamen Sie da mit Ihrem Plan in Schwierigkeiten, weil Sie die verkehrten Dinge aussuchten. Die Gegenstände waren Ihnen ja gleichgültig, der Diebstahl selbst war das wichtige. Der genügte, um Peter Brands Karriere zu durchkreuzen. Ihrer Meinung nach war das viel effektiver, als ihn als betrügerisches Medium hinzustellen, weil das ja Zweifel an den Medien im allgemeinen hervorgerufen hätte.«

»Das ist ja alles scharfsinnig, Sergeant, aber wo führt es uns hin?« fragte Quayle gelangweilt. »Sie können nichts beweisen, außer daß ich heute abend in diesem Haus war. Aber meine Anwesenheit hat mit Ihrer Theorie überhaupt nichts zu tun.«

»Da haben Sie recht, Sir. Ich hatte erwartet, daß Sie in eins der leeren Häuser der Gäste einbrechen würden. Deshalb habe ich Constable Thackeray vor Miss Crushs Haus postiert.«

»Wirklich? Lächerlich!«

»Ja, ich hatte Sie heute abend nicht hier erwartet, aber da Sie nun einmal kamen, fühlte ich mich verpflichtet, Ihnen zu folgen. Und jetzt verhafte ich Sie unter dem Verdacht, heute abend in verbrecherischer Absicht in dieses Haus eingedrungen zu sein. Doch das ist erst der Anfang, Sir. Ich gehe davon aus, später noch weitere Vorwürfe erheben zu können, unter anderem den Diebstahl eines Gemäldes mit dem Titel *Schlafende Nymphe und Satyrn* aus dem Besitz von Dr. Probert am 6. November.«

»Ich leugne es. Sie haben keinen Beweis.«

»Aber doch«, sagte Cribb. »Er ist in diesem Glas Wasser.« Er hielt das immer noch halbvolle Glas dem Professor vor die Augen. »Sehen Sie das kleine, weiße Objekt, das am Boden liegt? Ich warf es vor wenigen Minuten in das Glas. Es ist bereits schön angeschwollen, nicht? Ich entfernte mehrere dieser Dinger aus Ihren Hosenaufschlägen, als wir Sie nach unten trugen, nachdem Mrs. Probert Sie mit ihrem Buch k.o. geschlagen hat.«

»Was ist denn das, um Gottes willen?«

»Ich mag *Stews* nicht sonderlich, Sir, aber ich glaube zu wissen, was es ist. Ein ganzer Haufen liegt immer noch so, wie Sie ihn verstreuten, als Sie durch Dr. Proberts Vorratskammer stiegen. Teuflische kleine Dinger. Graupen, Professor, Graupen.«

Achtes Kapitel

Das ist doch Übernatürlichkeit par excellence.

Ein trockener Husten zerriß die Stille. »Der Herr steh' uns bei«, sagte Constable Thackeray zu sich selbst.
Eigentlich sollte er ja im Bett sein. Elf Stunden lang war er hinter einem Baum gegenüber Miss Crushs Haus am Eaton Square gekauert. Elf Stunden in einer der kältesten Novembernächte. Bei Sonnenaufgang hätte man ihn für Onkel Walter halten können, so blaß vor Kälte war er. Und was war dabei herausgekommen, außer der Tatsache, daß er wahrscheinlich eine chronische Lungenentzündung bekommen würde?
Nichts.
Bis acht Uhr morgens, als Cribb auftauchte und wie ein Hundebesitzer pfiff, dessen Tier zu lange im Gebüsch herumtrödelt, hatte sich keine Menschenseele der Straße genähert. »Ich habe einen Auftrag für Sie, Thackeray«, sagte er, als wären die elf Stunden hinter dem Baum überhaupt keine Arbeit gewesen. »Gehen Sie zum Sloane Square und nehmen Sie den Stadtbus zur Praed Street. Von dort sind es nur ein paar Schritte zum Homer Court. Hier ist der Schlüssel für Nummer 10, Professor Quayles Haus. Wenn Sie hineingehen, werden Sie Dr. Proberts fehlendes Bild im Schirmständer finden. Miss Crushs Vase müßte in einem Schrank im Badezimmer sein. Sie brauchen gar nicht so überrascht dreinsehen, Constable, Quayle hat vor sechs Stunden gestanden. Ach, und stellen Sie doch bitte eine Liste mit Brands persönlichen Habseligkeiten zusammen. Er wird nicht in seinen Zimmern sein. Starb letzte Nacht unter mysteriösen Umständen. Mein Gott, ja, ich hatte einiges

zu tun, seit ich Sie das letzte Mal sah. Ich werde jetzt ein wenig schlafen. Sie melden sich bitte um zwei Uhr wieder. Aber pünktlich.«

Wie gewöhnlich war es sinnlos, Cribb etwas zu erwidern. Er saß schon wieder in der wartenden Droschke, bevor Thackeray auch nur zwei Worte herausbringen konnte. Es blieb ihm also nichts anderes übrig, als sich den Reif abzuklopfen, zur Haltestelle zu humpeln und zu versuchen, nicht an die Frostbeulen zu denken.

Cribb hatte es zwar nicht erwähnt, aber Thackeray beschloß anzunehmen, daß seine Befehle auch einen kurzen Aufenthalt in der Suppenküche am Sloane Square und eine Tasse Ochsenschwanzsuppe enthielten. Er würde die Twopence auf seine Spesenliste schreiben und wenn er sich Immergrün-Salbe für seine Zehen kaufen mußte, würde er auch sie auf die Liste setzen, ganz gleich, was andere davon halten mochten.

Quayles Haus war ein großes und alleinstehendes Gebäude, zwar nicht in einer so eleganten Gegend wie das von Miss Crush gelegen, aber mit Sicherheit auch nicht in einem Slum. Es war schon bemerkenswert, daß eine Tätigkeit, bei der es um spirituelle Dinge ging, solch weltliche Annehmlichkeiten einbringen konnte. Thackeray schloß auf, holte den Etty aus einer Sammlung von Spazierstöcken und Regenschirmen, trug ihn nach oben in den zweiten Stock und nahm unterwegs auch die Royal-Worcester-Vase aus dem Badezimmer mit. Beides lag nun auf dem Boden von Peter Brands Wohnzimmer, aber das Bild war noch immer zusammengerollt. Es gab nicht den geringsten Zweifel, daß es Dr. Proberts Nymphe war. Denn daß Cribb einen Fehler machte, war nun doch zu unwahrscheinlich. Und Thackeray mit seinen Frostbeulen verspürte auch nicht gerade einen unwiderstehlichen Drang, Nackte, ganz gleich welchen Geschlechts, anzusehen.

Es war eine heilsame Erfahrung, im Zimmer eines Toten zu stehen und die Zeugnisse kürzlicher Benutzung zu betrachten, ein abgelegtes Hemd über einer Stuhllehne, einen Kragen auf dem Boden, Orangenschalen auf dem Kaminrost und schmutziges Geschirr auf dem Tisch. Schaler Tabakgeruch deutete daraufhin, daß es die Wohnung eines Junggesellen war. Das Bild über dem Kamin zeigte ein Rennpferd, und auf dem Boden lagen Wettscheine verstreut.

Thackeray hatte sein Notizbuch gezückt und wollte eben die Gegenstände im Zimmer aufschreiben, als ein Rattern an der vorderen Haustür seine Arbeit unterbrach. Er ging zum Fenster und spähte hinaus. Eine Droschke war vorgefahren. Ohne genau zu wissen, was ihn erwartete, ging er die Treppen hinunter und öffnete die Tür.

Ein Kutscher stand vor dem Eingang, ein tonnenförmiger Mann mit einer braunen Melone und einem dieser gigantischen Überzieher, die vom Kinn bis zu den Schnürsenkeln reichten, dem Markenzeichen seines Berufsstandes. Auf seiner Marke war deutlich die Nummer 469 zu lesen. Was man von den Haaren sehen konnte, war grau, sein Schnurrbart hing über die Lippen und war feucht an den Enden.

Er legte die Hand an den Hut. »Guten Morgen, Sir. Ich will Mr. Brands Habseligkeiten abholen.«

»Seine Habseligkeiten?« wiederholte Thackeray.

»Is doch tot, oder? Braucht sie doch nich mehr.«

»Woher wissen Sie, daß er tot ist?«

Der Kutscher hob die Schultern. »Is inzwischen allgemein bekannt. In mei'm Beruf verbreiten sich Neuigkeiten schnell. Hab' beim Unterstand am Bahnhof Paddington davon gehört. Tödlicher Unfall in Richmond, oder? Wer sind'n Sie eigentlich, nich der Leichenbestatter?«

»Ich wollte eben die gleiche Frage stellen«, sagte Thackeray.

»Charlie Brand, Sir. Vater des Verstorbenen.«

»Ach so. Mein Beileid.«

»Nich nötig. Mochte ihn nich besonders.«

»Tatsächlich? Ich bin Polizeibeamter. Detektiv-Constable Thackeray. Beamter in Zivil.«

»Was machen Sie dann hier? Neue Zivilklamotten holen?«

»Mit Sicherheit nicht«, erwiderte Thackeray würdevoll. »Ich bin hier, um ein Verzeichnis des persönlichen Eigentums des Verstorbenen zu erstellen.«

»Und ich bin da, um es abzuholen«, sagte der Kutscher. »Nächster Verwandter, wissen Se. Ältere Rechte. Glaub', ich muß mir mal Ihre Liste da ansehen. Da sollt irgendwo 'ne silberne Uhr dabeisein. Die is nich zufällig in Ihrer Tasche oder so?«

»Nein«, entgegnete Thackeray bestimmt. »Ich besitze eine eigene Uhr mit meiner persönlichen Nummer auf der Rückseite. Wenn Sie hereinkommen wollen, würde ich Ihnen raten, etwas höflicher zu sein, Kutscher. Wie soll ich denn wissen, ob Sie überhaupt Brands Vater sind?«

Der Kutscher wies auf seine Marke. »Das is' *meine* persönliche Nummer. Die können Se in der Hackney- Droschkenregistratur gleich unter Ihrem Polizeirevier im Scotland Yard überprüfen. Brand, Charles Edgar, seit sechsundvierzig Jahren auf dem Kutschbock, mal abgesehen von den dreien auf der Krim. Als ich angefangen hab', hat's noch keine Detektive gegeben. Die Diebe haben damals die *Runner* gefangen, und die waren in Ordnung.« Er sah sich Thackeray genau an. »Sie war'n nicht zufällig einer von denen, oder?«

»Bei Gott, nein!« rief Thackeray. »Damals war ich ja noch ein Baby. Aber nun kommen Sie wohl besser herein, Mr. Brand. Ich kann Sie zwar nichts mitnehmen lassen, aber ich glaube, ich sollte Ihnen zeigen, was vorhanden ist.«

»Hauptsächlich Schund, wenn Sie mich fragen«, bemerkte Brand senior, als er Thackeray nach oben folgte. Im ersten Stock hielt er an, um Luft zu holen für den zweiten. »Die Uhr haben Se also noch nich gefunden?«

Thackeray drehte sich um. »Das habe ich nicht, Kutscher, und ich schwöre Ihnen, ich verpasse Ihnen eine, wenn Sie noch ein Wort darüber verlieren.«

In Brands Zimmer blieben sie gleich hinter der Tür stehen. Der Kutscher hatte sich bis jetzt bei Thackeray nicht eben beliebt gemacht, aber immerhin hatte er ein Anrecht auf den Respekt, der einem trauernden Vater zustand. Die zahlreichen Hinweise auf das Leben, das ein so plötzliches Ende gefunden hatte, waren in diesem Zimmer nicht zu übersehen.

Aber die Reaktion von Brand senior war unsentimental: »Na, ich vermute, das Bild bringt vielleicht 'n Pfund oder zwei, aber sonst gibt's ja nich viel. Oder glauben Sie, daß der Vermieter sich schon was untern Nagel gerissen hat?«

»Unmöglich«, erwiderte Thackeray. »Der Vermieter befindet sich schon die ganze Nacht unter Arrest.«

»Habt'n eingesperrt, was? Was hat er denn gemacht – 'n Bordell geführt?«

»Das geht Sie nichts an, Kutscher«, entgegnete Thackeray. »Wenn Sie sicher sind, daß sich hier nichts von Wert befindet, dann will ich Sie nicht länger aufhalten. Ich habe zu arbeiten.«

Brand senior schien das als Einladung zum Bleiben und Zusehen aufzufassen. Er setzte sich in einen Lehnstuhl, brachte eine Pfeife zum Vorschein, stopfte sie, steckte sie zwischen Schnurrbart und Schal und zündete sie an. Für Augenblicke war er vor lauter Rauch nicht zu sehen. »Das überrascht mich überhaupt nich«, sagte er und zerteilte den Rauch mit seiner Hand. »Der Junge war ja schon jahrelang in schlechter Gesellschaft. An der Erziehung lag's nicht, das kann ich Ihnen sagen. Mit meinem Gürtel hab ich ihn aufgezogen, den Jungen. Zehn Jahre war ich Vater und Mutter für ihn – zehn Jahre, Officer. Hab' ihm die Zehn Gebote beigebracht und 's Rechnen und wie man 'n Pferd striegelt, und was is' aus ihm geworden! Das hätt' ich mir auch sparn können.«

»Starb seine Mutter früh?« fragte Thackeray und versuchte, wenigstens einen Fetzen Sympathie für diesen ausgesprochen unsympathischen alten Mann aufzubringen.

»Die lebt noch, soviel ich weiß.« Brand machte es einem nicht leicht.

»Sie haben sich also getrennt?«

»Getrennt?« Brand lachte so heftig, daß er husten mußte. »Wir warn doch nie richtig zusammen.« Er zog ein großes, rotes Taschentuch hervor und trocknete sich die Augen. »Na, wenn ich schon angefangen hab', dann erzähl' ich Ihnen gleich alles, oder Sie fragen mir Löcher in den Bauch, bis ich wieder gehen muß. Haben Se mein Pferd gesehen, als Sie die Tür aufgemacht haben?«

»Ich kann nicht behaupten, daß ich sonderlich darauf geachtet hätte«, mußte Thackeray zugeben, und er wußte auch gar nicht, was das Pferd mit der Geschichte zu tun haben sollte.

»Das da draußen ist mein viertes«, fuhr Brand fort. »'n neunjähriger Wallach und für'n Kutschpferd in keinem schlechten Zustand. Vor zwanzig Jahren war der Gaul in der Deichsel 'ne alte Schindmähre, Officer, ich geb's ja gern zu. Ezechiel hab' ich ihn genannt, nach dem Propheten, der die Geschichte von dem Skelett erzählt hat, das wo wieder lebendig geworden is'. Wenn Se meinen Ezechiel in der Droschkenreihe in *The Strand* gesehen hätten, dann hätten Se gesagt, der is' der lebendige Beweis für die Geschichte. Jetzt sagen Se bestimmt, das kommt vom schlechten Füttern, und da is' ja auch was Wahres dran, weil ich's damals halt schwer hatte, aber ich glaub auch, daß er einfach schlecht gebaut war, wie manche Menschen. Ezechiel sah einfach furchtbar aus, aber den Futtersack hat er so oft gekriegt wie die anderen Pferde in der Reihe auch.«

»Kommen Sie zum Wesentlichen, Kutscher, um Gottes willen«, verlangte Thackeray. »Ich habe die ganze Nacht nicht geschlafen.«

»Schon gut. Immer langsam. An 'nem Frühlingsmorgen wart' ich in der Reihe wie immer, und da kommt so'n Lakai auf 'em Bürgersteig daher und starrt uns an. Sieht sich Ezechiel gut an, der Kerl und sagt: ›Der paßt. Ich will Sie für eine Stunde mieten.‹ Na, aber bei einer Sache gibts Krawall in 'er Droschkenreihe und das is', wenn sich einer vordrängelt, und da hab ich dem Kerl gesagt, er muß nach vorn gehen und die erste Droschke in der Reihe nehmen. ›Beim besten Willen nicht‹, sagt er. ›Ich will Sie, und wenn ich eine halbe Stunde warten muß, macht es auch nichts.‹ Und er wart' auch wirklich zwanzig Minuten, bis ich an der Reihe bin, und dann steigt er ein und gibt mir 'ne Adresse in Russell Square. ›Das dauert aber keine Stunde‹, sag ich. ›Das geht Sie nichts an‹, sagt er. Ich knall also mit der Peitsche, und Ezechiel bringt uns in zehn Minuten da hin. ›Warten Sie, Kutscher‹, sagt der Lakai und verschwindet in dem großen Haus. Und kommt gleich wieder mit 'ner jungen Dame, total 'rausgeputzt. Das war 'ne tolle Frau, das kann ich Ihnen sagen. Er hilft ihr in 'en Wagen und mir sagt er, ich soll durch'n Regent's Park fahren, aber langsam. Und ich brauch' Ihnen ja nicht zu sagen, daß es damals keine Sache für 'ne alleinstehende Frau war, alleine in 'ner Droschke zu fahren.«

»Keine anständige Frau«, bemerkte Thackeray.

»Das wollt'ich ja damit sagen«, erwiderte Brand und blies eine neue Rauchwolke in Thackerays Richtung. »Schön 'rausgeputzt war sie ja, aber das war Skittles auch – erinnern Sie sich, Officer – und'n halbes Dutzend andere. Ich hatte 'ne anständige Kutsche und wollte bei nix Unrechtem nich mitmachen.«

»Schon gut«, sagte Thackeray. »Mich brauchen Sie nicht zu überzeugen. Fahren Sie mit der Geschichte fort.«

»Na, da sitz ich also auf dem Bock und wundre mich, warum man mich gemietet hat, als sie mit ihrem Schirm an das Dach klopft. Ich mach' die Luke auf, und sie sagt, ich soll anhalten. ›Ihr Pferd‹, sagt se, als ich Ezechiel am Zügel genommen und den Karren angehalten hab'. ›Es ist in einem bedauernswerten Zustand. Ich möchte ihm gern eine Karotte geben.‹ – ›Na, Miss‹, sag' ich. ›Wenn Sie eine dabei haben, würd' ich mich für Ezechiel freuen, wenn er sie kriegt.‹ – ›Das habe ich‹, sagt se und holt wirklich eine aus ihrer Tasche und gibt se mir durch die Luke. ›Wenn Sie sie ihm jetzt geben‹, sagt se, ›dann gebe ich Ihnen einen Shilling extra.‹ Da hab ich mich bei der Dame bedankt und Ezechiel kriegte seine Karotte. Der alte Schinder war in seinem ganzen Leben noch nich so überrascht. Als ich

ihn gefüttert hab', sagt se, daß se ihn gern streicheln möcht. Ich hatt' das nich so gern, weil Ezechiel auch in seiner besten Zeit ein launischer Kerl war, sogar wenn er gefressen hatte, aber 's ging alles gut. Dann steigt sie innen Wagen zurück und wir machen die Tour durch 'n Park fertig und dann wieder zum Russell Square. ›Holen Sie mich morgen um die gleiche Zeit ab‹, sagt se und gibt mir drei Shilling und Sixpence, ungelogen.«
»Fuhren Sie wieder hin?«
»Klar. 'n Kutscher sagt doch zu so 'nem Geld nich nein. So ging's fünf Tage lang, und Ezechiel wurde immer ganz schön munter, wenn wir jeden Morgen zum Russell Square fuhren. Die Dame hat mir gesagt, se is' von 'ner Gesellschaft für das Wohlergehen von Kutschenpferden und daß sie ihren Diener ausgeschickt hat, er soll den schlimmsten Gaul in der Reihe aussuchen. Und dann sagt se eines Morgens: ›Heute wollen wir nach Hampstead fahren. Wir bringen Ezechiel zu den Parliament Hill Fields. Dort wächst langes Gras, und er wird es einmal richtig gut haben.‹ Wir fahrn also durch Camden und Kentish Town und hinter Gospel Oak Station is' wirklich 'ne schöne Wiese. ›Wollen Sie ihn nicht ausspannen?‹ fragt se, als ich ihn von der Straße führe, und ich kann Ihnen eins sagen, Officer, die junge Frau hatte 'nen Blick in ihren Augen, der hat mich so langsam ausgespannt, vom Pferd brauch man da gar nich reden. Na auf jeden Fall, ich hab ihr aus 'em Wagen geholfen und Ezechiel ausgespannt, und wir sind dann zu 'nem ruhigen Fleckchen gegangen, wo se gemeint hat, wir sollen uns hinsetzen. Ezechiel und den Wagen konnten wir noch sehen, aber von der Straße aus hat man uns nich sehn können, wenn Se wissen, was ich meine.«
»Ich fange langsam damit an«, meinte Thackeray.
»Nach einer Weile sagt sie: ›Ezechiel sieht schon viel besser aus. Man sieht seine Rippen schon nicht mehr so genau, oder?‹ ›Nein‹, sag ich, ›Sie haben ihn richtig verwöhnt. Wahrscheinlich werden Sie sich bald nach einer anderen hungrigen Mähre umsehen.‹ – ›Das ist meine Lebensaufgabe. Ich will alle Kut-

schenpferde retten, die ich kann‹, sagt sie. ›Ja, ich fürchte, das wird der letzte Ausflug mit Ezechiel sein, aber ich will, daß Sie ihn von jetzt an ordentlich behandeln, Kutscher. Regelmäßig Wasser und Futter, oder es wird der Gesellschaft zu Ohren kommen. Und stecken Sie nichts Minderwertiges in seinen Futtersack. Pferde mögen Hafer. Aber Sie sind ein freundlicher Mann, das sehe ich. Sie werden Ezechiel gut behandeln.‹ Und dann drückt se mir einen Kuß auf die Backe. Na, und ich bin eben ein ganzer Kerl, Officer, und laß mir doch keine Chance entgehen. Ich leg' mein' Arm um die Dame und geb's ihr zurück. Und dann hat eins zum anderen geführt und, um es taktvoll auszudrücken, Ezechiel hat lang auf seinen Hafer warten müssen, aber ich hab' meinen an dem Nachmittag gekriegt.« Bei dem Gedanken an diese Gelegenheit blies der Kutscher erneut eine dicke Rauchwolke in die Luft. »Das war das letzte Mal für über en Jahr, daß ich se gesehen hab', und weil ich eben en Ehrenmann bin, hab'ich nicht mal den Fahrpreis verlangt, als wir wieder zum Russell Square zurückkamen.«

»Sehr rücksichtsvoll«, bemerkte Thackeray.

»Ja, erst im September hab' ich wieder was von ihr gehört, und da sah Ezechiel schon wieder so runtergekommen aus wie immer. Der Lakai hat mich im Kutschenunterstand gefunden, und ich hab' schon gedacht, jetzt hab' ich wieder Glück. Wir fahrn also zum Russell Square und ich schwör's, der Ezechiel hat gewußt, wo's hingeht und is' den ganzen Weg galoppiert. Als wir dort eintreffen, kommt die Dame heraus und steigt ein, ohne das Pferd oder mich anzusehen, und gibt mir 'ne Adresse in Notting Hill Gate. Ich versteh' das nicht, aber ich weiß, was ich zu tun hab', und so fahrn wir halt. Und als wir dort ankommen, ist es nur ein schäbiges, kleines Haus, aber sie steigt aus und sagt mir, ich soll mitkommen. Eine dicke Frau kommt zur Tür und läßt uns ohne ein Wort ein. Sie führt uns ins Wohnzimmer, und was denken Se, was da ist? En Baby, Officer, drei Monate alt, und geschrien hat's wie am Spieß. ›Sie

können es mitnehmen‹, sagt mein Fahrgast. ›Es ist das Ihre. Ich habe es zur Welt gebracht und mich bis jetzt darum gekümmert, aber ich kann es nicht behalten. Für eine Dame in meiner Stellung ist es unmöglich. Also gehört es Ihnen, Kutscher. Kümmern Sie sich doch bitte darum.‹ Officer, ich war so überrascht, daß ich's einfach in den Arm genommen hab, und wissen Se, es hat sofort zum Schreien aufgehört. ›Für seinen Unterhalt werden Sie regelmäßig Geld erhalten‹, hat se zu mir gesagt. ›Mrs. Hawkins hier wird auf ihn aufpassen, bis er alt genug ist, um Sie in der Kutsche zu begleiten, aber Sie müssen ihn jeden Abend abholen. Er soll wissen, wer sein Vater ist. Seien Sie so freundlich und treten Sie mit mir von nun an nicht mehr in Verbindung. Das Baby heißt Peter, und wenn Sie ihn nicht besser behandeln als Ihr Pferd, wird Mrs. Hawkins die Polizei rufen.‹ Na, und wie mich diese fette Frau angeschaut hat, da hab' ich gesehen, daß se mich überhaupt nicht mochte.«
»Ein ganz schöner Schlag ins Gesicht!« sagte Thackeray. »Was haben Sie getan?«
»Genau das, was se wollte. Ich hab' das Kind genommen und aufgezogen, wie ich Ihnen gesagt hab'. Und sobald es alt genug war, hab ich zur Hawkins gesagt, daß ich se nich mehr brauche. Der Lakai hat regelmäßig Geld gebracht, bis der Junge zehn war und selber was verdienen konnte.«
»Welche Arbeit haben Sie ihm denn gegeben?« fragte Thackeray.
»Zuerst Katzbuckeln.«
»Was ist denn das?«
»Die Türen für die Fahrgäste aufhalten, damit der Kutscher nich' vom Bock muß. Sie haben bestimmt gesehen, wie die Jungs in der Reihe die Arme über die Räder ausstrecken, damit die Kleider der Damen nicht schmutzig werden. Da gibt's meistens 'n Penny oder zwei. Das hat er ungefähr ein Jahr lang gemacht und is' dann seine eigenen Wege gegangen. Ich wollte ihn ja in 'ne Lehre geben, aber er konnt' ja weder lesen noch schreiben, wissen Se, und es war auch nix frei. Ich glaub', er hat

zuerst Zeitungen verkauft und dann als Page in einem von den neuen Hotels in *The Strand* gearbeitet. Später hat er sich dann bei den Rennbahnen 'rumgetrieben. Vorletzten Sommer hab' ich ihn mal in Epson gesehen, da hat er den Trick mit den drei Karten gemacht. Der sah so fesch aus, wie ich den noch nie gesehn hab, mit 'ner grauen Melone, kariertem Anzug und der silbernen Uhr, von der ich Ihnen erzählt hab'. Sie wissen nich –«

»Die Uhr lassen wir aus dem Spiel«, sagte Thackeray bestimmt. »Sagen Sie, Brand, haben Sie die Mutter des Jungen je wiedergesehen?«

»Hab' nie mit ihr gesprochen, hab se aber ein paar Mal in Kutschen gesehen. Sie is' vor ziemlich langer Zeit vom Russell Square weggezogen, und ich weiß nich, wohin.«

»Hat Ihr Sohn je seine Mutter kennengelernt?«

»Nich solang er 'n Junge war, Officer, aber ich kann mir vorstellen, daß er vielleicht versucht hat, se zu finden. Als ich ihn an dem Nachmittag auf der Rennbahn getroffen hab', da haben wir bei 'nem Glas Ale über alte Zeiten geredet – wir sind sehr gut miteinander ausgekommen, wissen Se – und weil ich gemerkt hab', daß er inzwischen ein Mann von Welt war, hab' ich ihm die gleiche Geschichte erzählt wie jetzt Ihnen. Bis dahin hat er ja immer geglaubt, daß seine Mutter an Cholera gestorben is'. Es hat ihn ganz außergewöhnlich gefreut, daß se noch am Leben is', und er hat mich nach der Nummer von dem Haus im Russell Square gefragt. Ich hab' ihm natürlich gesagt, daß es zwecklos ist, da hinzugehen, weil se ja umgezogen ist. Vielleicht is' er dort gewesen und hat nach der neuen Adresse gefragt, aber in der letzten Zeit war er ja so mit den Geistern beschäftigt, und ich hab seit dem Nachmittag in Epson nich mehr mit ihm gesprochen. Wenn Se mich fragen, dann hat se ihn nich gerade freundlich empfangen, wenn er wirklich herausgefunden hat, wo se wohnt. Sie will an uns nich mehr erinnert werden, da bin ich mir sicher. So, Officer, das is meine Geschichte, und jetzt hab' ich lang genug gequasselt.« Er steckte seine Pfeife in die Tasche und kämpfte sich aus dem Lehnstuhl. »Ich helf' Ihnen noch, den Schrank da zu durchsuchen, und dann mach' ich mich wieder auf den Weg. Ich arbeite jetzt vom Stand in Charing Cross aus. Wenn Se was Wertvolles entdecken, können Se mich dort finden.«

»So einfach ist das nicht«, erläuterte Thackeray. »Vielleicht hat er ein Testament hinterlassen.«

»Konnt' doch nich schreiben«, entgegnete Brand senior.

»Nun, vielleicht erhebt seine Mutter Besitzansprüche.«

Dieser Gedanke war dem Kutscher noch nicht gekommen. Er überlegte einen Augenblick und schüttelte dann den Kopf. »Die wird sich diesmal überhaupt nich melden. Die lebt doch eh schon wie 'ne Made im Speck. Die hat keine Verwendung für silberne Uhren und karierte Anzüge.« Er öffnete eine Schublade nach der anderen und ließ die Hand schnell durch Socken und Hemden gleiten. »Aber wenn se von dem Zeug was will, kann se 's gern haben.«

»Sie haben ihren Namen nicht erwähnt«, sagte Thackeray.

»Nein, hab' ich nicht. Eins lernt man in meinem Beruf, Officer, und das is', mit Namen vorsichtig zu sein. 's gibt Fahrgäste, die wollen, daß man se kennt, und andere wieder nich. Meistens is' es am besten, sich nich um Namen zu kümmern, so hab' ich nie danach gefragt.«

»Aber Sie haben ihn doch sicher herausgefunden?«

»Das is' was anderes. Aber auch wenn, dann könnten alle Kutschengäule, die ich je gehabt hab', ihn nich aus mir herauszerren.«

»Aber das hier vielleicht«, meinte Thackeray in einer plötzlichen Eingebung. Er steckte die Hand in seine Tasche – und brachte vier Sixpencestücke und einen Halfpenny zum Vorschein. »Heute nachmittag könnte ich noch mehr beschaffen«, fügte er schwach hinzu.

»Das glaub' ich erst, wenn ich's seh'«, murmelte der Kutscher auf seinem Weg nach unten.

Thackeray blieb auf demselben Fleck stehen und starrte enttäuscht auf die fünf Münzen in seiner Hand. Mit Freuden hätte er ein Pfund aus seiner eigenen Tasche für den Namen gezahlt, nur um Cribb einmal in seiner Laufbahn perplex zu sehen. Aber so steckte er seufzend das Geld wieder ein, nahm sein Notizbuch und machte sich an das Verzeichnis von Peter Brands Besitz.

Neuntes Kapitel

Was würden Sie denn damit machen?
Würden Sie es nicht sofort untersuchen?

Sergeant Cribb stand auf dem kleinen Teppich vor Inspektor Jowetts Schreibtisch im Scotland Yard. In Habachtstellung stand er da, bewegungslos, soweit man es sehen konnte. In Wirklichkeit wackelte er in seinen Stiefeln mit den Zehen.

»Sie wissen, ich bin der Letzte, der Eigeninitiative nicht unterstützen würde«, sagte eben Jowett. »Bei Gott, ja, ich kann mit Stolz behaupten, daß ich Verantwortung an Untergebene delegiert habe wie sonst keiner bei der Polizei. Überlegen Sie nur, Sergeant, wie oft ich Ihnen einen Mordfall übertragen habe, wie oft ich Sie Ihren eigenen Kopf durchsetzen ließ und mich selber damit zufriedengab, nur das bescheidene Maß an Interesse an dem Geschehen zu zeigen, das Sie von Ihrem Vorgesetzten erwarten dürfen. Und Sie haben natürlich immer gewußt, daß Sie bei mir Unterstützung finden werden, Weisheit, Inspiration und das strahlende Licht, das die Dinge erhellt, wenn sie am dunkelsten sind. Ich will ja gar nicht leugnen, daß ich zu Zeiten in Versuchung war, Sie zum Ort eines Verbrechens zu begleiten, um meine kriminalistischen Fähigkeiten wieder ein wenig zu üben und mit ein paar bescheidenen Beobachtungen stundenlange, mühselige Verhöre überflüssig zu machen. Aber mein Platz ist hier, in diesem Büro, wo ich nicht nur eine Ermittlung überwache, sondern gleichzeitig bis zu einem Dutzend.« Er tippte sich mit dem Mundstück seiner Pfeife an die Schläfe. »Da drin schlummert genug Information, um einigen der übelsten Verbrecher Londons schlaflose Nächte zu bereiten, Cribb. Ja, wirklich, der Direktor verlangt nicht von mir, den einzelnen Täter zu überführen. Ich bin hier, um den Überblick zu behalten.« Wie zur Betonung des Gesagten stand der Inspektor auf, ging zum Fenster, wischte mit dem Daumen einen kleinen Fleck frei und spähte hinaus. Cribb blieb, wo er war, er starrte auf die leere Wand ihm gegenüber und begnügte sich dabei mit dem geringeren Überblick, wie es seinem Rang entsprach.

»An diesem Abend jedoch«, fuhr Jowett fort, »ergab sich eine Situation, in der ich notgedrungen gezwungen war, einen mysteriösen Todesfall zu untersuchen, und dies während eines gesellschaftlichen Anlasses und in Anwesenheit von Bekannten, die größtenteils nicht wußten, welches offizielle Amt ich bekleide, bis ich gezwungen war, es preiszugeben. Ihr unangemeldetes Eindringen in Dr. Proberts Bibliothek machte es für mich unmöglich, im Zimmer zu bleiben, ohne meine Verbindung mit dem Yard zu enthüllen, aber deswegen mache ich Ihnen keinen Vorwurf, Sergeant. Sie verfolgten ja zu diesem Zeitpunkt einen wichtigen Verdächtigen. Nein, um was es mir bei den Ereignissen am Samstagabend geht, ist die Art Ihres Verhaltens nach der Entdeckung von Mr. Brands Tod.«

Cribb runzelte die Stirn. Über was beschwerte sich Jowett denn – zuwenig Ehrfurcht vor dem Tod, Einschüchterung von Zeugen oder unziemliche Sprache? Er wollte ja alles gerne zugeben. Mit Jowett konnte man nur so umgehen.

»Ich bin nicht gewöhnt, von irgend jemand beiseite geschoben zu werden, Cribb, und am wenigsten von einem Sergeanten unter meinem Befehl, aber genau das geschah an diesem Abend, in einem Privathaus und in vornehmer Gesellschaft. Ich hatte noch nicht einmal ein halbes Dutzend Fragen stellen können, als Sie schon mit Ihrer Theorie über die Elektrizität anfingen, ganz zu schweigen von den Ratschlägen, die Sie Dr. Probert bezüglich der Überwachung seines Personals gaben. Es war im höchsten Maße peinlich, Sergeant, und gleichbedeutend mit Widersetzlichkeit.«

Jetzt wackelten nicht nur Cribbs Zehen, auch seine Knie gaben nach. »Widersetzlichkeit«, Sir?«
»Widersetzlichkeit« wiederholte Jowett, der immer noch aus dem Fenster sah. »Ein Beamter meines Rangs erwartet, Zeugen befragen zu können, ohne dabei von einem Detektiv-Sergeant unterbrochen zu werden. Ich gebe ja zu, daß die Umstände etwas ungewöhnlich waren, ich werde deshalb vermutlich davon absehen, dem Direktor davon Notiz zu geben, aber glauben Sie mir, ein solches Verhalten wird ein zweites Mal nicht toleriert werden. Außerdem –« mit einem verdrießlichen Blick in den Augen drehte er sich vom Fenster weg – »wären mir all diese Fragen auch selber eingefallen.«
»Und Sie hätten sie natürlich besser formuliert«, bemerkte Cribb, der sich diesen Fluchtweg nicht entgehen ließ. »Ich habe am Samstag meine Befugnisse ganz und gar überschritten, Sir. Im Eifer des Gefechts bemerkte ich nicht, daß Sie die Ermittlungen auf Ihre persönliche Art führen wollten. Ich werde mich in Zukunft besser beherrschen.«
Das brachte ihm ein mürrisches Nicken Jowetts ein. »Nun gut, Cribb. Wir wollen doch hoffen, daß die Angelegenheit damit erledigt ist. Wissen Sie, warum Sie sich heute nachmittag im Yard melden sollten?«
»Für eine Unterredung über Mr. Brands Tod, nehme ich an, Sir.«
Jowett schüttelte den Kopf. »Eine *Konferenz*, Sergeant, eine Konferenz. Wir sind eine moderne Kriminalpolizei, nicht mehr die *Bow Street Runners*. Nun, ich habe noch zwei weitere Herren eingeladen: Mr. Cage, der eine Autorität auf dem Gebiet der Elektrizität ist und den Apparat in Richmond untersucht hat, und Dr. Benjamin, den Polizeiarzt, der bei der Obduktion anwesend war, die der Pathologe des *Home Office* heute morgen durchgeführt hat. Der offizielle Bericht wird natürlich erst später herausgegeben werden, aber Dr. Benjamin dürfte uns das Wichtigste schon heute nachmittag sagen können. Aber seien Sie jetzt so gut und rufen Sie Constable Thackeray herein.«

An einem anderen Ort hätte man diese Konferenz durchaus für eine weitere Séance halten können. Jowett hatte wirklich seine Hände auf den Tisch gelegt, aber nur aus Eitelkeit; er zeigte gern her, daß er regelmäßig zur Maniküre ging. Mr. Cage, ein hagerer Mann mit tief in den Höhlen liegenden blauen Augen, um die ihn jedes Medium beneidet hätte, saß zu seiner Linken. Rechts von ihm saß Dr. Benjamin, hübsch auf eine etwas konventionellere Art, mit einem schwarzen Schnurrbart und einem Funkeln in den Augen, die andeuteten, daß er durchaus in Kontakt treten konnte, wenn auch vielleicht nicht unbedingt mit Geistern. Thackeray und Cribb hatten auf der anderen Seite des Tisches Platz genommen, und ein Schreiber wartete mit gezücktem Stift an einem Tisch in einem Winkel des Zimmers.

»Keine Formalitäten, meine Herren«, meinte Jowett. »Dr. Benjamin, wir sind alle gespannt auf die Ergebnisse der Obduktion. Konnten Sie die Todesursache feststellen?«

Dr. Benjamin nickte. Die Art, wie er eine schwarze Dose (von der Thackeray kurzzeitig annahm, sie enthalte eine Erinnerung an das Geschäft dieses Morgens) aus der Tasche zog und sich Schnupftabak nahm, machte hinreichend deutlich, daß er nicht die Absicht hatte, dieser Antwort etwas hinzuzufügen. Informationen mußte man ihm schon aus der Nase ziehen.

»Es war keine natürliche Todesursache, nehme ich an«, sagte Jowett.

»Nein.«

»Soviel wir wissen, hatte er ein schwaches Herz.«

»Bestätigt«, erwiderte der Doktor.

»So daß ein mäßiger elektrischer Schlag ihn getötet hätte«, fuhr Jowett fort.

»Möglich«, sagte der Doktor.

»Konnten Sie das nicht eindeutig feststellen?«

»Doch. Kein mäßiger. Ein massiver.«

Bei dieser Bemerkung erwachte Mr. Cage zu plötzlichem Leben. »Ein massiver? Das ist unmöglich. Der Apparat konnte nicht mehr als zwanzig Volt durch den Mann schicken. Ich habe es selber überprüft.«

»Dann haben Sie sich geirrt«, sagte Dr. Benjamin einfach.

»Geirrt?« wiederholte Cage, als hätte er nicht richtig verstanden. »Vielleicht sind Sie sich nicht bewußt, daß ich Vorlesungen über die Theorie der Elektrizität in Oxford und Cambridge und in allen europäischen Hauptstädten gehalten habe. Dr. Proberts Apparat konnte unmöglich einen Mann mit einem elektrischen Schlag töten. Darauf verwette ich meinen Ruf.«

Jowett wandte sich an Dr. Benjamin. »Welche Beweise haben Sie denn, daß Brand an einem massiven elektrischen Schock starb?«

Der Gesichtsausdruck des Doktors deutete an, daß er diese Frage für einen Bruch der Etikette hielt. Er hatte die Todesursache genannt, für einen Polizisten sollte das genügen. Bei seinem Bericht war er deshalb sehr kurz angebunden: »Schwere Muskelverkrampfungen, die verschiedene Knochenbrüche und -splitterungen verursachten. Großflächige Gewebeschäden, darunter Nekrosen an Muskeln und verschiedenen inneren Organen.«

»Aber das ist vollkommen unmöglich!« beharrte Cage. »Verletzungen von diesem Ausmaß entstehen nur bei Stromstärken von mehreren hundert Volt. Ich saß selbst bei angeschaltetem Strom in diesem Stuhl und spürte überhaupt nichts Gefährliches.«

»Über den Transformator, den Dr. Probert konstruierte, gab es ja einige Meinungsverschiedenheiten«, sagte Jowett, mit einem Seitenblick auf Cribb. »Könnte er defekt gewesen sein und deshalb die ganze Stromstärke auf den Stuhl übertragen haben?«

»Ich habe den Transformator einer ganzen Reihe von Tests in meinem eigenen Labor unterzogen«, erwiderte Cage. »Ich kann Ihnen versichern, daß die Konstruktion nicht fehlerhaft ist. Das kann ich dem Leichenbeschauer beeiden. Meine Herren, ich habe die Wissenschaft auf meiner Seite.«

»Und ich nehme einen Todesfall nach massivem Elektroschock auf meinen Eid«, entgegnete Dr. Benjamin.
Jowett hüstelte dazwischen. »Wir scheinen in eine Sackgasse geraten zu sein, meine Herren. Ich kann Ihnen beiden versichern, daß keins Ihrer Resultate in Zweifel gezogen wird. Wir müssen versuchen, eine Erklärung zu finden, die allen Indizien gerecht wird, und mir dämmert langsam, daß es etwas ganz Außergewöhnliches sein wird. Sehen Sie, meine Herren, ich habe im Gegensatz zu Ihnen den Vorteil, an der Séance, die Mr. Brands Tod vorausging, teilgenommen zu haben. Mein Kollege hier wird Ihnen bestätigen, daß ich mit beiden Beinen fest auf der Erde stehe – mein Gott, Thackeray, bildlich gemeint natürlich – und daß ich nicht zu Anfällen von Phantastereien und Halluzinationen neige.«
Cribb, in der festen Absicht, alles zu unterlassen, was auch nur entfernt nach Widersetzlichkeit aussah, nickte einmal.
»Aber ich muß Ihnen sagen«, fuhr Jowett fort, »daß ich während der Séance eine Geisterhand, die in der Dunkelheit hell leuchtete, durch die Luft schweben sah. Die anderen sahen es ebenfalls, wenigstens zwei Personen wurden berührt. Später flogen dann Früchte durch das Zimmer und eine Vase wurde umgeworfen. Ich bin ein ranghoher Polizeibeamter, der gelernt hat, genau zu beobachten. Was ich am Samstagabend bei Dr. Probert sah, überzeugte mich davon, daß man Spiritismus, trotz gewisser dubioser Praktiken, nicht einfach abtun kann. Wenn es so etwas gibt wie ein echtes Medium, dann war Peter Brand eins. Am Samstag jedoch schien der Geist, den er gerufen hatte, feindselig zu sein. Wie erwähnt, wurde einer der Anwesenden mit Orangen beworfen.« Jowett senkte die Stimme. »Ich zögere, dies in den Mauern des Yard zu erwähnen, aber ich bin, in Ermangelung einer rationalen Erklärung, beinahe zu der Annahme bereit, daß Mr. Brands Tod übernatürliche Ursachen hatte.«
»Sie meinen einen feindlichen Geist?« fragte Cage.
»Wenn Sie darauf bestehen, ja«, sagte Jowett. »Wir können

sicher sein, das es unbekannte Kräfte gibt, die ebenso mächtig sind wie die Elektrizität.«

»Quatsch!« sagte Dr. Benjamin.

»Wie bitte?« meinte Jowett.

»Übernatürliche Ursachen, so ein Blödsinn!« sagte Dr. Benjamin. »Brand war ein Scharlatan. Haben Sie schon einmal etwas von Blue John gehört?«

»Blue John? Ich kenne niemand mit diesem Namen.«

»Ist ein Stoff, kein Mensch.«

»Ich weiß nicht, wovon Sie reden, Doktor.«

»Das ist doch offenkundig. Vor der Obduktion bat man uns, besonders auf die Hände des Verstorbenen zu achten. Bei der Untersuchung fanden wir winzige Partikel, die an der Handfläche hafteten. Sie erwiesen sich bei der Analyse als Kalziumfluorid-Kristalle, Flußspat – dem Laien als *Blue John* bekannt. Es gibt eine einfache Methode, das Fluorid-Ion zu identifizieren, und die wandten wir an: Wir erhitzten den Stoff in konzentrierter Schwefelsäure und hielten eine durchsichtige Glasplatte darüber. Die entstehende Flußsäure verätzte das Glas und machte es milchig. Eindeutig Blue John.«

Jowett schüttelte noch immer den Kopf. »Ich verstehe nicht –«

Dr. Benjamin verdrehte die Augen zum Himmel, als Bitte an die Anwesenden, doch seine Verzweiflung über Jowetts Unwissenheit mit ihm zu teilen. »Wenn man Blue John leicht erwärmt«, sagte er wie zu einem Kind, »leuchtet es in der Dunkelheit. Haben Sie noch nie etwas von Fluoreszenz gehört? Die Geisterhand, die Sie sahen, war die des Mediums, mit Flußspat überzogen, den er vor Beginn der Séance am Feuer erwärmt hatte. Und wenn Ihnen das als Beweis für Brands Hochstapelei nicht genügt, sollten Sie vielleicht der Tatsache Beachtung schenken, daß er unter seiner gewöhnlichen Kleidung ein Nachthemd trug, in dessen Tasche wir eine kleine Dose mit Talkumpuder fanden. Sie kennen die Geister sicher besser als ich, aber soviel ich weiß, haben Leute, die

Geister sahen, beobachtet, daß sie in sichtbarer Gestalt weiße Gesichter haben und lange, wehende Gewänder.«
Jowett war so blaß, daß er nun selber ein Nachthemd hätte anziehen können und damit auf den Gängen des Scotland Yard einen Tumult verursacht hätte. »Wir stehen – ähm – tief in Ihrer Schuld, Doktor. Das ist eine bemerkenswerte Information. Sehr lobenswert.«
»Das ist kaum unser Verdienst«, sagte Dr. Benjamin. »Wir handelten nur auf Anregung einer Notiz, die wir vor der Obduktion erhielten. Sie verlangte unmißverständlich, die Handflächen nach Blue John zu untersuchen.«
»Wirklich«, fragte Jowett mit schwacher Stimme. »Konnten Sie feststellen, von wem die Notiz stammte?«
»Sie kam von einem Ihrer Männer, sonst hätten wir ja nicht darauf reagiert. Von einem Sergeant Cribb.«
»Himmel«, sagte Jowett und sah Cribb an, der sich selten so unwohl gefühlt hatte.
»Na aber, Sie waren das?« fragte Cage. »Sie sind mir aber ein Stiller, bei Gott!«
»Woher zum Teufel kannten Sie Blue John?« wollte Jowett wissen.
Cribb hatte sich vorgenommen, Schwierigkeiten aus dem Weg zu gehen, indem er gar nichts sagte.
»Reden Sie endlich, Mann!« befahl Jowett.
Jetzt wäre Schweigen Widersetzlichkeit gewesen. »Bei der Armee habe ich einige Monate in Derbyshire verbracht, Sir. Blue John ist auch als Derbyshire-Spat bekannt. Es kommt dort ziemlich häufig vor.«
»Na, dann hätten Sie ja wenigstens so anständig sein können, mich zuvor zu unterbrechen, als ich über die übernatürlichen Kräfte sprach. Ich muß ja wie ein totaler – was soll's. Das war natürlich sehr lehrreich, aber es hat uns einer Erklärung für die Umstände von Mr. Brands Tod nicht näher gebracht; außer der Sergeant besitzt noch weitere Informationen, die er uns vorenthalten hat.«

Alle sahen Cribb an. Er war sich der Gefährlichkeit seiner Lage nur zu bewußt. Jowett durfte auf keinen Fall den Eindruck erhalten, daß man ihm schon wieder den Wind aus den Segeln genommen hatte. »Keine wichtigen Informationen, Sir. Nur ein paar Theorien.«

»Na, dann hören wir sie uns besser an«, sagte Jowett resigniert. »Meine ist ja zusammengebrochen, da können wir ebensogut Ihre ausprobieren.«

»Vielen Dank, Sir. Wenn der elektrische Stuhl jetzt in Ordnung ist, wie Mr. Cage andeutete, so scheint es mir doch möglich zu sein, daß er zu dem Zeitpunkt, als Brand durch Strom getötet wurde, nicht richtig funktionierte. Etwas mußte geschehen sein, das ihn gefährlich machte, etwas, das danach wieder in Ordnung gebracht wurde. Ich möchte deshalb Mr. Cage fragen, ob es möglich gewesen sein konnte, den Hauptstrom am Transformator vorbeizuleiten.«

»Nur indem man ihn aussteckte und das Kabel direkt mit den Drähten an den Armlehnen verband«, anwortete Cage. »Meines Erachtens hätte man auch einen Draht an den Pluspol am Hauptanschluß des Transformators klemmen und das andere Ende mit einem der Drähte am Stuhl verbinden können. Aber in beiden Fällen wäre ein bewußtes Vorgehen nötig, und das würde Mord bedeuten.«

»Mord durch elektrischen Strom«, sinnierte Dr. Benjamin. »Davon habe ich noch nie gehört, aber ich nehme an, daß so etwas möglich ist. Aber wer würde denn ein Medium umbringen wollen?«

»Bevor wir das beantworten«, warf Jowett dazwischen, »möchte ich zuerst Mr. Cage noch etwas fragen. Wenn irgendein böswilliger Mensch auf eine der Arten das Gerät manipulieren wollte, würde er dann nicht riskieren, selber vom Strom getötet zu werden?«

»Wenn er es bei eingeschaltetem Strom versucht, dann würde ihn das sicher töten«, bestätigte Cage.

Jowett breitete die Hände aus, als Zeichen dafür, daß Cribbs Theorie zusammengebrochen war.

»Soviel ich weiß«, entgegnete Cribb, der den Blick nicht vom Tisch hob, »hatte es bei der Séance eine Unterbrechung gegeben, als Brand behauptete, jemand habe das Arbeitszimmer betreten. Mr. Nye ging in den Keller, um den Strom abzuschalten. Erst als Mr. Brand sich wieder beruhigt hatte, wurde er wieder eingeschaltet. Und kurz danach fand man Brand tot auf dem Stuhl.«

»So war es«, mußte Jowett zugeben, nun erneut aus der Fassung gebracht.

»Allerdings kann ich nicht erklären, warum er nicht gleich beim Wiedereinschalten getötet wurde«, fuhr Cribb fort. »Wenn ich mich recht erinnere, wurde das Experiment um zwanzig Minuten vor elf wieder aufgenommen, der Strom wurde eingeschaltet, und das Galvanometer zeigte normale Werte. Erst nach einer vollen Minute sprang die Nadel hoch, wir zogen den Vorhang beiseite und fanden Brands Leiche.«

»Ich verstehe das nicht«, bemerkte Cage.

»Ich habe noch etwas im Hinterkopf, aber das braucht Zeit«, sagte Cribb. »Können wir für den Augenblick von der Annahme ausgehen, daß es Mord war?«

»Wenn es uns zu etwas führt«, sagte Jowett ohne große Begeisterung.

»Nun, Sir, dann wollen wir noch für einen Augenblick zu der Geisterhand zurückkehren.«

Jowett Gesicht wurde einen Ton rosiger.

»Wenn Brand die rechte, mit Blue John bestäubte Hand in der Luft schwenkte – und es sah sicherlich täuschend echt aus, Sir – dann konnte er die Person zu seiner Rechten nicht bei der Hand fassen. Mit anderen Worten, der Kreis war durchbrochen, die betreffende Person mußte es gewußt haben und war deshalb ein Komplize bei der Täuschung.«

»Beim heiligen Georg, natürlich!« rief Jowett. »Wissen Sie, wer es war? Miss Crush! Gerade die! Ich bin mir vollkommen sicher.«

»Vollkommen richtig, Sir. Mr. Strathmore war so freundlich,

einen Sitzplan anzufertigen, den ich mir am Samstag ausborgte. Wie Sie sagen, saß Miss Crush rechts neben dem Medium, und sie muß ihm geholfen haben. Aber warum sollte eine Dame so verwegen sein, mit einem Betrüger zusammenzuarbeiten – was Brand ja war, wie wir jetzt wissen? Er entsprach doch überhaupt nicht ihrer gesellschaftlichen Schicht. Ehrbare, unverheiratete Frauen mit Häusern in Belgravia sieht man selten mit dem Abschaum der Rennbahnen gemeinsame Sache machen. Für diese ungewöhnliche Verbindung muß es einen Grund geben.«

»Ich glaube, ich kenne ihn, Sarge«, warf Thackeray plötzlich ein.

»Wir werden dann in einem Augenblick darauf zurückkommen«, sagte Cribb ziemlich undankbar. »Schon beim Besuch von Professor Quayles Vorlesung kam mir der Verdacht, daß zwischen den beiden eine Verbindung bestand. Sie hatte mich ja bereits zu überreden versucht, Brand nicht wegen des Diebstahls ihrer Vase zu verhören, aber damals schrieb ich das noch ihrer Begeisterung für den Spiritismus zu und ihrem Wunsch, das Medium nicht aufzuregen. Bei der Vorlesung aber war es mehr als deutlich, daß sie anwesend war, um ihm zu helfen. Sie hatte ihm von Onkel Walter erzählt und täuschte nun vor, alles wäre vollkommen neu für sie, obwohl die beiden doch bereits bei der ersten Séance in Richmond die gleiche Vorstellung abgegeben hatten.«

»Das ist mir entgangen, Sergeant«, sagte Jowett. »Es könnte wichtig sein!«

»Wahrscheinlich hatte das Medium etwas gegen Miss Crush in der Hand, und er benutzte sie, um seine Karriere zu fördern. Die erste Séance fand in ihrem Haus am Eaton Square statt, wie Sie wissen, Sir. Ich konnte das Geheimnis nicht herausfinden und auch nicht, wie Brand in dessen Besitz kam.«

»Ich könnte es Ihnen sagen, Sarge«, bot sich Thackeray an.

»Immer der Reihe nach, Constable. An dem Abend, als das Medium ums Leben kam, wurde alles deutlich. Können Sie sich noch erinnern, wie Miss Crush sich verhielt, Sir?«

»Mir fällt ein, daß wir sie davon abhalten mußten, zu ihm zu gehen«, antwortete Jowett. »Und danach wurde die törichte Frau immer wieder ohnmächtig. Jetzt, da Sie es erwähnen, muß ich auch feststellen, daß es ein sehr eigenartiges Benehmen war. Das würde sicher darauf hinweisen, daß zwischen den beiden besondere Beziehungen bestanden.«
»Genau das dachte ich auch, Sir, nur hätte ich es nicht so elegant formulieren können. Etwas, das wir in seiner Brieftasche gefunden hatten, gab den entscheidenden Hinweis. Können Sie sich daran erinnern, wie wir die Liste mit seinen Habseligkeiten aufstellten?«
»Ich habe sie hier«, sagte Jowett und zog sein Notizbuch mit so viel Stolz aus der Tasche wie ein Schlossergehilfe, der den richtigen Schraubenschlüssel gefunden hat.
»Ich wußte, daß ich mich darauf verlassen konnte, Sir. Haben Sie sich die Ziffern notiert, die wir auf der Rückseite der Photographie entdeckt hatten?«
»Ja, das habe ich. 469 und 9281, gefolgt von einem Quadrat. Haben Sie etwas mit der jungen Frau *in puris naturalibus* auf der Vorderseite zu tun?«
»Daran dachte ich zunächst«, erwiderte Cribb, »aber ich habe mir über eine Stunde lang das Hirn zermartert und konnte keine Verbindung entdecken. Dann sah ich mir die Photographie genauer an. Sie werden sich erinnern, daß sie ziemlich zerknittert war und Eselsohren hatte. Sie mußte schon eine ganze Weile in der Brieftasche gewesen sein. Aber es war eben nicht die Art Photographie, die ein Mann aus sentimentalen Gründen in der Brieftasche tragen würde.«
»Ich nehme nicht an, daß die Frau auf der Photographie seine Schwester oder seine Verlobte war, wenn es das ist, was Sie meinen.«
»Genau das habe ich gemeint, Sir. In Holywell Street, gleich bei *The Strand,* gibt es eine Reihe schäbiger kleiner Läden, die solche Fotos im Hunderterpack verkaufen. Kunststudien nennt man sie dort, und Inspektor Moser geht mit einigen Männern

regelmäßig dorthin und konfisziert die anstößigsten Exemplare. Aber es gibt immer wieder neue, die die alten ersetzen, und wenn ein Händler vor Gericht kommt, ist sofort ein anderer da, der seinen Platz einnimmt. Die Photos selbst wurden in letzter Zeit immer anstößiger. Ich nehme an, sie kommen mit den Kanalfähren aus Frankreich; bei uns würde sich wohl kaum eine Vertreterin des schönen Geschlechts finden, die vor einem Photographen eine so schamlose Stellung einnimmt. Aber als Männer von Welt wissen Sie selbst, daß Leute, die so etwas kaufen, immer auf der Suche nach etwas Neuem sind. Sie behalten die Photos nicht lange. Und genau das war eigenartig an dem Photo aus Peter Brands Brieftasche. Es war lange dort. Am Ende mußte ich schließlich annehmen, daß er es gar nicht wegen der Dame auf der Vorderseite aufhob, sondern wegen den Ziffern auf der Rückseite. Sie hatten eine eigene Bedeutung. Und als ich mich nur auf sie konzentrierte, ergaben sie langsam Sinn.«

»Ich verstehe nicht, wie«, sagte Cage. »Darf ich sie mir einmal ansehen, Inspektor?«

»Wenn Sie sie untersuchen«, warf Cribb ein, »müssen Sie beachten, daß Brand ein Analphabet war. Bei der Vorlesung von Professor Quayle, vor wenigen Tagen, kamen wir zu diesem Schluß.«

Jowett sah überrascht aus, sagte aber nichts. Dafür jedoch Thackeray: »Ein Analphabet, Sarge?«

»Er konnte nicht lesen«, erklärte Cribb. »Als Brand während der Vorlesung für seinen Auftritt auf die Bühne kam, war es Quayle, der die Namen von den Umschlägen mit den Gegenständen aus dem Publikum ablas. Zu einem bestimmten Zeitpunkt hielt Brand Ihren Umschlag in der Hand, und er mußte Quayle fragen, wie der Name lautete.«

»Das stimmt!« rief Thackeray bewundernd.

»Aber wenn er auch keine Buchstaben lesen konnte, so doch zumindest Ziffern, denn sonst hätte er die Photographie nicht behalten. Als ich diese Nummern betrachtete und mir vorzustellen versuchte, ich sei ein Analphabet wie Brand, verstand ich ihre Bedeutung. Es waren die wichtigsten Nummern in seinem Leben.«

»Wie zum Teufel kamen Sie denn darauf?« fragte Jowett.

»Indem ich die zweite Nummer als erste nahm. Es ist die mit dem Quadrat dahinter, und das hilft. Ich mußte es mir selber ein dutzendmal vorsagen, bis ich darauf kam. *9281 Square.* Sie müssen die Ziffern eine nach der anderen aufsagen, wie es ein Analphabet tun würde. 9 und 2 sind einfach Nummern, aber 8 und 1 sind Worte, *eight one*, und so etwa würde man Eaton in Ziffern schreiben. Es ist die Art eines Analphabeten 92, Eaton Square zu schreiben. Und das ist, wie Sie wissen, Miss Crushs Adresse in Belgravia.«

»*Eight one square*«, meinte Jowett. »Das klingt für mich aber nicht wie Eaton Square.«

»Nicht auf die Art, wie Sie es sagen, Sir«, gab Cribb zu. »Aber Peter Brand hat nicht so zu sprechen gelernt wie Sie. Thackeray, sagen Sie einmal Eaton.«

»Eaton«, sagte Thackeray, sorgfältiger als sonst.

»Ich verstehe, was Sie meinen, Cribb. Aber wenn die zweite Ziffernfolge Miss Crushs Adresse darstellt, welche Bedeutung hat dann die andere? 469 klingt für mich nach nichts und ich glaube, das würde es auch nicht, wenn Thackeray es ausspräche.«

»Sie repräsentiert eine weitere wichtige Person in seinem Leben, Sir. Ich habe sie in der Hackney- Droschkenregistratur nachgeschlagen, Sir. 469 ist die Lizenznummer eines Charles Brand, Kutscher.«

»Sein Vater! Herr im Himmel! Und nun wollen Sie andeuten, daß Miss Crush seine –«

»Das muß sie sein, Sir. Ich werde es noch heute abend überprüfen. Nun, Thackeray, Sie wollten etwas beitragen, wenn ich mich recht erinnere.«

Thackeray hatte sich am Vormittag am Droschkenstand in Charing Cross die gleiche Information zehn Shilling kosten lassen, aber jetzt schüttelte er den Kopf: »Ich glaube, Sie haben schon alles gesagt, Sarge.«

Nur aus Höflichkeit hatte Miss Crush ihr Bett verlassen, an das der Schock sie seit Samstag gefesselt hatte, mit Befehl an die Bediensteten, sie nur zu den Mahlzeiten zu stören. Sie hatte einen schwarzsamtenen Morgenmantel übergezogen und saß jetzt auf dem Sofa in ihrem Salon. Cribb, der zufällig genau in dem Augenblick eingetroffen war, als der Apfelpudding serviert wurde, saß in geziemender Entfernung auf einem Stuhl und erläuterte seine Theorien ebenso ausführlich wie im Scotland Yard, wobei er allerdings gewisse Rücksichten auf den schwachen Zustand seiner Zuhörerin nahm.
»Ich wußte, daß Sie ein Sensibler sind«, sagte Miss Crush, nachdem er geendet hatte. »Habe ich Sie denn nicht schon in dem Augenblick erkannt, da Sie mein Haus das erste Mal betraten? Sie sehen einer Frau in die Augen und die Geheimnisse ihres Lebens liegen offen vor Ihnen, ist es nicht so? Ach, an dem Tag, als Sie eingestellt wurden, muß der ganze Scotland Yard vor Freude getanzt haben, Sergeant.«
»Ich kann mich daran nicht erinnern«, bemerkte Cribb. »Aber ich glaube, Sie sollten wissen, daß ich diese persönlichen Angelegenheiten nicht durch Raten aufgedeckt habe. Es war eine Folge logischer Deduktionen.«
»Seduktion?« echote Miss Crush. »O nein, das war es nicht. Vielleicht war ich vor zwanzig Jahren wirklich naiv, aber ich war doch nicht so schlecht erzogen, daß ich mir gestattet hätte, von einem gewöhnlichen Kutscher verführt zu werden. Ich habe *ihn* verführt.«
»Wirklich, Madam?« sagte Cribb, dankbar für diese unverlangt gelieferte Auskunft.
»Ja, das tat ich. Ich war eine der Neuen Frauen. Es war die Zeit, als der gute Mr. Mill das Banner der Emanzipation hochhielt. Ich hörte eine seiner Reden zur Wahl im Jahr 1865, und das veränderte mein Leben, Sergeant. Ich beschloß sofort, nie die

Sklavin eines Mannes zu werden, und ich bin diesem Entschluß seitdem treu geblieben. Aber nun, da ich wußte, welchem Kampf ich mein Leben widmen wollte, nämlich gegen die Macht des Mannes, mein eigenes, armes Geschlecht zu unterdrücken, beschloß ich, einen Vorstoß in das Lager des Feindes zu wagen. Sehen Sie, ich dachte, wenn ich die Art seiner Waffen kenne, wird er mich nicht mehr heimlich überfallen können. Es war eine solide Strategie, wie Sie wohl zugeben werden.«

»Sehr solide, Madam.«

»Ich mußte einen Mann von passendem Alter und entsprechenden körperlichen Merkmalen auswählen, aber natürlich durfte er keinesfalls meinen gesellschaftlichen Kreisen entstammen. Das machte es natürlich sehr schwierig, aber dann hatte ich eine Idee. In den Droschkenreihen in ganz London saßen die Männer ja wie zur Besichtigung. Ich spazierte also *The Strand* entlang und suchte mir in aller Ruhe den passenden aus.«

»Nummer 469.«

»Das war er. Ich hatte bemerkt, daß sein Pferd – das er Deuteronomia nannte, oder bei einem anderen biblischen Namen – auffallend unterernährt war, sogar für ein Droschkenpferd, und so machte ich dies zum Anlaß meines Interesses. Ich ließ ihn von meinem Diener anwerben, und so kam es zum ersten von mehreren Ausflügen in seiner Droschke.«

»Mehreren, Madam?« fragte Cribb und zog eine Augenbraue hoch.

»Ich mußte doch erst seine Verteidigungslinien unterminieren, Sergeant.«

»Natürlich«, sagte Cribb. »Konnten Sie – ähm – in seine Waffenkammer eindringen?«

»Nach einer Woche. Ich kann Ihnen versichern, daß es bei dieser einmaligen Gelegenheit blieb, aber zum Unglück für meine Pläne hatte es Konsequenzen.«

»Den jungen Brand?«

»Ja. In wirklich emanzipiertem Geiste sorgte ich dafür, daß es der Vater war, der ihn aufzog. Ich stellte das Geld für seinen Unterhalt zur Verfügung, bis er alt genug war, um ihn sich selbst zu verdienen.« Miss Crush seufzte. »Ich fürchte nur, der Junge wurde aufs schändlichste vernachlässigt. Hätte ich daran gedacht, daß es zu einem Kind kommen würde, dann hätte ich mir einen Kutscher mit einem wohlgenährteren Pferd ausgesucht. Leute, die Tiere gut behandeln, haben normalerweise auch Nachsicht mit Kindern. Tatsache war, daß der Junge in schreckliche Gesellschaft kam, Diebe und Betrüger und wahrscheinlich noch Schlimmeres. Soviel ich weiß, hatte sein Vater den Kontakt mit ihm vollkommen verloren.«
»Sie auch, wenn ich Sie recht verstehe, Madam.«
»Mein Gott, ja. Es wäre äußerst unklug von mir gewesen, wenn ich mich mit dem Jungen abgegeben hätte. Er glaubte immer, ich sei an Cholera gestorben, als er noch ein Kind war. Zumindest bis zu einem Nachmittag letzten Jahres, als er seinen Vater auf einer Rennbahn traf; der törichte Mensch mußte wohl zuviel getrunken haben, denn er erzählte Peter die ganze Geschichte. Der Rest ist für einen Mann Ihres Scharfblicks wohl offensichtlich. Peter brauchte einige Monate, um mich aufzuspüren, aber er fand mich am Anfang des Jahres. Es war ein furchtbarer Schock, Sergeant; ich werde es nie vergessen. Oh, auf seine Art war er ja sehr charmant und auch entwaffnend. Von seinen üblen Freunden hatte er die Kunst erlernt, sich das Vertrauen einer Dame zu erschleichen, wie ich am eigenen Leibe erfahren mußte. Wochen vergingen, bis er etwas Ungesetzliches vorschlug, aber für ihn war das keine verlorene Zeit. Wie ich erst jetzt erkenne, benutzte er diese Wochen, um meine Lebensart kennenzulernen, meine Freunde und meine gesellschaftlichen Verpflichtungen. Vor allem interessierte er sich für die Séancen, die ich besuchte, und ich mußte ihm alles wieder und wieder erzählen. Ich war dumm genug, mir von seinem Interesse schmeicheln zu lassen, und ich wurde nicht müde, seine Fragen zu beantworten. Sie wissen

schon, was dann passiert ist, nicht? Ich sehe es Ihren Augen an.«

»Es ist die übliche Art, wie diese Leute arbeiten, Madam.«

»Nun, eines Abends schlug er vor, wir sollten meinen Freunden, den Bratts, einen Streich spielen. Sir Hartley und seine Frau sind schon sehr bejahrt, und Penelope, ihre Tochter, ist leicht zu beeindrucken. Ich sollte also eine Séance veranstalten, was sie interessieren mußte, weil sie nichts lieber taten als in Kontakt zu treten, und bei dieser Séance sollte ich dann Peter als Medium einführen. Mit meiner Hilfe wollte er einige wunderbare Erscheinungen hervorrufen. Zunächst wollte ich nicht zustimmen, weil es doch unbarmherzig war und vielleicht sogar auf der Anderen Seite Feindseligkeit hervorrufen konnte, aber Peter meinte, es sei ja nur ein Gesellschaftsspiel und vollkommen harmlos. Er versprach, etwas Ähnliches nie in einer echten Séance zu versuchen. Kurz, Sergeant, er war so begeistert, daß es mir unmöglich war, ihn von dem Vorhaben abzubringen. Wir luden die Bratts ein, und sie waren von seiner Echtheit vollkommen überzeugt! Schade war nur, daß der Betrug hier kein Ende fand. Er brachte mich dazu, ihn auch noch anderen meiner Freunde aus der spiritistischen Bewegung vorzustellen, und er wiederholte seine Vorstellung, wobei er ihnen natürlich nie sagte, daß es ein Betrug war. Es ist sehr eigenartig, aber je mehr man sie an der Nase herumführte, um so unmöglicher wurde es, ihnen die Wahrheit zu sagen. Es hätte sie zu sehr aufgeregt.«

»Ich verstehe«, sagte Cribb.

»In überraschend kurzer Zeit erwarb er sich einen Ruf als erfolgreiches Medium. Soviel ich weiß, trat er auch in Häusern in anderen Londoner Stadtteilen auf und produzierte dort einige sehr außergewöhnliche Erscheinungen, von denen ich nur annehmen kann, daß er sie mit Hilfe seiner widerlichen Kameraden zustande brachte. Er war kein wirklicher Sensibler, das kann ich Ihnen versichern. Nun, Sergeant, den Rest der Geschichte brauche ich Ihnen wohl kaum zu erzählen. Peter kam in den Ruf, das fähigste Medium Londons zu sein, und jeder wollte ihn unbedingt engagieren. Ich muß Ihnen gestehen, daß ich seine Betrügereien immer unterstützte: Ich gab vor, Erscheinungen zu sehen und zu hören, die nie passierten. Ich täuschte Klopfen unter dem Tisch vor, indem ich meine Stiefelabsätze gegeneinanderstieß, und ich versteckte Gegenstände in meiner Kleidung, die ich ihm während der Séancen gab.«

»Was für Gegenstände, Madam?«

»Ah, Sie denken wohl an Dinge, die wir in der Bewegung ›Darreichungen‹ nennen, Gegenstände, die wie durch ein Wunder während der Séance auftauchen. Zu Zeiten wußte man von Séancetischen, die vollkommen mit Blumen oder Früchten, die von den Geistern stammten, bedeckt waren. Aber Peter wollte mit solchen Darreichungen nichts zu tun haben. Er meinte, dahinter wäre zu leicht Betrügerei zu vermuten. Die einzigen Dinge, die ich für ihn trug, waren kleine Schachteln mit Chemikalien, die er für seine Leuchteffekte verwendete.«

»Trugen Sie am Abend seines Todes für ihn so eine Schachtel?«

»Nein. Inzwischen hatte er seine Methoden verfeinert. Alles, was er bei seinen letzten Auftritten verwendete, trug er selbst bei sich.«

»Er hatte Flußspat an der Hand, Madam, aber wir fanden keine Schachtel bei ihm. Was, glauben Sie, hat er damit gemacht?«

»Ich nehme an, daß er sich die Chemikalie kurz vor der Séance auf die Hand streute. Dann brauchte er die leere Schachtel nur noch ins Feuer zu werfen. Er mußte sich ja zum Feuer stellen, um das Pulver auf seiner Hand zu erwärmen. Sie werden sich erinnern, daß er kurz vor Beginn der Séance den Ofenschirm vor den Kamin stellte. So würde es keiner bemerken, wenn Reste der Chemikalie in der Schachtel brannten.«

Cribb nickte. »Das klingt einleuchtend, Madam. Zu diesem Zeitpunkt hätte keiner Verdacht geschöpft, auch wenn er etwas bemerkt hätte. Sie trugen an diesem Samstagabend also nichts für ihn, Madam?«

»Überhaupt nichts, Sergeant. Meine Teilnahme beschränkte sich auf die Behauptung, daß ich die Anwesenheit eines Geistes spürte und der mich auch berührt hatte. Und ich saß natürlich neben Peter, damit er den Kreis der Hände unterbrechen konnte, um die verschiedenen Effekte zu produzieren.«

»Sie waren nicht die einzige, die vorgab, berührt worden zu sein. Alice Probert sagte, sie hätte die Geisterhand gespürt. Soviel ich weiß, war das ja auch der Grund für Captain Nyes Ausbruch.«

»Über Miss Probert oder Captain Nye kann ich nichts sagen«, erwiderte Miss Crush steif.

»Vermutlich nicht. Warf Ihr Sohn – warf Peter Brand selbst die Orangen nach Captain Nye?«

»Ich kann Ihnen versichern, daß *ich* sie nicht warf, Sergeant.«

»Ich bin mir sicher, daß Sie es nicht waren«, versicherte Cribb hastig. »Aber ich glaube auch nicht, daß sie ein Geist warf, und nach dem, was Sie mir von Brands Methoden erzählt haben, nehme ich nicht an, daß er auf etwas so Plumpes zurückgreifen würde. Können Sie sich vorstellen, daß außer Ihnen noch jemand anderes den Kreis durchbrochen hatte?«

»Ich weiß nicht, was ich denken soll«, entgegnete Miss Crush. »An diesem Abend geschahen einige Dinge, die ich mir nicht erklären kann, aber *Vermutungen* werden uns ja sowieso nicht weiterhelfen, oder? Sie *wissen* doch bereits, was geschehen ist, nicht?«

Cribb überhörte die Frage. »Da ist noch etwas, Miss Crush. Ich vermute, daß Sie in der spiritistischen Bewegung, wie Sie es nennen, sehr bekannt sind.«

»Ich schmeichle mir damit, daß ich es bin, Sergeant. Ich habe mich ihr mit der ganzen Kraft gewidmet, die ich in meiner Jugend an die Frauenbewegung verschwendet hatte.«

»Was mich verwirrt, Madam, ist die Frage, warum Sie mit Peter Brand bei seinen Betrügereien so weit gingen. Den Bratts einen Streich zu spielen, ist eine Sache, aber in Dr. Proberts Haus und vor einem Forscher der Gesellschaft für das Leben nach dem Tode eine betrügerische Séance zu veranstalten, eine ganz andere. Diese Männer sind Wissenschaftler, Madam, Sucher nach der Wahrheit. Früher oder später hätten sie Sie entlarvt, und das wäre mit Sicherheit das Ende Ihres guten Rufs gewesen. Und darüber hinaus hätte es dem Spiritismus nicht wiedergutzumachenden Schaden zugefügt.«

»Ich war mir dessen wohl bewußt, Sergeant. Es hatte in den letzten Jahren ja genug falsche Medien gegeben. Ein weiteres konnte die Bewegung nicht vertragen.«

»Warum machten Sie dann damit weiter?«

»Warum fragen Sie mich etwas, das offensichtlich ist? Ich hatte keine andere Wahl. Mein Sohn drohte mir. Er erpreßte mich, Sergeant. Wenn ich ihm bei seinen infamen Betrügereien nicht geholfen hätte, dann hätte er aller Welt erzählt, was vor zwanzig Jahren zwischen einem Kutscher und einer ziemlich unbesonnenen Schülerin des John Stuart Mill geschehen war.«

Bevor Cribb an diesem Abend den Eaton Square verließ, drehte er sich noch einmal um und betrachtete durch die Bäume die lange, weiße Häuserreihe mit den hellerleuchteten Fenstern, großen Fenstern mit eleganten Vorhängen. Dahinter lag, was Miss Crush »die Welt« nannte, und es war nicht schwer, sich vorzustellen, wie man dort ihren jugendlichen Fehltritt aufgenommen hätte, wenn sie sich geweigert hätte, auf Brands Erpressung einzugehen. Aber sie verdiente kein Mitleid. Er wußte, daß er nur wenige hundert Yards nach Südwesten in die Ebury Street gehen und dort die schwach beleuchteten Fenster von Pimlico mit ihren billigen Stoffetzen ansehen mußte, um jedes Mitgefühl, das er vielleicht für Miss Crush verspürte, zu vertreiben. Aber er verstand sie, und das war wichtig. Und er verabscheute Erpressung in jeder Form. Sie war nicht zu entschuldigen, ganz gleich, was das Opfer auch getan haben mochte. Erpressung konnte auch ein Motiv für Mord sein.

Zehntes Kapitel

Die rechte Stimmung für Ermittlungen!

Als Leiche machte Thackeray keine gute Figur. Es gab viele im Yard, die magerer, bleicher und glaubwürdiger leichenhaft waren als er. Jahre nächtlicher Streifen ließen einige Beamten so aussehen, während andere mit jedem Auftrag, den sie ausführen mußten, nur noch mehr Fett anzusetzen und noch röter im Gesicht zu werden schienen. Thackeray war einer der letzteren, aber an diesem Morgen war er der einzig verfügbare.

»Sie könnten zumindest versuchen, in diesem Stuhl etwas weniger behaglich auszusehen«, beschwerte sich Cribb. »Als wir die Leiche fanden, war sie steif und die Haare standen ihr zu Berge.«

»Tut mir leid, Sarge. Aber Elektroschocks sind neu für mich.«

Nachdem Dr. Proberts Transformator alle Tests, die Mr. Cage ausgeführt hatte, bestanden hatte, war die ursprüngliche Versuchsanordnung wiederhergestellt worden. Man hatte Cribb versichert, daß der Stuhl bestens funktioniere. Nicht mehr als zwanzig Volt konnten jemanden durchströmen, der bei eingeschaltetem Strom die Griffe berührte.

Cribb erinnerte sich genau an Peter Brands Aussehen und Haltung, als am Abend der Tragödie der Vorhang zurückgezogen worden war, und er tat sein Bestes, mit Thackerays Hilfe die Szene zu rekonstruieren. Mr. Etty mußte ähnlich vorgegangen sein, wenn er bei jeder Sitzung die Figuren für seine *Schlafende Nymphe und Satyrn* neu gruppierte. Natürlich hatte Mr. Etty nicht Thackeray als Modell, denn Cribb war der

Meinung, daß es mit Thackeray als Modell gleichgültig war, ob er eine schlafende Nymphe oder ein totes Medium darstellen sollte; man war zum Scheitern verurteilt, noch bevor man begann.
»Sie sitzen immer noch zu sehr in der Mitte«, sagte er und betrachtete Thackeray mit einem Auge, so als würde es ihm mit zweien nur Kummer bereiten. »Strecken Sie die Beine nach rechts, lehnen Sie den Rücken gegen die linke Seite des Stuhls und bringen Sie Ihr Gewicht nach vorne.«
Thackeray strampelte hilfsbereit.
»Das ist schon besser. Warum halten Sie sich an den Griffen fest?«
»Er mußte sich doch an den Griffen festgehalten haben, um den elektrischen Schlag abzukriegen, Sarge.«
»Hätte er eigentlich müssen«, sagte Cribb. »Bei einem Schock verkrampfen sich die Muskeln. Seine Hände hätten eigentlich wie eine Eisenfaust zupacken müssen. Aber das taten sie nicht. Sein linker Arm hing an der linken Stuhlseite herunter. Sie haben da einen interessanten Aspekt aufgeworfen, Thackeray.«
»Vielen Dank, Sarge«, strahlte Thackeray. Ein Lob von Cribb war zu selten, um übergangen zu werden.
»Na, lassen Sie endlich Ihren Arm nach unten hängen, Mann! Haben Sie nicht gehört, was ich sagte?«
In Cribbs Hirn formte sich langsam eine Theorie. Wenn Brand die linke Hand vom Griff genommen hatte, vielleicht um den Transformator hinter sich zu manipulieren und irgendwie die Drahtverbindungen zu ändern, hätte er dann nicht aus Versehen den Pluspol berühren und sich selbst den tödlichen elektrischen Schlag beibringen können?
»Versuchen Sie von Ihrer Position aus, den Transformator zu berühren, Thackeray. Sie müssen noch weiter hinunterrutschen und Ihre Achselhöhle über die Armlehne bringen.«
Thackeray schob seinen Unterkörper nach vorne und streckte den Arm nach hinten weg, wie ein Preisboxer, der in seiner

Ecke nach einem Stärkungsmittel greift. Aber zum Unglück für die Theorie kamen die Finger nur bis wenige Zoll vor den Transformator; und wenn Brand nicht die Statur eines Gorillas gehabt hatte, dann waren seine Arme kürzer als die Thackerays gewesen.

Cribb runzelte die Stirn und kniete sich hin, um nachzusehen, ob Stuhl und Transformator auch an der richtigen Stelle waren. Gott sei Dank hatte ja Dr. Strathmore kurz nach Entfernen der Leiche den Teppich mit Kreide markiert. Die augenblicklichen Positionen entsprachen den Markierungen. Bevor Cribb wieder aufstand, hob er zwei kleine, zarte Blättchen vom Teppich neben dem Transformator auf und hielt sie in der Hand.

»Was haben Sie gefunden, Sarge?« fragte Thackeray.

»Für mich sehen sie wie Blütenblätter aus«, antwortete Cribb. »Chrysanthemen vermutlich. Im anderen Zimmer wurde ja eine Vase mit diesen Blumen umgestoßen.«

»Wahrscheinlich hatte sie jemand an seinen Schuhen hereingebracht«, meinte Thackeray.

»Möglich«, sagte Cribb und legte sie vorsichtig zwischen zwei Seiten seines Notizbuchs. »Sind Sie sicher, daß Sie den Transformator von hier aus nicht berühren können?«

»Es ist unmöglich«, verkündete Thackeray. »Außerdem ist mir etwas anderes eingefallen, Sarge. Wenn er so nach hinten langte, dann muß er den Stromkreis unterbrochen haben, und das hätte man dann am Galvanometer gemerkt.«

»Das ist eine gute Beobachtung«, sagte Cribb. »Aber Sie müssen bedenken, daß Peter Brand nicht eben für sein ehrliches Verhalten berühmt war. Jemand, der den Trick mit den drei Karten beherrscht, läßt sich doch nicht von zwei Wissenschaftlern und einem Galvanometer ins Bockshorn jagen. Wenn er eine Hand freihaben wollte, brauchte er nur sein Kinn auf den Griff zu stützen, und der Stromkreis wäre nicht unterbrochen worden. Versuchen Sie es.«

Thackerays Gesicht berührte schon fast den Griff. Eine kleine

Drehung nach links brachte ihn genau in die Stellung, die Cribb beschrieben hatte.

»Natürlich hätte sich die Stromstärke verändert«, fuhr Cribb fort, »aber wir achteten beim Galvanometer ja auf eine *Unterbrechung*, und die geschah nicht, weil er die Hand erst vom Griff nahm, nachdem er mit dem Kinn den Kontakt hergestellt hatte. Nach Inspektor Jowetts Angaben hatten sich die Meßwerte ja mehrfach verändert, aber nicht auffällig genug, um jemand hier herein zu bringen, bis die Nadel dann plötzlich eine Unterbrechung anzeigte. Als wir den Vorhang beiseite zogen, hatte ihn ein massiver elektrischer Schock getötet, und seine Hand oder der Körperteil, der den Kontakt hergestellt hatte, war durch die Muskelverkrampfung von der Kontaktstelle weggeschleudert worden.«

»Seine Hand konnte es nicht gewesen sein, Sarge. Sehen Sie doch, mit meiner kann ich den Transformator unmöglich erreichen«, sagte Thackeray und führte es vor, indem er mit der linken Hand gute sechs Zoll vor dem tödlichen Pluspol am Transformator herumfuchtelte.

»Genau genommen«, sagte Cribb, »konnte er mit keinem Körperteil den Transformtor erreichen, außer er war neben einem Kartenhai auch noch ein Schlangenmensch. Aber *etwas* mußte er berührt haben, das ihm den tödlichen Schlag versetzte.«

»Das ist ja ein richtiges Problem«, bemerkte Thackeray, der die Angewohnheit hatte, Offensichtliches zu konstatieren. »Darf ich das Kinn jetzt wieder vom Griff nehmen? Mein Bart juckt so stark, daß ich mich nicht mehr konzentrieren kann.«

Cribb nickte. »Von dem Stuhl erfahren wir sowieso nichts mehr. Es muß etwas anderes geben, Thackeray, etwas, an das wir überhaupt noch nicht gedacht haben. Betrachten wir es einmal aus Brands Blickwinkel. Er wußte schon im voraus, daß er sich etwas Schlaues einfallen lassen mußte, um den Wissenschaftlern Sand in die Augen zu streuen; deshalb bereitete er sich vor. Er bringt das Blue John mit, das er bei der ersten

Séance verwendet, und er trägt ein Nachthemd unter seiner Kleidung, um eine Materialisation im zweiten Teil des Abends vortäuschen zu können. Aber reicht das schon?«

»Sehr viel scheint es ja nicht zu sein«, antwortete Thackeray. »Ich bin mir sicher, daß mich einer im Nachthemd nicht täuschen würde.«

»Verlassen Sie sich nicht darauf«, warnte Cribb. »Die Einbildung ist eine mächtige Kraft, Thackeray. Die Leute hatten ja an diesem Abend bereits eine Erscheinung gesehen, eine Hand ohne Körper. In fast vollkommener Dunkelheit warteten sie auf die nächste. Ich glaube, einige von ihnen hielten sogar mich beim Eintreten für einen Geist – und ich trug kein Nachthemd. Glauben Sie mir, Sie hätten genauso gezittert wie alle anderen.«

»Das tue ich immer, wenn ich Sie unerwartet treffe, Sarge.«

»Wirklich?« sagte Cribb, für einen Augenblick verwirrt. »Ich kann mir nicht vorstellen, warum. Was ich sagen wollte, ist, daß Brand, wenn er von vorneherein wußte, daß man ihn für das Experiment in diesen Stuhl setzen würde, sich bestimmt überlegt hatte, wie er am besten mogeln konnte.«

»Wie würden Sie es machen, Sarge?«

»Das ist eine Frage, die ich erst beantworten möchte, wenn ich weiß, ob meine erste Annahme korrekt ist. Wenn wir erfahren wollen, ob Brand den Apparat vor dem Samstag in Augenschein genommen hatte, müssen wir Dr. Probert fragen.«

Sie waren im Salon auf der anderen Seite des Gangs, wo Cribb sie auch beim ersten Mal angetroffen hatte. Mrs. Probert, die er zuerst bemerkte, weil er sich vorgenommen hatte, sie diesmal nicht zu übersehen, saß an ihrem Lieblingsplatz unter der Palme. Dr. Probert stand am Fenster und sah den Kindermädchen zu, die ihre Wagen über die Straße schoben. Alice stand am Kamin, ausgehfertig angezogen in einem dunkelgrünen Mantel mit Knebelverschlüssen und einem großen Plüschhut von gleicher Farbe mit etwas Weiß im Besatz. Sie richtete ihn eben im Spiegel gerade.

»Was wollen Sie, Mann«, fragte Dr. Probert, ohne den Blick von den Kindermädchen abzuwenden.

»Ein wenig von Ihrer Zeit, wenn es möglich ist, Sir – meine Damen.«

»Mein Tochter will soeben ausgehen«, sagte Probert. »Was ein verdammter Blödsinn ist an einem Tag wie diesem, aber sie läßt sich ja nichts sagen. Sie wird an Lungenentzündung sterben, noch bevor sie fünfundzwanzig ist, während das großartige Lumpenpack von Richmond alt wird und fett von dem ganzen Obst und Gemüse, das sie ihnen bringt.«

»So ist es doch überhaupt nicht, Vater«, sagte Alice und sah Cribb im Spiegel an. Ihr Gesicht war hübsch wie das einer Puppe, mit großen, blauen Augen und hohen Wangenknochen, die andauernd ein Lächeln zu versprechen schienen. »Von dem Wenigen, was ich ihnen bringe, werden sie sicherlich nicht fett. Wichtig ist doch nur, daß man ihnen zeigt, daß sich jemand um sie kümmert. Das Essen ist nur ein Symbol.«

»Wenn das so ist, dann spare doch die fünf Shilling pro Woche und kauf dir am Samstag eine Flasche Champagner«, warf Mrs. Probert ein.

»Mama, so etwas Furchtbares darfst du doch vor dem Sergeant nicht sagen!« rügte sie Alice. »Achten Sie nicht darauf, Mr. Cribb. Ein Viertel von dem, was sie sagt, kann man ihr sowieso nicht glauben.«

»Wenn meine Berechnung stimmt, dann kann man mir drei Viertel von dem, was ich sage, glauben«, erwiderte Mrs. Probert, ohne ihre Tochter anzusehen. »Wenn man den Worten anderer Leute in diesem Haus – von ihrem Verhalten ganz zu schweigen – bis zu diesem Ausmaß glauben könnte, dann hätte der Sergeant eine leichtere Aufgabe.«

Alice drehte sich vom Spiegel weg, um ihre Mutter anzusehen, eine Handlung, die unter normalen Umständen ohne Bedeutung wäre, aber durchaus bemerkenswert in dieser Familie, deren Mitglieder monolithische Existenzen entwickelt zu haben schienen und von dem Vorsatz ausgingen, von der Anwe-

senheit der anderen so wenig Notiz wie möglich zu nehmen.
»Was willst du mit dieser Bemerkung andeuten, Mutter?«
Mrs. Probert sah weiterhin auf den Teppich. »Das ist ja etwas ganz Neues, daß du dir mit deinem Aussehen so viel Mühe gibst. Wenn dir dieser Hut paßt, dann trage ihn«, ergänzte sie geheimnisvoll.
Alice gönnte sich noch einen zweiten langen Blick auf ihre Mutter, einen Blick, der so gar nichts von der Zuneigung hatte, die man von einer Tochter ihrer Mutter gegenüber erwarten würde. Dann wandte sie sich an Cribb: »Wollen Sie meinen Vater nicht lieber alleine sprechen?«
»Ganz und gar nicht, Miss. Aber wenn ich Sie aufhalte –«
»Einige Minuten habe ich noch Zeit.«
»In diesem Fall werde ich Sie den Hügel hinunter begleiten. Einer meiner Constables wartet in der Halle, er kann Ihnen dann Ihre Geschenke für die Armen abnehmen.«
»Das ist sehr freundlich von Ihnen. Es ist ein Einkaufskorb, wissen Sie, nicht gerade etwas, das man normalerweise einen Polizisten tragen sieht.«
»Machen Sie sich darüber keine Gedanken, Miss. Ich werde dafür sorgen, daß er in einem angemessenen Abstand hinter uns geht. Nun, Doktor, wenn ich...«
Jetzt drehte sich Probert doch vom Fenster weg. »Wo liegt denn das Problem?«
Die Frage klang so selbstverständlich, daß Cribb vermutete, der Doktor verwende sie auch in seiner Sprechstunde.
»Keine Probleme im Augenblick, Sir. Ich möchte nur gern bestimmte Fakten feststellen, die Mr. Brands Tod betreffen. Den Apparat in der Bibliothek, Sir. Wann haben Sie ihn fertiggestellt?«
»Den Stuhl, meinen Sie? Am Mittwoch letzter Woche, glaube ich. Strathmore kam her, um mir zu helfen. Wir mußten die Griffe an die Armlehnen schrauben und die verschiedenen Drähte verbinden, aber für einen Wissenschaftler waren das ja nur sehr einfache Schaltungen. Es konnte praktisch gar nichts schiefgehen, was den Unfall um so unverständlicher macht.«

»Er ist wirklich ein Rätsel. Sie sagten, Mr. Strathmore hat Ihnen geholfen?«

»Geholfen, seinen Claret zu trinken«, warf Mrs. Probert ein.

»Das war erst *nachdem* wir das Experiment aufgebaut hatten«, entgegnete Dr. Probert, der nun wenigstens einmal auf eine Bemerkung seiner Frau reagierte. »Bei einem Berufskollegen ist es mit Tee und Gebäck nicht getan. Die Antwort ist ja, Sergeant. Mr. Strathmore hat mir geholfen. Glücklicherweise, wie sich zeigte. So können wir uns beide für die Sicherheit des Apparats verbürgen. Ich nehme an, Ihr Experte vom *Home Office* konnte auch keinen Fehler in den Schaltungen entdecken.«

»Das ist richtig, Sir.«

»Der Transformator funktionierte also fehlerfrei?«

»Absolut, Sir.«

»Ich dachte es mir. Draht und Galvanometer waren neu. Ich hatte sie bei Mr. Cooper gekauft, dem das Elektrizitätswerk gehört. Die ganze Sache ist sehr eigenartig. Wissen Sie, ich habe mir schon überlegt, ob es nicht einfach an Brands schwachem Herz gelegen ist. Er sah zwar aus, als hätte er einen massiven Schock erlitten. Ich würde meinen Ruf darauf verwetten, aber ich nehme an, daß zwanzig Volt für einen Kerl seiner Konstitution ebenso tödlich sind wie mehrere hundert für Sie oder mich.«

»Das kann schon sein, Sir, aber das erklärt nicht die diversen Knochenbrüche. Würde es Ihnen etwas ausmachen, wenn ich mit meinen Fragen fortfahre? Hatte Mr. Brand die Möglichkeit, den Apparat vor dem Samstagabend zu untersuchen?«

»Nein«, sagte Probert mit Bestimmtheit.

Alice drehte sich vom Spiegel weg. »Aber Papa –«

»Brand bekam den Apparat vor Samstagabend nicht zu Gesicht«, beharrte Probert in einer Weise, die einen Einwand seiner Tochter nicht mehr zuließ. »Ohne Mr. Brand diffamieren zu wollen, halte ich es aber doch für offensichtlich, daß er nicht der Klasse von Leuten entspricht, die man in sein Haus einlädt, außer wenn es um seine beruflichen Fähigkeiten geht.«

»Ich dachte eben, daß er aus beruflichen Gründen vielleicht schon vorher kommen wollte, um sich das Zimmer anzusehen, in dem die Séance stattfinden sollte«, meinte Cribb.

»Sie haben anscheinend vergessen, daß Brand schon vorher zu einer Séance gekommen war«, sagte Probert. »Am 31. Oktober, an dem Abend, als die Vase aus Miss Crushs Haus gestohlen wurde. Er hatte reichlich Gelegenheit, das Zimmer zu inspizieren.«

»Den Stuhl bekam er aber vor Samstagabend nicht zu Gesicht?«

»So war es. Wenn wir dem Kerl die Möglichkeit gegeben hätten, sich vorzubereiten, dann wäre ja das ganze verflixte Experiment wertlos gewesen. Ist damit die Befragung beendet?«

»Für den Augenblick ja, Sir. Ich bin Ihnen sehr zu Dank verpflichtet«, antwortete Cribb, als würde es ihn schmerzen, sich von so angenehmer Gesellschaft loszureißen. »Nun, Miss Alice, wo ist dieser Korb?«

Sie hatten schon den halben Richmond Hill hinter sich gelassen, wobei Thackeray mit dem Korb voller Orangen zehn Yards hinter ihnen ging, als Miss Alice Probert zu Cribb sagte: »Sie glauben, daß Peter Brand ermordet wurde, oder?«

»Die Möglichkeit besteht, Miss.«

»Papa glaubt es auch. Er hält Professor Quayle für den Täter.«

»Und ich dachte, er schriebe es Mr. Brands schwachem Herzen zu«, sagte Cribb.

»Oh, das möchte er gern. Das ist die Erklärung, die den geringsten Anstoß erregen würde. Er liebt die Schande eines öffentlichen Mordprozesses nicht, bei dem wir alle als Zeugen auftreten müßten, aber er ist auch nicht so ein Dummkopf, wie es heute morgen aussah. Er weiß sehr gut, daß der Schlag, der Mr. Brand auf diesem Stuhl tötete, jeden anderen ebenso getötet hätte. Er ist sich fast sicher, daß jemand den Apparat manipuliert hat.«

»Und er verdächtigt den Professor.«

»Papa behauptet, daß der Professor der einzige Mensch an diesem Abend im Haus war, der ein Motiv für den Mord an Mr. Brand hatte – beruflichen Neid. Das war doch auch die Erklärung für die Einbrüche, oder nicht?«

»Grob gesprochen, ja, Miss.«

»Nun, mein Vater nimmt an, daß der Professor derjenige gewesen sein muß, der in das Arbeitszimmer eindrang, während Mr. Brand auf dem Stuhl saß, und der ihn rufen und die Séance unterbrechen ließ.«

»Ich glaube, das trifft zu, Miss.«

»Er glaubt weiter, daß der Professor in diesen wenigen Sekunden etwas tat, das sicherstellte, daß Mr. Brand kurze Zeit später einen massiven elektrischen Schock erleiden würde.«

»Und was?«

Sie lächelte. »Papa weiß es nicht. Er sagt, er sei ja kein Polizist. Natürlich haben Mama und ich unseren eigenen Verdacht. Papas Theorie unterstützen wir ganz und gar nicht.«

»Nein, Miss?«

»Nein. Wir sind beide absolut sicher, daß Professor Quayle kein Mörder ist. Er ist ein alter Freund von uns. Wir kennen ihn schon lange, und er besucht uns häufig.«

Cribb riß die Augen auf. »Nun, das wußte ich bis jetzt noch nicht.«

»Aber ja. Papa interessiert sich seit mindestens zehn Jahren für Spiritismus. Nachdem Papa den Professor bei einer Vorlesung kennengelernt hatte, lud er ihn zum Abendessen ein, und er besucht uns auch so recht häufig. Als ich noch jünger war, brachte er mir immer Süßigkeiten mit – Gebäck und Überraschungspäckchen –, deshalb kann ich mir ihn als Mörder nicht vorstellen.«

»Mit Verlaub, Miss, ich nehme an, Sie konnten ihn sich als Einbrecher auch nicht vorstellen, aber er ist einer. Er gibt es zu.«

»Das stimmt. Aber er ist kein hartgesottener Krimineller. Sie haben die gestohlenen Gegenstände doch wiedergefunden,

oder? Ich hoffe, er wird nicht schwer bestraft, der arme Kerl. Mama hat die ganze Geschichte schrecklich aufgeregt.«
»Ich dachte, Ihre Mutter mag Spiritisten nicht. Für Peter Brand hatte sie ja nicht viel übrig, wenn ich sie richtig verstanden habe.«
»Oh, Professor Quayle hat mit Peter Brand so viel gemeinsam wie Kalk mit Käse. Er ist ein liebenswerter Mann. Außerdem spricht er mit Mama nie über Geister. Ich kann Ihnen versichern, sie hält sehr viel von ihm. Mögen Sie heiße Maronen? Dort unten am Fuß des Hügels, bei der Brücke, steht ein Mann, der welche verkauft.«
»Vielen Dank, aber dafür ist es noch etwas zu früh am Tag«, antwortete Cribb.
»Dann werde ich Ihrem Constable welche kaufen. Ich gehe nicht gerne an Straßenverkäufern vorbei, Sie auch? Bei den Geistern hat Mama natürlich nicht recht. Es ist schrecklich amüsant, mit ihnen in Kontakt zu treten. William, mein Verlobter, ist da nicht viel besser. Der wird immer furchtbar mürrisch, wenn das Licht ausgeht.«
»Das habe ich gehört, Miss. Aber ich nehme an, Sie haben keine Angst. Soviel ich weiß, wurde am Samstag an Ihren Kleidern gezerrt und über Ihr Haar gestrichen. Stimmt das?«
»Das ist bei einer Séance nicht ungewöhnlich«, sagte Alice, ohne eigentlich die Frage zu beantworten. »Wegen so etwas braucht man sich doch nicht aufzuregen, wie William es tat.«
»Vielleicht gibt es ja auch eine natürliche Erklärung für die Vorfälle«, meinte Cribb.
»Ich hoffe doch nicht. Was für ein unangenehmer Gedanke!« Alice fuhr sich mit der Hand durch die Haare und ordnete sie wieder über ihrem Kragen.
»Sie sind also überzeugt, daß es Geister waren, die Sie am Samstag berührten?« fragte Cribb, der jetzt entschlossen war, Miss Probert festzunageln.
»Ich bin mir sicher, daß niemand sonst im Zimmer war.«
»Aber sind Sie sich genauso sicher, daß es wirklich passierte?«

»Ich bilde mir nichts ein, Sergeant.«
»Nein, Miss.« Eine präzisere Antwort würde er nicht mehr erhalten. Sie näherten sich inzwischen dem Maronenstand, und er wollte noch etwas anderes fragen. »Sie sagten zuvor, daß Sie und Mrs. Probert über Samstag einen eigenen Verdacht haben. Darf ich fragen, wen Sie verdächtigen?«
»Mr. Strathmore.«
»Den Wissenschaftler?«
»Er ist ein gefährlicher Mann, Sergeant. Papa hätte nie mit ihm gemeinsame Sache machen dürfen. Bei einem Wissenschaftler erwartet man doch ein gewisses Maß an Objektivität, eine bewußte Beschränkung auf die wissenschaftliche Methode von Hypothese, Untersuchung und Beweis. Als Mr. Strathmore am Mittwoch ins Haus kam, um das Experiment vorzubereiten, erwies er sich als alles andere denn objektiv. Alles, was er wollte, war, Fallen zu stellen, in der Überzeugung, daß das Medium hineintappen und sich als Betrüger erweisen würde. Wenn Papa nicht stur geblieben wäre, dann hätte er Kohle auf die Griffe geschmiert, damit alles, was Brand berührte, markiert worden wäre. Er hatte auch einen Baumwollfaden mitgebracht, den er durch das Zimmer spannen wollte, weil er glaubte, er würde reißen und so beweisen, daß das Medium den Stuhl verlassen hatte. Stellen Sie sich nur vor, welchen Eindruck solche Tricks auf ein Medium wie Mr. Brand gemacht hätten!«
»Sie hätten zu einer häßlichen Szene führen können, Miss.«
»Genau. In seiner Absicht, Mr. Brand als Scharlatan zu überführen, war er vollkommen fanatisch. Es war abscheulich, mit ansehen zu müssen, wie er die Position des Stuhls bis auf den Bruchteil eines Zolls genau berechnete, so als wäre er Sweeney Todd, der berüchtigte Barbier. Vom Vorhang mußte er so weit entfernt sein, daß Brand ihn nicht berühren konnte, wenn er sich vorbeugte, der Transformator mußte außer Reichweite stehen und die Griffe mit eineinhalb Zoll langen Schrauben befestigt werden. Der hätte Henker werden sollen und kein Mediziner.«
»Das kann schon sein, Miss, aber deswegen kann ich ihn nicht

verhaften. Was Sie mir eben erzählt haben, macht mir Mr. Strathmore nicht gerade sympathisch, aber nichts davon ist ungesetzlich.«

»Aber verstehen Sie denn nicht, Sergeant? Er und Papa waren die einzigen, die vor Samstag wußten, wie der Stuhl aussah. Zwischen Mittwoch und Samstag mußte er sich etwas ausgedacht haben, irgendeinen entsetzlichen Zusatz zu dem Experiment, der in dem Augenblick, da der arme Mr. Brand den Arm bewegte oder die Stellung seiner Füße veränderte, aus dem Stuhl ein Henkersinstrument machte.«

»Welche Art Zusatz denn, Miss?«

»Ich bin mir nicht sicher, aber schließlich bin ich –«

»Kein Polizist, Miss? Der Beruf ist so schlecht nun auch wieder nicht, wenn ich mir die Bemerkung erlauben darf. Mr. Strathmore und Ihr Vater waren nicht die einzigen, die eine Möglichkeit hatten, den Stuhl vor Samstag zu sehen. Aus dem, was Sie mir erzählen, muß ich schließen, daß auch Sie den Stuhl am Mittwoch sahen. Und wenn Ihre Mutter mit Ihnen über Dr. Strathmore gleicher Meinung ist, dann muß man vernünftigerweise annehmen, daß auch sie ihn am Mittwoch sah. Nun vermute ich, daß Mr. Nye ein häufiger Gast in Ihrem Haus ist. Wäre es da unangebracht anzunehmen…«

Sie lächelte. »Schon gut, Sergeant. Auch William sah ihn, am Freitag, als Mr. Brand kam –« Sie unterbrach sich und wurde rot.

Sie standen bei einem Briefkasten, nur wenige Yards von dem Maronenstand entfernt, und der Rauch von brennenden Nußschalen und Kohle wehte ihnen entgegen. »Mr. Brand, Miss?« fragte Cribb. »Das ist aber komisch. Ich hatte ja vermutet, daß er sich den Apparat angesehen hatte, aber Ihr Vater schien sich daran nicht mehr zu erinnern. Es war also Freitag.«

»Freitag«, bestätigte sie mit leiser Stimme. »Er kam, um die Séance vorzubereiten.«

»Das ist verständlich, Miss.«

»Bitte lassen Sie meinen Vater nicht wissen, daß ich es Ihnen gesagt habe. Ich verstehe überhaupt nicht, warum er es Ihnen nicht erzählen wollte.«

»Das bleibt unser Geheimnis, Miss. Hallo, da ist ja Thackeray. Miss Probert will Ihnen eine Tüte Maronen kaufen, Thackeray.«

»Sehr großzügig, Miss.«

Der Maronenhändler legte die Hand an die Mütze, als Alice sich ihm näherte. Sie gab ihm ein Twopence-Stück und sagte: »Soviel ich weiß, können die Herren von hier aus mit einem Bus zum Charing Cross fahren. Stimmt das?«

Für sie war das der eleganteste Weg, das Verhör zu beenden.

»Schon richtig, Miss. Kostet einen Shilling für jeden.« Er schaufelte eine große Portion Maronen in eine Tüte. Cribb nahm sie ihm ab, da Thackeray noch immer den Korb trug und sie für die junge Dame viel zu heiß waren. Mit dem Rücken zu Alice reichte er sie Thackeray, riß aber dabei absichtlich die Tüte auf, so daß die rauchenden Nüsse zu den Orangen in den Korb fielen.

»Oh, je, Sarge!« meinte Thackeray verwirrt.

»Eine neue Tüte bitte«, rief Cribb dem Verkäufer zu.

Es dauerte nur wenige Sekunden, bis die Nüsse wieder eingesammelt waren, den Früchten im Korb war augenscheinlich nichts geschehen. Für Thackeray war der ganze Vorfall höchst mysteriös, aber er zügelte seine Neugier, bis Miss Probert ihren Weg die Hill Street entlang wieder aufgenommen hatte.

»Warum haben Sie das gemacht, Sarge?« fragte er und biß mit Genuß in eine Marone.

»Ich wollte sehen, was unter den Orangen lag. Haben Sie es nicht gesehen?«

»Doch, Sarge. Eine Damenhaarbürste und ein Kamm. Das ist doch nichts Außergewöhnliches, oder?«

»Sie werden das für mich ermitteln, Constable. Folgen Sie Miss Probert, und finden Sie heraus, wohin sie geht. Die Nüsse lassen Sie besser mir, sie würde sonst Ihr Kommen eine Meile gegen den Wind riechen.«

Elftes Kapitel

Nun aufgepaßt. Es geht um Präzision –
Obwohl ich sage: »Lügen alles«, gleich vorweg,
So sei's doch für die Wissenschaft.

Cribb hatte im Wageninneren einen Sitz zwischen einer dicken Frau im Pelzmantel und einem kleinen Jungen erhascht, der sich die Zeit damit vertrieb, Stroh vom Boden aufzuheben, es zu zerreißen und die Halme auf die Kleidung der anderen Fahrgäste zu streuen. Es war nicht gerade der beste Platz im Bus, aber immer noch besser als oben auf der Plattform. Und die Gesetze der Höflichkeit drohten ihn sowieso bald von seinem Platz zu vertreiben, denn sicher würde in Kew oder Turnham Green eine junge Verkäuferin den Bus anhalten. Aber er hatte beschlossen, daß er zuerst den kleinen Jungen auf dem Schoß seiner Mutter sitzen sehen wollte. Mit diesem befriedigenden Gedanken machte er sich über Thackerays Maronen her.

Er überlegte, was er von Alice Probert erfahren hatte. Bei einigen Kleinigkeiten konnte man ihr nicht trauen – vor allem ihre Erfahrungen mit den unsichtbaren Händen – aber die morgendliche Enthüllung, daß Brand am Freitag das Haus besucht hatte, war ihr entschlüpft, bevor sie ihre Bedeutung erkannt hatte. Ihre darauf folgende Verlegenheit war zweifellos echt gewesen. Ihre Aussage hatte Dr. Probert zum Lügner gestempelt. Er hatte mit aller Entschiedenheit behauptet, daß Brand vor dem Samstag nicht im Haus gewesen sei, um den Stuhl zu inspizieren.

Das Problem mit Probert war, daß es so einfach war, ihn nicht zu mögen. Cribb hatte ihn bis jetzt mit Samthandschuhen angefaßt, nicht weil er ein Freund von Inspektor Jowett war, sondern weil Voreingenommenheit gegen Zeugen leicht zu Beurteilungsfehlern führen konnte. Dagegen mußte man sich schützen. Probert war ein Lügner, aber das machte ihn nicht notwendigerweise zum Mörder.

Aber warum hatte er denn bei der Frage nach Brands Besuch im Haus gelogen? Es war doch augenscheinlich kein Verbrechen, wenn ein Medium den Ort zuvor untersuchte, an dem es eine Séance abhalten sollte, vor allem, wenn die Bedingungen so ungewöhnlich waren. Es war fraglich, ob überhaupt irgend jemand zustimmen würde, an einen Stromkreis angeschlossen zu werden, ohne zuvor den Apparat inspiziert zu haben. Leute wie Strathmore, entschlossen, jede Möglichkeit von Betrug auszuschließen, konnten einwenden, daß das Medium, wenn es den Apparat zuvor sah, die Möglichkeit hätte, sich Mittel und Wege zur Überlistung der Wissenschaft auszudenken; aber Cribb war nicht Strathmore, er untersuchte einen möglichen Mord und keine Manifestation. Im Augenblick ging es um Wichtigeres als um den Wert eines Experiments.

Aber offensichtlich gab es einen Grund, warum Probert nicht wollte, daß Brands Anwesenheit bekannt wurde. Der Besuch zeigte Probert – oder jemanden, den er schützen wollte – in einem ungünstigen Licht. Es konnte durchaus mit einem Gedanken in Zusammenhang stehen, der Cribb seit der Obduktion immer wieder durch den Kopf gegangen war. Es gab Grund zu dem Verdacht, daß Dr. Probert, wie Miss Crush, Peter Brand bei seinen Betrügereien bewußt unterstützt hatte. Jedem, der Cribbs Überlegungen in dieser Sache nicht kannte, würde man verzeihen, wenn er diesen Verdacht für eine Ungeheuerlichkeit hielt. Denn hätte Probert sich die Mühe gemacht, ein kompliziertes Experiment aufzubauen, nur um dann seine Ergebnisse durch einen Betrug ungültig zu machen? Cribbs Interpretation der Ereignisse legte genau das nahe. Als bei der Séance die Geisterhand auftauchte, war Probert neben dem

Medium gesessen und hatte seine linke Hand gehalten. War es denn nicht möglich, daß, während Brands rechte Hand, mit Blue John bestäubt und von Miss Crush so hilfsbereit losgelassen, Luftsprünge vollführte, seine Linke zog und streichelte? Und wenn Probert auch trotz der kurzen Entfernung Brands Arm nicht gesehen hatte, so mußte er doch die Bewegungen von Ärmel und Manschette gehört haben. Verdächtig waren auch die Orangen, mit denen man Nye beworfen hatte. Wenn man davon ausging, daß kein Geist sie geworfen hatte, dann war es entweder Miss Crush mit ihrer linken Hand gewesen (was wohl unwahrscheinlich war), oder Brand hatte seine rechte dazu benutzt, wobei keiner das Blue John darauf bemerkt hatte (ebenso unwahrscheinlich), oder aber Dr. Probert hatte etwas damit zu tun. Die Schale mit den Orangen war auf einem dreibeinigen Tisch in Reichweite seiner rechten Hand und Brands linker gestanden.

Wenn Probert wirklich mit Brand zusammengearbeitet hatte, dann mußte es eine Erklärung dafür geben. Nach Cribbs bisherigen Informationen über Brands Arbeitsweise war es vermutlich Erpressung. Und es war sehr wahrscheinlich, daß Brand, als er am Freitag zu Probert kam, um den Apparat zu inspizieren, seine Bedingungen gestellt hatte. Um irgendein dunkles Geheimnis zu bewahren, half Probert, wie Miss Crush, Brand bei der Erzeugung von spiritistischen Phänomenen.

Der Bus hielt an, um einen Fahrgast aufzunehmen. Es war eine Krankenschwester, die wahrscheinlich zum Charing Cross Hospital wollte. Noch bevor sie die Plattform betrat, schälte Cribb die größte Marone in der Tüte und bot sie dem kleinen Jungen an. Als der eben nach ihr greifen wollte, nahm seine Mutter ihn beschützend auf den Schoß, und der Platz war frei für die Krankenschwester.

Man konnte sich schwer vorstellen, welche Unbesonnenheit Dr. Probert erpreßbar gemacht hatte. Im Gegensatz zu Miss Crush war seine Position in der Gesellschaft nicht gefährdet, wenn ein jugendlicher Fehltritt bekannt wurde. Ebensowenig seine Ehe. Cribbs erste Unterhaltung mit Mrs. Probert, noch vor seinem Zusammentreffen mit dem Doktor, hatte ihn davon überzeugt, daß ihr die außerehelichen Vergnügungen ihres Gatten gleichgültig waren, ob es nun nackte Göttinnen waren oder Tänzerinnen aus einem Varieté. Nein, bei Dr. Probert war es etwas anderes. Cribb hatte das eigenartige Gefühl, daß er es noch heute erfahren würde.

Für den Rest der Fahrt gelang es ihm, seinen Platz auf dem Unterdeck zu behalten. Von Turnham Green an waren seine Gedanken bei Mr. Henry Strathmore, den er nun als nächsten verhören wollte.

Das Londoner Adreßbuch verzeichnete die Gesellschaft für das Leben nach dem Tod in der Albemarle Street, einer Gegend, wie man sie sich respektabler nicht vorstellen konnte. Ihre Büros befanden sich im zweiten Stock, angemessenerweise über dem Veteranenklub. Auf Cribbs Klopfen reagierte eine ängstliche junge Frau, die erklärte, daß sie nur die Sekretärin und Mr. Strathmore beim Essen sei. Sie wäre Cribb sehr zu Dank verpflichtet, wenn er um zwei wiederkommen könnte. Er sah auf seine Uhr. Es war ein Viertel vor zwei. So gab er ihr seine Melone und sagte, er würde warten.

»Der Herr bestand darauf, zu warten« entschuldigte sich die Sekretärin, als genau fünfzehn Minuten später die Tür aufging.

Strathmore klemmte sich sein Monokel vors Auge. »Sie kommen mir bekannt vor. Der Herr von Scotland Yard – ähm – kommen Sie doch bitte in mein Büro. Hier lang, bitte.«

Sein Büro hätte ein beliebiges sein können, wenn das Bild an der Wand hinter ihm nicht gewesen wäre. Statt eines Porträts des Gründers war es eine Radierung, die den horizontal schwebenden Daniel Home zeigte.

Strathmores Gesichtsausdruck deutete an, daß er im Augenblick am liebsten selbst schweben würde, und zwar einfach aus dem Fenster, die Albemarle Street hinunter und zum Piccadilly. »Was bringt Sie denn in mein Büro, Sergeant?« fragte er.

»Mr. Brands Tod, Sir«, antwortete Cribb, so aufmunternd, wie er nur konnte. »Inspektor Jowett hat mich gebeten, die Umstände zu ermitteln.«

»Jaja, Jowett« meinte Strathmore, als wäre etwas Anstößiges erwähnt worden. »Wissen Sie, es war ein ziemlicher Schock, zu erfahren, daß Jowett ein Schnüffler ist. Ich hatte ihn zumindest für einen hohen Regierungsbeamten gehalten.«

»Das sollte Sie nicht bedrücken, Sir. Inspektor Jowett ist kein gewöhnlicher Schnüffler. Er geht nachts nicht auf Streife. Er hat ein eigenes Büro und ein Haus in South Norwood.«

»Wirklich? Ich wußte doch, daß an dem Kerl was Besonderes war. Aber wissen Sie, ich messe der Schicht keine Bedeutung zu. Als Wissenschaftler kann ich nicht ausschließen, daß die Geister – wenn es sie überhaupt gibt –« er hob Vorsicht gebietend den Finger – »beschließen mögen, mit uns durch ein Medium aus der Arbeiterklasse in Kontakt zu treten.« Der Finger änderte die Richtung und zeigte jetzt auf das Bild hinter ihm. »Daniel Homes Vater behauptete, der uneheliche Sohn des zehnten Earl of Home zu sein, aber das Medium wuchs in sehr bescheidenen Umständen auf.« Er lächelte dünn und fügte dann hinzu: »Vielleicht paßt *aufgezogen werden* in diesem besonderen Fall besser als *aufwachsen*.«

»Was das angeht, so war Mr. Brand ja nur der Sohn eines Kutschers«, gab Cribb zu bedenken, um die Unterhaltung wieder auf den Punkt zu bringen. »Aber er erhielt Einladungen von einigen bedeutenden Persönlichkeiten.«

»Ja, in der Tat. In Mayfair und Belgravia wird es einige rote Gesichter geben, wenn seine Betrügereien erst einmal allgemein bekannt sind. Ich fürchte, er ist ein Beispiel für den Grundsatz, daß die Herkunft zählt. Ich muß gestehen, ich habe selbst hohe Erwartungen in ihn gesetzt.«

»Ich weiß, Sir. Sie sagten mir das, als wir uns bei Miss Crush kennenlernten.«

»Ja, die arme Miss Crush. Sie ist ja so getäuscht worden. Als Wissenschaftler betrachtete ich Brand natürlich aus einem objektiveren Blickwinkel. Was für ein Gauner war er doch letztendlich. Ein Hochstapler und ein Feind der Wahrheit. Schade ist nur, daß er Professor Quayle in seine infamen Handlungen verwickelte. Ich bin mir ziemlich sicher, daß die Dinge so lagen, Sergeant. Quayle ist im Grunde genommen ein rechtschaffener Mann mit einem hervorragenden Ruf in spiritistischen Kreisen. Brand hatte ihn verdorben. Er überredete ihn, bei seinem abscheulichen Plan mitzuarbeiten und die Leute zu bestehlen, deren Häuser er für Séancen besuchte. Sehen Sie, und nun ist Quayles eigener Ruf ruiniert. Niemand wird jetzt noch glauben, daß er jemals ein echtes Medium war. Diese entsetzliche Affäre hat den Spiritismus um mindestens zehn Jahre zurückgeworfen!«

Diese Interpretation der Ereignisse entsprach nicht gerade der Cribbs, aber er hatte Strathmore nicht unterbrochen, weil er im Augenblick keinen Sinn darin sah, seine eigenen Theorien auszubreiten. Strathmore für seinen Teil hatte es eindeutig nötig gehabt, seinen Gefühlen Luft zu machen, und er schien jetzt bereit, auf Fragen vernünftige Antworten liefern zu wollen.

»Würden Sie sich selbst als Spiritisten bezeichnen, Sir?«

»Bei Gott, nein! Das würde ja eine Parteinahme für genau die Dinge bedeuten, die objektiv zu untersuchen ich mich verpflichtet habe. Ich bin ein Wissenschaftler, nicht mehr und nicht weniger.«

»Mit Verlaub, Sir, der Name Ihrer Gesellschaft scheint anzudeuten, daß ihre Mitglieder sich bereits eine eindeutige Meinung gebildet haben.«

»Nicht mehr als der Geister-Klub an der Universität in Cambridge oder die Gesellschaft für parapsychologische Forschungen. Man muß doch gewisse Hinweise auf seinen Forschungsgegenstand geben.«

»Ich verstehe, was Sie meinen, Sir. Und Sie sind seit zwölf Jahren Mitglied, wenn ich mich recht erinnere?«

»Seit 1873«, bestätigte Strathmore.

»In dieser Zeit müssen Sie ja ein ganzes Regiment von Medien untersucht haben.«
»Ich glaube, mit einiger Berechtigung sagen zu können, daß ich an den meisten Untersuchungen der Gesellschaft teilgenommen habe«, sagte Strathmore.
»Dann haben Sie wohl einige wunderbare Dinge gesehen, Sir.«
»Nur sehr wenige, die dieses Adjektiv rechtfertigen, Sergeant. Was auf einen Laien spektakulär wirken mag, ist für mich nicht von Interesse, wenn ich merke, daß es nur wie üblich ein Zaubertrick ist. Wenn ich in diesen zwölf Jahren etwas gelernt habe, dann, daß die Gutgläubigkeit der Leute grenzenlos ist.«
»Dann sind Sie also selber immer noch skeptisch, Sir?«
»Das bin ich, Sergeant, bis mir die Wissenschaft das Gegenteil beweist.«
»Aber Sie waren bereit, den jungen Brand ernst zu nehmen.«
»Ja, in der Tat. Wir nehmen jede Behauptung ernst, bis wir die Gelegenheit haben, sie zu überprüfen.«
»Kannten Sie ihn persönlich, Sir?«
»Überhaupt nicht. Es ist normalerweise besser, wenn wir sie nicht kennen. Den jungen Mann traf ich zum ersten Mal bei der Séance in Dr. Proberts Haus am 31. Oktober, an dem Abend, als Professor Quayle die Gelegenheit nützte, um Miss Crushs Vase zu stehlen. Die Séance war so beeindruckend, daß ich beschloß, mir Brand noch einmal anzusehen – und bereits das ist ungewöhnlich. Wissen Sie, die Phänomene waren nicht außergewöhnlich – wir hörten Klopfen und die Stimme eines Geistes, wenn ich mich recht erinnere – aber sie waren außergewöhnlich schwierig zu erklären, obwohl man natürlich eingestehen muß, daß die Séance in keiner Weise einem wissenschaftlichen Experiment entsprach. Das kam erst später.«
»War das Ihre Idee oder die Dr. Proberts?«
Strathmore nahm sein Monokel vom Auge und putzte es. »Soweit ich mich erinnere, erwogen wir die Möglichkeit gleich von Anfang an. Aber um uns seiner Mitarbeit zu versichern, richteten wir es so ein, daß Brand die erste Séance ohne

Kontrollmaßnahmen durchführen konnte. Die Gesellschaft hat in bezug auf die Zusammenarbeit mit den Medien eindeutige Grundsätze; wir sagen ihnen genau, wie die Tests aussehen werden. Es genügt ja nun wirklich nicht, Vorhänge aufzureißen oder die Geister an den Kleidern zu packen. Die Wissenschaft hat genug Möglichkeiten, Betrug auch ohne solch melodramatisches Einschreiten aufzudecken.« Er kniff sich das Monokel wieder fest vors Auge.

»Deshalb entwickelten Sie den Test mit dem Stromkreis«, sagte Cribb. »War das ein Apparat, den sie schon zuvor verwendet hatten, Sir?«

»Nein. Es war Dr. Proberts Erfindung, aber da sie einem sinnvollen Zweck zu dienen versprach, half ich Dr. Probert beim Aufbau.«

»Soviel ich weiß, besuchten Sie Dr. Probert am Mittwoch letzter Woche, um den Apparat zusammenzubauen.«

»Ja, das stimmt, aber es scheint nun schon eine Ewigkeit her zu sein. Ich möchte betonen, daß der Apparat am Ende des Abends ausgezeichnet funktionierte. Wir hatten uns beide auf den Stuhl gesetzt.«

»Sollte Mr. Brand den Stuhl vor Samstag zu sehen bekommen?«

»Nein, das war nicht notwendig«, antwortete Strathmore. »Er hatte zugestimmt, sich der Wissenschaft zur Verfügung zu stellen, und wir zeigten ihm deshalb den Stuhl erst samstags vor Beginn des Abends.«

»Würde es Sie überraschen zu erfahren, daß Brand Dr. Probert am Freitagabend besuchte und den Stuhl inspizierte?«

Strathmores Monokel lieferte die Antwort auf Cribbs Frage, indem es ihm aus dem Auge fiel und mit einem erschreckenden Klirren auf seinem Schreibtisch landete. Als Strathmore hinzufügte: »Zwielichtiger Gauner«, war es nicht klar, ob er Brand oder Probert meinte.

»Ich möchte Sie wegen Samstag fragen«, fuhr Cribb mit sanfter Stimme fort. »Ich habe natürlich bereits Inspektor

Jowetts Bericht gehört, aber ich möchte auch den Ihren hören, Sir, nur für den Fall, daß der Inspektor etwas vergaß. Haben Sie vielleicht Ihren Bericht für die Gesellschaft schon fertiggestellt?«

»Es wird keinen Bericht geben«, sagte Strathmore mit Bestimmtheit. »Die Gesellschaft ist nicht dazu da, die Erinnerung an Scharlatane wie Brand wachzuhalten. Aber ich werde Ihnen alles sagen, was ich weiß. Ich bin der Ansicht, die Allgemeinheit hat die Pflicht, mit der Polizei zusammenzuarbeiten, Sie dürfen sich deshalb alles, was ich sage, notieren, Sergeant. Soweit ich mich erinnere, war der erste Teil des Abends einer Tisch-Séance gewidmet, und ich glaube auch, Ihnen ein Stück Papier mit der Sitzordnung gegeben zu haben.«

»Wofür ich sehr dankbar war, Sir.«

»Der erste Hinweis auf etwas Ungewöhnliches war Miss Crushs Beobachtung, die Zimmertemperatur sei gefallen. Darauf folgte eine Reihe von Klopfzeichen auf dem Tisch, die offensichtlich andeuten sollten, daß ein Geist namens Walter in Kontakt treten wolle. Bald darauf wurde eine leuchtende und bewegliche Hand beobachtet, von allen Anwesenden, wie ich annehme; sie schwebte vor dem Medium über dem Tisch. Ich habe keinen Zweifel, daß es Brands rechte Hand war, überzogen mit einer leuchtenden Substanz.«

»Zur fraglichen Zeit haben Sie das aber nicht erwähnt?«

»Ich erinnere mich, daß ich damals nicht ganz sicher war. Wissen Sie, es hätte ja bedeutet, daß der Kreis der Hände unterbrochen war und die Person rechts von ihm, Miss Crush, den Betrug unterstützte, und das wollte ich nun doch nicht annehmen. Unter Spiritisten hat sie einen hervorragenden Ruf. Inzwischen bin ich aber widerwillig zu der Ansicht gekommen, daß meine Schlußfolgerung korrekt war, obwohl ich mir nicht vorstellen kann, was sie veranlaßt hat, die Bewegung in dieser Weise zu verraten.«

»Was geschah dann, Sir?«

»Miss Crush behauptete, von der Hand berührt worden zu sein. Und ebenso Miss Probert. Sie sagte, sie zerre an ihrem Kleid. Das ist doch sehr eigenartig, oder? Sie saß ja Brand gegenüber, zwischen ihrem Verlobten und dem Inspektor. Captain Nye nahm ganz entschieden Anstoß an dem Geschehen und wurde mit Orangen beworfen. Ich vermute, daß Brand sie warf. Kurz darauf schalteten wir das Licht ein.«

»Begannen Sie danach sofort mit dem Experiment mit dem Stuhl?«

»Ich glaube, wir brauchten einige Minuten, um uns zu sammeln. Mir fällt ein, daß ich Dr. Probert davon abhalten mußte, Miss Crush ein Glas Gin anzubieten. Auch Nye hatte das Vorangegangene außergewöhnlich erregt. Brand war es, der schließlich die Ruhe wiederherstellte, indem er uns erlaubte, während des zweiten Experiments bei gedämpftem Licht zu sitzen. Wenn ich es mir recht überlege, war er ein sehr selbstbewußter junger Mann. Er sagte zu Probert, er solle uns den Apparat vorführen. Er hatte ihn natürlich zuvor schon gesehen, bevor die anderen eintrafen.«

»Er hatte ihn auch am Abend zuvor gesehen«, erinnerte Cribb Strathmore.

»Das wohl auch. Nun, während wir uns den Stuhl ansahen, war Brand damit beschäftigt, die Orangen und die Blumen aufzuräumen – eine Orange hatte eine Vase mit Chrysanthemen umgeworfen. Der Apparat war bald betriebsbereit, und einige von uns setzten sich abwechselnd in den Stuhl. Zu diesem Zeitpunkt funktionierte er ausgezeichnet. Dann zogen wir uns hinter den Vorhang zurück, und die Séance begann. Zusammen mit Inspektor Jowett las ich das Galvanometer ab. Ich erinnere mich, daß Miss Crush die erste war, die verkündete, sie spüre die Anwesenheit von etwas Übernatürlichem, und kurz darauf wurde Miss Probert übers Haar gestrichen.«

»Aber Sie blieben alle sitzen?« fragte Cribb.

»Jeder von uns. Sie können sich vielleicht vorstellen, wie das Folgende auf uns gewirkt hat. Wir hörten alle sehr deutlich das

Geräusch von Schritten hinter dem Vorhang, während das Galvanometer beständig 188 anzeigte!«

»Was unternahmen Sie dann, Sir?«

»Zunächst hörte man Rufe hinter dem Vorhang, zum Teil, könnte man sagen, in einer sehr deftigen Sprache, die wir Brand zunächst nicht zutrauten. Dr. Probert bat mich, hinter den Vorhang zu sehen.«

»Und was haben Sie gesehen?«

»Nichts. Das Arbeitszimmer lag im Dunkeln, auch vom Feuer im anderen Zimmer drang kein Licht herein. Brand bat mich, Dr. Probert zu holen, und als der Doktor in das Arbeitszimmer kam, stieß er die Schüssel mit Salzlösung um, die wir dazu verwendet hatten, den Kontakt mit den Händen des Mediums zu verbessern. Ich kehrte zurück, um eine Kerze zu holen, und danach gingen wir alle hinein, um zu sehen, was geschehen war. Captain Nye wurde in den Keller geschickt, um den Strom abzuschalten.«

»Soviel ich weiß, war Brand sehr erregt.«

»Mein Wort drauf, ja. Er war überzeugt, daß sich einer von uns hinter den Vorhang gewagt hatte, was unverzeihlich gewesen wäre. So verhält sich die Gesellschaft nicht, wie ich ja schon erwähnt habe. Ich glaube, es war Miss Crush, die schließlich Brand zur weiteren Mitarbeit bewegen konnte, indem sie ihn davon überzeugte, daß uns vielleicht ein Geist erschienen war. Natürlich erfuhren wir später, daß es Professor Quayle gewesen war, der aus Versehen in das verkehrte Zimmer gestolpert kam.«

»Ich glaube, er versuchte mir da zu entkommen, Sir.«

Strathmore nickte. »Ich glaube, jeder von uns muß ein gewisses Maß an Schuld an den Ereignissen dieses Abends auf sich nehmen. Wo war ich? Ah ja, als Captain Nye aus dem Keller zurückkam, waren wir bereit, das Experiment wieder aufzunehmen, und der arme Kerl wurde deshalb wieder hinuntergeschickt, um den Strom anzuschalten, während wir wieder unsere Plätze in der Bibliothek einnahmen.«

»Erinnern Sie sich zufällig, wer der letzte war, der das Arbeitszimmer verließ?« fragte Cribb.
»Es muß wohl Dr. Probert gewesen sein. Ich erinnere mich, daß er den Vorhang zuzog.«
»Und Sie kehrten zum Galvanometer zurück?«
»Ja. Um zwanzig Minuten vor elf zeigte es 202 an. Das nächste, woran ich mich erinnere, ist, daß die Türklinke sich bewegte und Sie das Zimmer betraten. Das war für alle von uns ein ziemlicher Schock, Sergeant, das kann ich Ihnen sagen.«
»Na, aber der Schock war wohl nicht so heftig wie der, der Mr. Brand traf, hm?« meinte Cribb derb. »Nun, Sir, Sie haben mir sehr geholfen. Ich glaube, Sie haben mir alles gesagt, was ich wissen wollte.«
»Es ist vermutlich von Nutzen, daß wir, auf verschiedene Weise, beide Nachforschungen anstellen, Sergeant«, sagte Strathmore und stand auf. »Ich will mich nicht brüsten, aber ich glaube zu wissen, was ihr Schnüffler von einem Zeugen verlangt. Darf ich fragen, ob Sie in der Sache schon zu einem Ergebnis gekommen sind?«
»Ich glaube, ich bin jetzt näher dran als zuvor, Sir. Haben Sie vielleicht eine eigene Meinung darüber?«
»O ja«, antwortete Strathmore. »Ich bin mir ziemlich sicher, wie es geschah, aber ich will Ihren Ermittlungen nicht vorgreifen. Wenn Sie zu einem Abschluß gekommen sind, lassen Sie es mich wissen, und ich werde Ihnen sagen, ob unsere Ergebnisse übereinstimmen.«

Zwölftes Kapitel

Sie hatten ihren Willen – riefen nach der nackten Wahrheit,
Und sie trat ein, saß nieder, ließ sie starren;
Sie wurden rot und baten um Verzeihung!

Die Verfolgung von Miss Probert hatte auf Thackeray eine wohltuende Wirkung. Er hatte schon öfters Verdächtige verfolgt, als ihm lieb war, aber Verdächtige mit einer guten Figur und elegantem Äußeren waren eine Seltenheit. Verfolgen war eigentlich nicht der richtige Ausdruck für sein munteres Ausschreiten auf der Hill Street. Er bewegte sich, als wäre er zwanzig Jahre jünger.

Er hatte nur Schwierigkeiten, daran zu glauben, daß sie wirklich eine Verdächtige war. Eine junge Frau, die so viel von ihrer Zeit der Essensverteilung an Arme widmete, entsprach nicht seiner Vorstellung von einer Mörderin, ganz gleich für wie belastend Cribb eine Bürste und einen Kamm in ihrem Korb auch ansehen mochte. Von einem Dolch oder einer Dose Unkrautvernichter hätte Thackeray sich gerne beeindrucken lassen, aber von einer Bürste und einem Kamm? Er grinste vor sich hin, während er sich seinen Weg durch die Leute bahnte, die in Richmond einkaufen gingen.

Er überquerte die Straße und konnte so den Fußweg, auf dem Alice Probert ging, besser überblicken. Diese parallele Route hatte auch den weiteren Vorteil, daß sie seine Anwesenheit kaum vermuten würde. Die Leute nahmen immer an, daß jemand, der sie verfolgen wollte, selbstverständlich die gleiche Straßenseite benutzte.

Er entdeckte sie sofort; sie stand an der Kreuzung der Red

Lion Street und wartete darauf, die Straße überqueren zu können. Ein junger Constable, der den Verkehr regelte, winkte zwei vierrädrige Kutschen vorbei und hielt dann einen Karren an, um sie über die Straße zu lassen. Sie nickte zum Dank und ging los. Mit dem weißen Besatz auf ihrem Hut konnte er sie kaum verlieren. Thackerays Straßenseite schenkte sie nicht die geringste Aufmerksamkeit, aber er achtete darauf, daß immer mehrere Fußgänger zwischen ihm und seiner Beute waren, und änderte auch manchmal seine Geschwindigkeit, um den Schutz eines vorbeifahrenden Karrens ausnutzen zu können.

Nach der Lion Street hielt sie an und sprach mit einer älteren Frau in einem grauen Mantel, die offensichtlich einkaufen gewesen war, denn ein bejahrter, mit Paketen beladener Diener blieb zur gleichen Zeit stehen und wartete geduldig einige Yards hinter ihr. Thackeray fiel auf, daß Alice Probert in Richmond anscheinend sehr bekannt war, zumindest unter den Wohlhabenden. Welche Untaten sie mit Bürste und Kamm auch beabsichtigte, sie würde Schwierigkeiten haben, nicht erkannt zu werden. Bei einem Tabakladen blieb er stehen und wartete, wie der Mann mit den Paketen, auf das Ende der Unterhaltung.

Einige Minuten später verabschiedete sie sich von der Frau in Grau und ging auf die Kurve zu, wo die Hill Street zur George Street wurde. Richmond Green lag auf der linken Seite, rechts die Pfarrkirche und weiter vorne, hinter dem Quadrant, der Bahnhof. Aber sie ging in keine dieser Richtungen. Statt dessen öffnete sie die Tür zu einem Laden rechts von ihr und trat ein. Thackeray beschleunigte seinen Schritt, bis er auf gleicher Höhe mit dem Laden war. Es war ein Hutgeschäft. Er dachte an Bürste und Kamm und grinste breit. Einen Hutladen hatte Cribb in seine Überlegungen nicht mit einbezogen. Die Schaufensterdekoration folgte dem Grundsatz »Je mehr ausgestellte Waren, desto größer die Chance, die Aufmerksamkeit möglicher Kunden zu erregen«. Von Thackerays Stra-

ßenseite aus hatten die aufgereihten Hüte große Ähnlichkeit mit den Apfelpyramiden bei dem Gemüsehändler nebenan.
Er richtete sich wieder auf Warten ein. Auf der Uhr über dem Juwelierladen in der George Street verstrichen fünf Minuten. Thackeray gefiel diese kleine Unterbrechung in Alice Proberts wohltätigem Ausflug. Sosehr er junge Frauen mit einem sozialen Gewissen auch bewunderte, es gefiel ihm dennoch, zu wissen, daß sie ab und zu in ein Modegeschäft schlüpften und Hüte anprobierten.
Nach weiteren fünf Minuten beschäftigten ihn kalte Füße mehr als fromme Frauen. Seit Alice hatte niemand mehr den Laden betreten, und nur eine braungekleidete Kundin hatte ihn wieder verlassen. Verkehr und Fußgänger strömten an ihm vorbei und betonten noch seine Tatenlosigkeit. Plötzlich kam ihm der beunruhigende Gedanke, daß der Laden einen Hinterausgang zur Lion Street haben konnte. Er überquerte in Höhe des Gemüsehändlers die Straße, ging an dem Hutgeschäft vorbei und warf einen kurzen Blick durch das Schaufenster. Zu seiner Schande war niemand im Laden bis auf die Verkäuferin, die eine Haube auf einen Ständer drapierte.
Er drehte sich um und öffnete die Tür. Die Verkäuferin war ein etwa dreizehnjähriges Mädchen. Beim Anblick des Mannes, der ohne Damenbegleitung den Laden betrat, riß sie ihre Augen weit auf. »Kann ich Ihnen helfen, Sir?« fragte sie, was jedoch eher ein Ausdruck der Überraschung denn ein Hilfeversprechen war.
»Ich hoffe. Ich suche meine – ah – Nichte. Ich dachte, sie wäre vor ein paar Minuten in den Laden gekommen, um einen Hut anzuprobieren.«
»Da müssen Sie sich irren, Sir. Wir hatten schon seit einer halben Stunde keine Kunden mehr.«
»Eine halbe Stunde. So lange ist das noch nicht her. Ich bin mir sicher, daß sie hereinkam«, beharrte Thackeray. »Einen Hinterausgang gibt es nicht, oder?«
»Nein, Sir. Wenn Sie mir beschreiben könnten, wie Madam gekleidet war…«

»Dunkelgrüner Mantel«, sagte Thackeray. Beschreiben konnte er gut. »Hut von der gleichen Farbe, mit weißem Besatz. Sie trug einen Korb mit Orangen.«
»Ach!« sagte das Mädchen, und ihr Gesicht hellte sich auf. »Einen Augenblick.« Sie ging zu einem Schrank und holte einen großen lila Hut heraus. »Einen Hut wie dieser, nur grün?«
»Genau so einer!« sagte Thackeray.
»Sie hat ihn letzte Woche hier gekauft«, sagte das Mädchen. »Er paßte so gut zu ihrem Mantel. Aber vor fünfzehn Minuten kam sie, um die Geschäftsführerin, Miss Barkway, zu besuchen. Sie kommt fast jeden Tag. Sie ist keine Kundin, Sir. Sie ist eine persönliche Freundin von Miss Barkway. Sind Sie wirklich mit ihr verwandt, Sir?«
»Ich bin ihr Onkel Edward«, antwortete Thackeray sofort. »Wo ist sie jetzt? Dort entlang?« Er wies auf eine Tür, die er hinter einem bodenlangen Spiegel entdeckt hatte.
»Die führt nach oben, zu Miss Barkways Zimmer«, flüsterte das Mädchen. »Die Dame geht immer sofort nach oben und kommt nach fünf Minuten in anderen Kleidern wieder herunter. Ich weiß wirklich nicht, warum. Sie vielleicht? Kurz bevor Sie hereinkamen, hat sie den Laden verlassen. Haben Sie sie nicht bemerkt? Ach, das konnten Sie ja gar nicht, wenn Sie sie mit einem grünen Hut erwarteten. Sie trug Braun. Und ihr Gesicht bedeckt sie immer mit einem Schleier.«
»Oh, mein Gott!« sagte Thackeray und dachte an die Gestalt, die zuvor den Laden verlassen hatte. »Sie haben nicht zufällig bemerkt, welchen Weg sie ging?«
»Ich kann nicht behaupten, daß ich sie heute beobachtet hätte, aber manchmal habe ich gesehen, daß sie die Straße überquert und durch den Golden Court nach Richmond Green geht. Es gibt da einen kleinen, gepflasterten Durchgang –«
»Vielen Dank, Miss«, sagte Thackeray und öffnete bereits die Tür. Aber er steckte noch seine Hand in die Tasche und fand ein Sixpence- Stück. »Ich kann mich doch darauf verlassen, daß Sie Miss Barkway nichts erzählen, oder?«

Golden Court war eingesäumt von kleinen, interessanten Läden, die Leute dort trödelten und dachten nach, unberührt von der Betriebsamkeit der George Street. Der laufende Thakkeray wurde mit Blicken empfangen, die sonst nur Zugmaschinen erhalten, wenn sie durch kleine Dörfer fahren. Nur mit der Möglichkeit beschäftigt, daß Alice ihm entwischt sein könnte, trampelte er schwerfällig durch die Passage. Vor ihm lag Richmond Green, eine etwa zehn Morgen große Wiese, von einer schmalen Straße begrenzt und mit eleganten Häusern dahinter. Hundert Yards vor sich entdeckte er die Gestalt einer braungekleideten Frau mit einem Korb. Noch während er hinsah, bog sie nach links ab und betrat eines der Häuser.

In dem kurzen Augenblick, bevor er ihr nachsetzte, hatte Thackeray das Gefühl, daß ihm jemand über den Golden Court folgte. Es war nicht mehr als ein flüchtiger Eindruck und im Augenblick weniger wichtig als die Notwendigkeit, sich das Haus einzuprägen, das Alice Probert betreten hatte. Er sah sich nicht um, sondern überquerte die Wiese in Richtung auf die dreistöckige Häuserreihe, in der Alice verschwunden war. Sie war ein Beispiel für die Zeit, als diese Reihenhäuser noch als herrschaftliche Behausungen und nicht als Arbeiterhütten gebaut wurden. Und wirklich, als er sich dem hohen Gartentor des Eckhauses näherte, in dem sie verschwunden war, und durch das schmiedeeiserne Gitter die römischen Pilaster und den Fries, die das Hauptportal umrahmten, sowie die fünf Erker auf jedem Stockwerk betrachtete, mußte er sich fragen, was die Richmonder Armen wohl hinter einer solchen Fassade verloren hatten. Und warum Alice Probert sich in Braun kleidete und einen Schleier trug, bevor sie dort hinging.

Er schätzte, daß seit ihrem Eintreten etwa eine Minute vergangen war, er sah aber keine Bewegung hinter den Fenstern im Erdgeschoß. Zwei Minuten wartete er noch, als wollte er die Form der Häuser bewundern – was Leute wahrscheinlich oft taten –, dann ging er weiter. Vermutlich hatte man

Alice in einem Zimmer im hinteren Teil des Hauses empfangen, aber Thackeray wollte es sicher wissen. Es gab keinen seitlichen Lieferanteneingang; er ging deshalb einige Yards auf dem Fußweg weiter, bis er zu einem Torbogen aus roten Ziegeln kam, der, so das Schild, früher die Einfahrt zum längst abgerissenen Richmond Palace gewesen war. Durch den Torbogen gelangte er in den Old Palace Yard, wo er an einem Gebäude mit Namen The Trumpeter's House links abbog. Etwas weiter vorne erkannte er die Rückseite der Häuserreihe, die von einer dicken Ziegelwand umgeben war. Er entdeckte ein unverschlossenes Tor und betrat den Garten. Eine kleine Hütte stand zu seiner Linken, nahe am Haus. Ein Holzlager, dachte er, und ein guter Platz, um sich kurz zu verstecken. Sie enthielt auch wirklich Holz, aber in Form von Bilderrahmen, einige lehnten an der Wand und ein weiterer lag, erst halb zusammengebaut, auf einer Hobelbank. Ein Ölgemälde, das man wahrscheinlich für die Rahmung ausgemessen hatte, lag daneben. Es war ein Stilleben mit Kürbissen.
Er setzte sich auf die Tischkante und überlegte, was er tun sollte. Das Haus zu betreten, hatte er keine Befugnis. Er verwarf auch die Idee, mit dem Personal zu sprechen. Es war sicherer, alleine vorzugehen, und von außen. Mit heimlichen Blicken durch die Fenster wollte er anfangen.
Er schlich sich so heimlich aus der Hütte, daß es sogar einem Indianer Ehre gemacht hätte, und huschte an der Rückfront des Hauses von Fenster zu Fenster. Aber leider brachte sein mutiges Manöver keinen Erfolg. Die ersten Fenster, die er erreichte, waren so beschlagen, daß es nur die Küche sein konnte, die anderen waren mit Läden verschlossen. Wenn er mit seiner Untersuchung fortfahren wollte, mußte er irgendwie auf die Höhe des ersten Stocks gelangen. Er sah sich nach einer Leiter um. Es war keine verfügbar. Aber wenn sich ein Detektiv erst einmal entschlossen hat, sich in die Höhe zu begeben, ist es schwierig, ihn am Boden zu halten. An der Rückwand des Hauses lief ein betonierter Weg entlang, und zwischen diesem

Weg und einem schmalen Rasenstück stand ein Spalier mit wildem Wein.

Er trat zurück und schätzte die Höhe des Fensters im ersten Stock, das dem Spalier am nächsten war. Es lag etwa vierzehn Fuß über der Erde. Nun untersuchte er das Spalier. Es war in Quadrate von etwa sechs Zoll Höhe unterteilt. Vom Boden bis zur Spitze zählte er zwanzig solcher Quadrate. Für wilden Wein war es stabil genug, aber würde es auch einen Kletterer mit fast zwei Zentnern tragen?

Er ging auf die dem Rasen zugewandte Seite, hielt sich an zweien der senkrechten Latten fest, stellte seinen rechten Stiefel auf die unterste Querstrebe und verlagerte vorsichtig sein Gewicht vom Erdboden auf das Spalier. Es hielt, er steckte deshalb seinen linken Stiefel in den darüberliegenden Leerraum und begann so langsam den Aufstieg. Es hätte ihn gar nicht überrascht, plötzlich Holz bersten zu hören, aber zum Glück für Recht und Ordnung erreichte er ohne Zwischenfall die Spitze.

Aber der schwierigste Teil kam erst noch. Der Fenstersims lag etwa drei bis vier Fuß höher als die oberste Quersprosse des Spaliers. Ohne Möglichkeit sich festzuhalten würde er sich am Ende des Holzgitters aufrichten müssen, und da es etwa einen Yard vom Haus entfernt stand, hieß es das Unglück herausfordern, wenn er versuchte, nach dem Fenstersims zu greifen.

Er dachte daran, sich rittlings auf das Spalier zu setzen und dann zu versuchen aufzustehen, merkte aber, daß er Probleme haben würde, sich einen festen Stand zu sichern. Es war etwas weniger gefährlich, beschloß er deshalb, wenn er, dem Haus zugewandt, beide Füße fest auf die vierte Quersprosse von oben stellte, die Knie gegen die oberste Latte drückte und sich so aufrichtete. Das versuchte er auch, wobei er sich so lange an der obersten Latte festhielt, bis er sich sicher genug fühlte, um loszulassen und einen kurzen Blick durch das Fenster zu werfen.

Es war wirklich nur ein kurzer Blick, aber diesmal gab es etwas zu sehen. In dem Augenblick, da er sich ganz aufrichtete, brach einer der seltenen Sonnenstrahlen durch die Novemberwolken, und das verschaffte ihm einen gut beleuchteten Blick auf den Rücken eines Mannes in Hemdsärmeln, der nahe am Fenster stand und eine Malerstaffelei aufstellte. Thackeray dachte an die Rahmen in dem Schuppen und an das Stilleben mit Kürbissen. Bei diesem ersten, flüchtigen Blick gewann er vom Rest des Raumes nur einen knappen Eindruck. Die Sonne beleuchtete die geschwungene Linie einer weißen Kugel. Der Porzellanschirm einer Tischlampe, nahm er an. Er bückte sich wieder und hielt sich am Spalier fest.

Nach einer angemessenen Pause erhob er sich für einen zweiten Blick. In den wenigen Sekunden war die Sonne schon wieder verschwunden, die Umrisse der Gegenstände waren deshalb weniger deutlich; weil aber das Licht weicher und die Schatten weniger scharf waren, konnte man sogar mehr sehen. Thackeray blickte deshalb am Künstler vorbei, um herauszufinden, was sein Modell war; seine Augen kehrten zu der weißen Kugel zurück. Was er jetzt sah, entsprach nicht dem, was er angenommen hatte. Sofern seine ungewöhnliche Lage nicht gewisse Schwindelsymptome hervorrief, war dort nicht nur ein weißer, runder Gegenstand, sondern zwei nahe beieinander. Es waren keine Porzellankugeln, und sie gehörten auch nicht zu einer Paraffinlampe. Sie gehörten zu Miss Alice Probert, und sie stand bewegungslos auf einer Art Podest oder Podium. Splitterfasernackt.

Diese Entdeckung ließ Thackeray auf dem Spalier einen Augenblick lang schwanken, sein Gleichgewicht war aufs äußerste gefährdet. Aber indem er seine Arme ausstreckte und mit ihnen wie ein Seiltänzer ruderte, brachte er sich wieder so weit unter Kontrolle, daß er eine Routineaufgabe erfüllen konnte, die jeder Constable am Anfang seiner Karriere lernt: Tatsachen müssen immer nachgeprüft werden. Er sah deshalb ein drittes Mal durch das Fenster.

Es gab keinen Zweifel, daß in diesem Zimmer ein Mann an einer Staffelei stand und eine junge Frau nackt für ihn posierte. Es ist natürlich schwierig, jemanden in seinem Naturzustand zu identifizieren, den man am gleichen Morgen zum ersten Mal, und da bekleidet, gesehen hat, aber Thackeray war sich so sicher, wie er nur konnte, daß er Alice Probert ansah. Zugegeben, sie stand im Halbprofil, oder genauer ihr Gesicht war es (er versuchte den Rest nicht zu beachten, denn der war, von einigen generellen Hinweisen auf die Statur abgesehen, für die Identifikation eher hinderlich denn hilfreich), und sie hatte die Haare gelöst und sie weich über die Schultern fallen lassen, aber ihre durchdringenden blauen Augen (die sie gnädigerweise auf die Wand gerichtet hatte), die leicht kecken Linien von Nase und Wangenknochen und die Art, wie sie den Kopf hielt, waren seiner Meinung nach eindeutig. Nachdem Thackeray alles getan hatte, was seine Pflicht von ihm verlangte, ging er wieder in die Knie und hielt sich am Spalier fest. Gott sei Dank, denn sofort traf ihn ein zweiter Schock, eine Stimme aus dem Garten unter ihm.

»Wenn Sie da oben fertig sind, möchte ich Sie doch bitten, herunterzukommen und mir zu erklären, was Sie da tun.« Es war die Stimme eines jungen Mannes, sie flößte Respekt ein und klang auch, wenn Thackeray sich nicht irrte, ein wenig feindselig.

Er sah nach unten, konnte aber den Sprecher durch den wilden Wein, den die letzten Minuten in beträchtliche Unordnung gebracht hatten, nicht erkennen. So hielt er es für das sicherste, sich auf festem Boden zu erklären, und kletterte deshalb so schnell nach unten, wie die Pflanze es erlaubte.

Sein Entdecker war jung, wie er angenommen hatte, keinesfalls älter als fünfundzwanzig, und groß. Er trug einen weiten Mantel und eine Melone. Sein Gesicht war außergewöhnlich lang; es wurde beherrscht von einem großen Mund mit Zähnen, die aussahen, als würde ihnen der zur Verfügung stehende Platz nicht ausreichen. Thackeray konnte sich nicht entscheiden, an welche Spezies des Tierreiches ihn das erinnerte, er wußte nur, daß es kein Haustier war.

»Bevor Sie sich eine Geschichte ausdenken«, sagte der junge Mann, »sollte ich Ihnen vielleicht mitteilen, daß ich Sie schon eine ganze Weile beobachtet habe. Es ist deshalb zwecklos zu leugnen, daß Sie in der letzten dreiviertel Stunde Miss Probert durch Richmond gefolgt sind. Ich weiß nicht, wer Sie sind, Sir, oder was Sie vorhaben, aber ich will, daß Sie wissen, daß so etwas niemand tut, ohne von mir zur Rechenschaft gezogen zu werden.«

»Vielleicht sagen Sie mir dann, wer Sie sind, Sir.«

»Natürlich. Ich bin Captain Nye, Miss Proberts Verlobter.«

»Ich verstehe. Mein Name ist Thackeray. Das wird Ihnen wahrscheinlich wenig sagen.«

»Da haben Sie verdammt recht. Was ich von Ihnen weiß, gefällt mir nicht, und ich verlange eine Erklärung dafür. Ich weiß nicht, was aus Richmond werden soll, wenn sich eine junge Dame nicht mehr bewegen kann, ohne von einem schäbig gekleideten Mann verfolgt zu werden, der alt genug ist, um ihr Vater zu sein.«

»Ich wäre Ihnen sehr verbunden, wenn Sie meine Kleidung bei der Sache aus dem Spiel lassen würden«, erwiderte Thackeray so würdevoll, wie er nur konnte. Er war sich nicht sicher, ob er Nye sagen sollte, warum er Alice gefolgt war, aber er wußte sehr genau, daß es ein Fehler wäre, die ganze Wahrheit zu sagen, und brauchte deshalb Zeit, um herauszufinden, was Captain Nye am ehesten zufriedenstellen würde. »Sie befürchten also, daß ich Absichten auf Ihre Verlobte habe?«

»Sie sind verdammt unverschämt, Sir!« sagte Nye. »Ich sollte Sie eigentlich der Polizei übergeben. Es dürfte Sie überraschen zu erfahren, daß der Herr, der Miss Probert heute vormittag, als Sie ihr folgten, den Richmond Hill hinunterbegleitete, ein Detektiv-Sergeant von Scotland Yard war.«

»Was Sie nicht sagen!« bemerkte Thackeray.

»Ich weiß nicht, was Sie sagten, als Sie sich ihnen bei der

Brücke näherten. Vermutlich wollten Sie betteln. Der Sergeant war so freundlich gewesen, Ihnen eine Tüte Maronen zu kaufen, und wie dankten Sie es ihm? Kaum war der Herr in den Bus gestiegen, verfolgten Sie Miss Probert.«

»Die Maronen waren mein Lohn, weil ich den Korb den Hügel hinuntergetragen hatte«, sagte Thackeray.

»War das Ihre Ausrede, Sir? Schade, daß sie Sie nicht gleich durchschaut hat. Leider ist meine Verlobte eins der großzügigsten Mädchen auf der Welt. Der Korb, den Sie trugen, enthielt wahrscheinlich Lebensmittel für die Armen und Bedürftigen. Sie widmet ihr ganzes Leben der Wohltätigkeit. Ich hoffe, Sie schämen sich deswegen für Ihr Verhalten, Sir.«

»Ich habe sie doch nur angesehen«, meinte Thackeray.

»Jaja, ich kenne Ihre Sorte Männer. Es ist doch harmlos, sagen Sie, sich am Anblick einer schönen Frau zu erfreuen. Aber bald darauf sehen Sie nicht mehr nur zu, wenn sie vorbeigeht, sondern folgen ihr, und als nächstes tun sie das, wobei ich Sie eben ertappt habe – durch Fenster spähen.«

»Ich wollte nur sicher sein, daß es wirklich Miss Probert war«, sagte Thackeray wahrheitsgemäß. »Sie ging in das Hutgeschäft, und ich war sehr überrascht, als sie plötzlich anders gekleidet wieder herauskam.«

»Ist denn das überraschend?« fragte Nye. »Bei ihrer Arbeit besucht sie einige sehr heruntergekommene Gegenden. Mit Plüschhut und Samtmantel kann sie dorthin bei Gott nicht gehen. In einigen Gegenden von Twickenham würden sie ihr eine solche Kleidung in Fetzen vom Leib reißen.«

»Warum zieht sie dann nicht von Anfang an braune Kleidung an?«

»Da steckt nichts Geheimnisvolles dahinter. Sie ist die Tochter eines Arztes. Die Proberts sind in Richmond Hill sehr bekannt. Die Leute erwarten, daß sie standesgemäß gekleidet sind. Das ist alles. Aber ich sehe überhaupt nicht ein, warum ich Ihnen Rechenschaft ablegen sollte. Ich will endlich wissen, was Sie da oben auf dem Spalier gemacht haben.«

»Ich versuchte, durch das Fenster zu sehen«, gab Thackeray zu.
»Das wollten Sie, was?« Nye kam einen Schritt näher. »Was erwarteten Sie denn zu sehen?«
»Auf jeden Fall nicht das, was ich sah.«
»Da bin ich mir ziemlich sicher«, sagte Nye. »Sie sind ein schamloser Rohling! Ein Voyeur! Das wird Ihnen Ihre hinterhältigen kleinen Augen schon schließen!« Seine Faust landete genau in Thackerays Gesicht, mit so viel Kraft und Geschwindigkeit, daß er rücklings auf den Rasen stürzte. »Vielleicht interessiert es Sie«, fuhr Nye fort, während er sich den Knöchel rieb, »daß dieses Haus der Treffpunkt der Philanthropischen Damen von Richmond ist. Meine Verlobte kommt regelmäßig hierher. Bei Gott, in keinem dieser Fenster werden Sie etwas sehen, das Ihrem widerwärtigen Geschmack entspricht. Aber wenn ich Sie noch einmal in der Nähe dieses unschuldigen Mädchens, dieses süßen Engels der Unglücklichen, ertappe, dann prügle ich Ihnen die Seele aus dem Leib!«
Als Thackeray sich hochrappelte, war Nye bereits verschwunden. Mit den Fingerspitzen befühlte er die Haut in der Umgebung seines Auges. Es blutete nicht, aber er würde ein blaues Auge kriegen, das ihn in der Paradise Street einiges an Erklärungen kosten würde, und das alles nur, weil er versucht hatte, seine Pflicht zu tun. Es war einfach ungerecht.
Er ging durch das Tor, über den Hof und an der Häuserreihe entlang wieder zurück. Beim letzten Haus erregte ein kleines Schild, das am Gitter befestigt war, seine Aufmerksamkeit. Auf der Plakette stand: *Straße der Ehrenjungfrauen.*

Dreizehntes Kapitel

Ich war so glücklich mit dir! Hübsche Polstersessel, und teilnahmsvolle Anrichten; was für ein Ende der lehrreichen Abende!

»Sie war nackt wie am Tag ihrer Geburt.«

»Das haben Sie mir bereits gesagt, Thackeray, sogar zweimal«, sagte Cribb unbeeindruckt. »Ich habe es bereits beim ersten Mal verstanden.«

»Aber zum Henker, Sarge, Sie haben noch keinen Ton darauf geantwortet. Eine junge Frau wie Miss Probert steht doch nicht jeden Tag ohne einen Fetzen am Leib vor einem Künstler.«

»Ganz im Gegenteil«, meinte Cribb. »Es würde mich nicht überraschen, wenn sie es *tut*. Bilder werden nicht in einer einzigen Sitzung gemalt. Die modernen Künstler glauben an die Naturnähe, und das bei jeder Wimper.«

»Na, meiner Meinung nach gehört sich so etwas nicht«, entgegnete Thackeray, der sich nicht so einfach geschlagen gab.

»Nach Meinung gewisser Leute gehört es sich auch für einen Polizisten nicht, von einem Spalier aus in ein Fenster im ersten Stock zu spähen«, stellte Cribb unbarmherzig fest. »Wie geht's dem Auge? Ich habe ja schon einige Veilchen gesehen, aber das übertrifft alle.«

Es war der Morgen nach der Episode in der *Straße der Ehrenjungfrauen;* die beiden waren erneut in Richmond und stiegen eben die Treppen zum Polizeirevier hinauf. »Ich wäre Ihnen sehr verbunden, Constable, wenn Sie die Sache mit Miss Probert nicht mehr erwähnten«, sagte Cribb. »Vor allem nicht mehr heute vormittag in dem Kreis da drinnen. Wenn ich Sie bitte, etwas zu bestätigen, nicken Sie einfach mit dem Kopf. Na, Sie können auch *ja* sagen, wenn Sie wollen, aber von Künstlern und Ausziehen will ich nichts mehr hören. Das ist ein Befehl.«

»Ja, Sergeant.«

Für diesen Vormittag war Cribb ein Raum zugewiesen worden. In einem Winkel saß unter einem Hutständer – ein ausreichender Ersatz für die Zimmerpalme – Mrs. Probert.

»Ah, Sie haben also meine Nachricht erhalten, Madam«, sagte Cribb.

Sie antwortete, ohne ihm das Gesicht zuzuwenden. »Sonst wäre ich nicht hier, Sergeant. Sie haben mir zu verstehen gegeben, daß ich vielleicht mit –«

»Es ist alles vorbereitet, Madam. Aber sagen Sie mir zunächst noch eins: Der Vorschlag in meinem Brief für morgen abend – geht das in Ordnung?«

»Halten Sie es denn für wahrscheinlich, daß ich ablehne? Wie ich Ihnen schon sagte, flößen mir diese Séancen Entsetzen ein, und ich werde deshalb auf meinem Zimmer bleiben, aber wenn Sie glauben, daß eine Rekonstruktion der Ereignisse vom letzten Samstag Ihre Ermittlungen weiterbringen wird, dann steht das Haus zu Ihrer Verfügung. Sie werden natürlich meinen Gatten benachrichtigen?«

»Das wird geschehen«, versprach Cribb. »Nun zu der anderen Sache. Wie Sie wissen, haben wir in diesem Gebäude eine gewisse Person eingesperrt, und ich habe veranlaßt, daß man sie nun aus ihrer Zelle holt.«

»Sie sind sehr zuvorkommend.«

»Ganz und gar nicht, Madam. Ich habe meine Gründe. Aber bevor wir nun den Professor hereinbringen, möchte ich Ihnen noch etwas über polizeiliche Vorgehensweisen sagen. Wie Sie wissen, haben wir – oder besser Sie mit Ihrem Predigtenbuch –ihn am Samstagabend festgesetzt. Vorgeworfen wird ihm, gemäß des Gesetzes gegen Diebstahl aus dem Jahr 1861, in dieser Nacht mit der Absicht einer verbrecherischen Handlung in ein Wohnhaus eingedrungen zu sein. Er gab auch andere Vergehen zu, darunter den Diebstahl einer Vase aus Miss Crushs Besitz und eines Gemäldes Ihres Gatten, aber ich habe ihn deswegen nicht angeklagt. Es ist nicht notwendig, mehr als einen Anklagepunkt auf einmal vorzubringen, wenn Sie verstehen, was ich meine.«

»Ich glaube, mein Gatte würde es vorziehen, wenn man diese Vorwürfe ganz fallenlassen würde«, erwiderte Mrs. Probert. »Er sieht seine Gemäldesammlung nicht gern als Gegenstand öffentlichen Interesses.«

»Verständlich, Madam. Ich glaube, auch Miss Crush ist nicht eben begeistert von einer Fortsetzung des Verfahrens. Natürlich würde ich das nicht berücksichtigen, wenn ich Professor Quayle als Gefahr für die Allgemeinheit betrachtete.«

»Das ist er mit Sicherheit nicht«, sagte Mrs. Probert bestimmt.

»Ich bin froh, daß Sie das sagen, Madam, denn ich schätze Ihre Meinung sehr. Ich darf wohl annehmen, daß Sie den Professor schon längere Zeit kennen?«

Mrs. Proberts Gesichtsausdruck veränderte sich, so als hätte Cribb sie aus einer Maske geschält. Sie blinzelte, runzelte die Stirn und drehte sich ihm nun doch zu. »Woher wissen Sie das?«

»Das ist vertraulich, Madam, aber ich weiß aus verläßlicher Quelle, daß der Professor ein ziemlich regelmäßiger Gast in Ihrem Haus war. Als Ihre Tochter noch sehr klein war, brachte er ihr immer Süßigkeiten mit.«

»Jaja, das stimmt«, warf Mrs. Probert eilig dazwischen. »Er ist harmlos, nicht boshafter als Sie oder Ihr Assistent.«

»Vielen Dank, Madam. Aber ich hoffe, Sie verstehen mein Problem. Auch wenn ich die Sache mit der Vase und dem Bild beiseite lasse, bleibt immer noch der ursprüngliche Vorwurf, und wenn der Professor hier verurteilt wird, erwartet ihn eine Mindeststrafe von drei Jahren.«

»Drei Jahre – wie schrecklich!«

»Und eine Höchststrafe von sieben Jahren«, fügte Cribb der

Vollständigkeit halber hinzu. »Aber mir kam der Gedanke, daß der Professor, wenn er an diesem Abend ein Verbrechen hätte begehen wollen, wohl besser in ein leerstehendes Haus eingebrochen wäre, wie in Miss Crushs zum Beispiel. Aus diesem Grund hatte ich auch Thackeray am Eaton Square postiert, oder nicht, Constable?«

»Ja«, sagte Thackeray und dachte an den Befehl, nur einsilbige Wörter zu verwenden.

»Aber daß er nach Richmond kam, ist nicht zu leugnen«, fuhr Cribb fort. »Ich folgte ihm ja selbst bis zu Ihrem Haus und sah ihn hineingehen. Er öffnete die Hintertür. Und das ist eine von mehreren Eigentümlichkeiten in dieser Nacht. Die Tür war nicht verschlossen. Er drückte sie auf, als würde er erwarten, sie nicht verschlossen zu finden. Er hatte ja nicht einmal Einbrecherwerkzeug bei sich. Bis auf eine Flasche Gin fanden wir bei ihm nichts Belastendes. Und sogar ich trinke ab und zu gern einen Tropfen Gin, Madam, Sie nicht?«

»Ich bin mir nicht sicher, was Sie mit dieser Frage beabsichtigen«, erwiderte Mrs. Probert langsam.

»Folgendes, Madam.« Cribb nahm sich einen Stuhl, stellte ihn einen Yard von Mrs. Probert entfernt auf und setzte sich. »Wenn ich sicher sein könnte, daß Professor Quayle Ihr Haus aus Gründen betreten hat, die das Gesetz nicht als verbrecherisch bezeichnet, dann könnte ich die Anklage fallen lassen. Er könnte dieses Gebäude noch heute vormittag als freier Mann verlassen.«

Mrs. Probert hatte ein Taschentuch hervorgeholt und zerdrückte es in ihrer linken Hand. Die Knöchel waren weiß.

»Wenn es vertrauliche Gründe sind«, fuhr Cribb fort, »dann ist es nicht notwendig, daß sie außerhalb dieses Zimmers wiederholt werden. Ich selbst kann schweigen wie ein Grab, und Thackeray dort drüben würde seinen eigenen Namen vergessen, wenn ich es ihm befehle.«

Sie schüttelte den Kopf. »Ich vertraue Leuten nie. Es ist nicht die Art, wie wir in unserer Familie miteinander umgehen.«

»Ihre Familie ist nicht hier, Madam«, stellte Cribb berechtigterweise fest. »Ich hatte an Professor Quayle gedacht. Drei Jahre – das ist eine Menge für einen so sensiblen Mann wie ihn.«

Die Spitzenborte von Mrs. Proberts Taschentuch zerriß zwischen ihren Fingern. Sie zerknüllte es hastig in der Hand.

»Lassen Sie mich einmal überlegen«, fuhr Cribb leichthin fort. »Wenn er in Surrey verurteilt wird, dann muß er die Strafe in Wandsworth absitzen. Es würde mich nicht wundern, wenn er eine Zeitlang schwer arbeiten müßte. Wissen Sie, was das heißt, Mrs. Probert?«

Sie atmete tief durch. »Sie machen das nicht zum ersten Mal, oder? Sie wissen genau, wie Sie Ihre Fragen formulieren müssen, um die größtmögliche Bedrängnis zu verursachen. Sie sind kein Gentleman.«

Wenn sie sich damit an ihm rächen wollte, so hatte sie keinen Erfolg. »Ich bin nicht zu einem Gentleman erzogen worden, Madam. Und die Wächter im Gefängnis von Wandsworth, die ich kenne, auch nicht.«

Einige Sekunden lang schloß sie die Augen, wie um sich vor dem Bild zu verschließen, das Cribb ihrem Verstand einpflanzen wollte.

»Kann auch nicht behaupten, daß ich je einen Verurteilten gesehen habe, der ein Gentleman war«, fuhr Cribb fort. »Aber ich nehme an, daß einige von ihnen als solche angefangen haben. Nach drei Monaten Zuchthaus kennt man den Unterschied nicht mehr. Da reden sie alle gleich und sehen sogar gleich aus. Es muß die Wassersuppe sein, die man ihnen vorsetzt – ein wundervoller Gleichmacher, diese Wassersuppe.«

Mrs. Probert öffnete die Augen und sah sich mit ihrem sphinxgleichen Blick im Zimmer um, so als würde dies die Schmerzen etwas lindern, die das, was sie nun sagen wollte, ihr bereiteten. »Ja, ich weiß, was das Gefängnis aus ihm machen würde. Es würde ihn körperlich und seelisch zerbrechen, und keiner Frau

Geheimnis ist, wie Sie mit Recht annehmen, einen solchen Preis wert. Um seinetwillen werde ich Ihnen erzählen, was geschehen ist, und ich kann nur hoffen und beten, daß Sie Mitleid haben werden. Der Professor kam auf meine Einladung am Samstag zu uns. Er besuchte mich in meinem Zimmer. Ich wußte, daß mein Gatte unten alle Hände voll zu tun haben würde. Die Hintertür ließ ich unverschlossen. Professor Quayle ist ein alter Freund, wie Sie ja bereits wissen. Wenn ich Ihnen nun sage, daß an unseren gelegentlichen gemeinsamen Abenden nichts Unziemlicheres war als eine zu zweit geleerte Flasche Gin, so haben Sie natürlich jedes Recht, mir nicht zu glauben, wie es mein Gatte zweifellos tun wird, wenn er davon erfährt.«
Cribb schüttelte den Kopf. »Madam, bei dieser Ermittlung habe ich genug Dinge gehört, die ich nicht glaubte, aber ich sehe keinen Grund, irgend etwas von dem anzuzweifeln, was Sie mir sagten, und das schließt Ihre eben gemachte Aussage mit ein. Was Ihren Gatten betrifft, so kann ich mir nicht vorstellen, wie er je von diesen Treffen erfahren sollte, oder, Thackeray?«

»Nein.« Thackeray ließ alle Vorsicht fahren und fügte hinzu: »Ganz und gar nicht, Sergeant.«

»Na, dann holen Sie den Professor. Aber nehmen Sie ihm zuerst die Handschellen ab.« Nachdem Thackeray gegangen war, vertraute Cribb Mrs. Probert an: »Man kann sich vollkommen auf ihn verlassen. Bekam das blaue Auge, weil er das Geheimnis einer Dame bewahrte.«

Die Wiedervereinigung von Mrs. Probert und dem Professor war schlicht und ergreifend, wenn man bedachte, daß sie ihn bei ihrem letzten Zusammentreffen bewußtlos geschlagen hatte. Blaß und hager, mit zerknitterten Kleidern und unrasiertem Kinn betrat er das Zimmer, ging auf sie, die noch unter dem Hutrechen stand, zu und nahm sie bei der Hand.

»Winifred!«

»Eustace!«

»Ihre Flasche Gin ist bei dem diensthabenden Sergeanten

draußen am Schreibtisch, Sir«, sagte Cribb, und es klang fast wie ein Segen. »Für die Unannehmlichkeiten, die Sie seit Samstagabend durchzustehen hatten, möchte ich mich entschuldigen. Sie werden verstehen, daß wir die Wahrheit erst heute vormittag erfuhren. Mrs. Probert hat deutlich gemacht, daß Sie Ihr Haus nicht in verbrecherischer Absicht betraten.«
Der Professor wechselte einen liebevollen Blick mit Mrs. Probert, bevor er Cribb antwortete: »Sie haben nur Ihre Pflicht getan, Sergeant.«
»Vielen Dank, Sir. Aber bevor Sie gehen, möchte ich noch gerne wissen, ob Sie mir eine Kleinigkeit erklären können.«
»Natürlich, sofern es mir möglich ist.«
»Es betrifft ein gewisses Hutgeschäft gleich hier in der Nähe und die Besuche, die Miss Probert ihm abstattet.«
Der Professor warf Mrs. Probert einen nervösen Blick zu, die dann als erste antwortete: »Was soll denn der Professor über meine Tochter und ein Hutgeschäft wissen, Sergeant?«
»Daß sie es oft besucht, Madam. Ich hatte es vor Ihnen nicht erwähnt, weil es unnötig war. Bei meinem ersten Besuch in Ihrem Haus ließen Sie darüber eine Bemerkung fallen. Wenn Sie sich erinnern wollen, Ihr Gatte erklärte die Abwesenheit Ihrer Tochter mit wohltätigen Beschäftigungen, während Sie bemerkten, sie sei ausgegangen, um einen Hut zu kaufen.«
»Ja«, stimmte Mrs. Probert zu.
»Es war eigentlich nur eine Nebensächlichkeit, oder so schien es mir zumindest damals«, fuhr Cribb fort. »Da ist also die junge Alice mit einem Korb voll Kürbissen unter dem Arm unterwegs, um Gutes zu tun, und nebenbei schlüpft sie in ein Modegeschäft und probiert Hüte an. Das ist ja kein Verbrechen. Und man kann darüber lächeln. Ich nehme an, daß Ihnen einer Ihrer Freunde gesagt hat, daß sie für gewöhnlich dort hingeht, oder war es eine der Bediensteten?«
»Es war Hitchman«, bestätigte Mrs. Probert.
»Die taube Frau. Aber scharfe Augen hat sie und ist sich auch nicht zu gut, um Geschichten über die junge Dame des Hauses

zu erzählen. Ich nehme nicht an, das Ihnen die Nachricht Sorgen bereitete, sonst hätten Sie es ja dem Professor nicht gesagt. Es war nur ein Witz in der Familie, und den haben Sie einem alten Freund erzählt, oder?«

Mrs. Probert nickte.

»Und Sie, Sir«, fuhr Cribb, an Quayle gewandt, fort, »erzählten es Ihrem jungen Untermieter, Peter Brand, wie man eben amüsante Geschichten weitergibt.«

»Ich muß gestehen, daß ich es tat«, gab der Professor zu.

»Aber dann kam die Geschichte auf Sie und Ihren Gatten zurück, Madam«, sagte Cribb. »Peter Brand besuchte Sie am Abend vor der Séance und wiederholte die Geschichte mit einem wichtigen Zusatz. Er hatte sich die Mühe gemacht und war Alice eines Morgens zu dem Laden gefolgt. Er sah sie hineingehen und zehn Minuten später in anderen Kleidern und mit einem Schleier wieder herauskommen. Daraus konnte man doch nur den Schluß ziehen, daß sie heimlich jemand besuchte. Das war mit Sicherheit Brands Interpretation, und sie reichte aus, um ihm die Mitarbeit Ihres Mannes während der Séance zu sichern.«

»Mitarbeit?« fragte Mrs. Probert. »Was meinen Sie damit?«

»Sie müssen wissen, daß Brand ein Gauner, ein Hochstapler war, Madam. Er merkte, daß Geisterbeschwörungen in Richmond und Belgravia einträglicher waren als Spielertricks auf einem schmutzigen, kleinen Jahrmarkt. Er brauchte natürlich Hilfe. Sogar ein Taschenspieler hat seine Helfer in der Menge stehen. Er verschaffte sich Komplizen, indem er sie erpreßte. Der Preis für sein Schweigen war nicht Geld, sondern Zusammenarbeit. Er brauchte die Hilfe Ihres Gatten und deshalb suchte er nach einem Weg, ihn zu erpressen, wobei er sehr schlau davon ausging, daß er Dr. Probert am besten nicht bei seinem eigenen Ruf, sondern bei dem seiner Tochter packen konnte.«

»Das Ungeheuer!« rief Quayle.

»Ich habe immer gewußt, daß sie unser Ruin sein würde«,

sagte Mrs. Probert und ließ dabei keinen Zweifel, wen sie als das Ungeheuer betrachtete. »Das Mädchen schert sich keinen Deut um die Folgen ihres Verhaltens.«

Cribb behandelte die Bemerkung, wie Dr. Probert es getan hätte: Er überhörte sie. »Er war nur ein raffinierter Gauner, Sir. Drastischer würde ich es nicht formulieren.«

»Nun, ich schon, Sergeant«, beharrte Quayle. »Verdammt, er zog Miss Proberts guten Ruf in Zweifel, und die unglückliche junge Dame wußte gar nichts davon.«

»Ich glaube eher, daß sie es wußte«, bemerkte Cribb. »Wenn Sie die Umstände der Séance so genau untersucht hätten wie ich, würden Sie wissen, daß Miss Alice selbst ganz außerordentliche Behauptungen aufstellte. An diesem Abend verkündete sie zunächst, daß eine Geisterhand an ihrem Kleid zerrte, und später, daß etwas ihr über die Haare strich. Ich nehme an, daß Brand getrennt an Alice herangetreten war und ihr gesagt hatte, daß er ihr gefolgt war. Er drohte, es Captain Nye zu erzählen, wenn sie ihm nicht half, betrügerische Phänomene hervorzurufen.«

»Wollen Sie damit sagen, daß er gleichzeitig und mit der gleichen Information sowohl Dr. Probert als auch seine Tochter erpreßte?«

»Ja, Sir. Er war ein raffinierter Gauner, wie ich schon sagte. Natürlich durfte keiner von den beiden wissen, daß auch der andere erpreßt wurde. Und wenn Ihnen das schon kaltblütig erscheint, dann überlegen Sie erst, daß alles auf einer Vermutung beruhte – daß Miss Alice, weil sie in einem Modegeschäft ihre Kleider wechselte, einen Liebhaber besuchte, wenn Sie mir verzeihen, Madam.«

»Sie ist diejenige, die mich um Verzeihung bitten sollte«, erwiderte Mrs. Probert.

»Eine Vermutung, sagen Sie«, meinte Quayle. »Haben Sie Grund für die Annahme, daß sie nicht zu einem Stelldichein ging?«

»Das habe ich in der Tat, Sir«, antwortete Cribb. »Miss Probert machte gestern einen ihrer kleinen Ausflüge, und ich befahl Thackeray, ihr zu folgen und heimlich zu beobachten, was geschah.«

»Was Sie nicht sagen! Und haben Sie es getan, Constable?«

Thackerays Gesicht bekam eine etwas rosigere Farbe. »Ja. Sir.«

»Wirklich. Na, dann spannen Sie uns nicht auf die Folter. Was hat Sie denn wirklich getan?«

Thackeray war noch nie so erleichtert gewesen, Cribb sich räuspern zu hören, bevor er zu reden anfing. »Zuvor, Sir, sollten wir, glaube ich, Mrs. Probert die gleiche Frage stellen. Ich bin mir sicher, daß Miss Alice, da man ihr gestern erlaubte, das Hutgeschäft zu besuchen, ihren Eltern eine zufriedenstellende Erklärung gegeben haben mußte.«

Jeder im Zimmer sah Mrs. Probert an, die weiterhin die Wand vor sich betrachtete. »Ja, ihr Vater sprach mit ihr. Etwas mußte ja gesagt werden, obwohl das in unserer Familie schwierig ist. Er liebt sie abgöttisch, aber wir haben die Fähigkeit zu einer natürlichen Unterhaltung verloren. Nach Peter Brands Tod jedoch mußte man dem Mädchen deutlich machen, in welch unmögliche Situation sie ihren Vater mit ihrem Verhalten gebracht hatte. Er sprach deshalb am Sonntag beim Essen während des Hauptganges mit ihr. Es gab Lammbraten. Sie konnte uns davon überzeugen, daß sie keinen heimlichen Liebhaber hat. Sie liebt immer noch Captain Nye.«

»Großartige Neuigkeiten!« rief Professor Quayle.

»Auch der Captain ist ihr sehr ergeben«, fuhr Mrs. Probert fort, mit der gleichen Begeisterung, als läse sie aus einer Zeitung vor. »Offensichtlich ist seine Leidenschaft der Schlüssel zu Alices seltsamem Verhalten. Sie haben vielleicht bemerkt, daß William, was meine Tochter angeht, ein sehr besitzergreifender, um nicht zu sagen, eifersüchtiger junger Mann ist. In letzter Zeit verfolgte er sie oft. Sie gab vor, es nicht zu bemerken, und am Anfang schmeichelte es ihr auch, aber bald wurde es lästig. Eine junge Dame hat es gern, wenn ihr Bewunderer sie ansieht, aber das ist etwas anderes als unter dauernder Bewachung zu sein. Sie konnte nirgends hingehen, ohne das Gefühl zu haben, beobachtet zu werden. So beschloß sie, Tricks anzuwenden. Mit einer Freundin, der dieses Modegeschäft in der George Street gehört, vereinbarte sie, daß sie dort hinkommen und ihre Kleider wechseln konnte, wenn sie seiner unablässigen Wachsamkeit entkommen wollte. Das ist die Erklärung, die sie uns gab. Es scheint ungerecht zu sein, aber meine Tochter hält auch Williams Verhalten für ein wenig ungerecht. Sie hat sehr unabhängige Vorstellungen.«

»Das habe ich bemerkt, Madam«, sagte Cribb.

»Sie erklärte, daß die kleinen Tricks es ihr möglich machen, für die Freiheit einzutreten.«

»Das stimmt, Madam. Das stimmt wirklich«, bemerkte Cribb. »Thackeray, Sie haben Miss Probert gestern beobachtet. Würden Sie nicht auch sagen, daß sie für die Freiheit eingetreten ist?«

»Ja, Sergeant.« Thackeray errötete erneut, aber Mrs. Probert sah nicht in seine Richtung.

Nachdem sie gegangen waren, nutzte Thackeray die wiedergewonnene Gelegenheit zur freien Rede. »Sie wissen nichts von Miss Proberts Posieren, Sarge! Sie hat es Ihnen nicht gesagt.«

»Glaubten Sie wirklich, daß sie es tun würde?« fragte Cribb.

»Wenn sie es getan hätte, dann hätte ihr Dr. Probert gestern nicht erlaubt, zur *Straße der Ehrenjungfrauen* zu gehen, da bin ich mir sicher. Nein, sie überzeugte ihre Eltern, daß sie keinen Liebhaber besuchte, und das war alles, was sie hören wollten. Ich selber hatte ja meine Zweifel, als ich Bürste und Kamm in dem Korb sah. Es war eine ziemliche Erleichterung, von Ihnen zu erfahren, daß alles um der schönen Künste willen geschah.«

»Aber sie geht ein schreckliches Risiko ein, wenn sie damit weitermacht.«

»Ich nehme an, daß das Bild noch nicht fertig ist«, meinte Cribb beiläufig.

Thackerays Gesicht war sehenswert. »Wie kommt nur eine so wohlerzogene junge Dame wie Miss Probert dazu, so etwas zu tun?«

»Ach, wenn man ein wenig über die menschliche Natur weiß, dann ist das gar nicht so außergewöhnlich«, sagte Cribb. »Ich kann mir nicht vorstellen, daß ein junges Mädchen in einer Familie wie dieser viel Aufmerksamkeit erhält, oder können Sie es? Es ist bekannt, daß Mädchen oft ihre Väter vergöttern – denn wie sonst sollen sie denn das andere Geschlecht verstehen – und sie verlangen nur ein wenig Zuneigung als Gegenleistung. Aber wieviel Aufmerksamkeit schenkte Dr. Probert denn Alice? Er war doch viel zu beschäftigt mit den Nymphen, die an den Wänden seiner Galerie herumtollen, um seine Frau oder seine Tochter überhaupt zu bemerken. So ist es nur logisch, daß sie sich so verhielt, er hatte ihr doch nur einen Weg, die Bewunderung eines Mannes zu erreichen, gezeigt.«

»So wie Sie es sagen, klingt es sehr vernünftig«, gab Thackeray zu, der Cribb bis jetzt nicht für eine Autorität in Sachen Mädchenerziehung gehalten hatte. »Komisch ist nur, daß sie scheinbar trotzdem Captain Nyes Bewunderung gewonnen hat.«

»Hm, der ist ein komplizierter Fall«, sagte Cribb, fast zu sich selbst. »Nun, Thackeray, es wird Zeit, daß wir uns bei Inspektor Jowett melden. Wir müssen für morgen abend einen Plan ausarbeiten.«

»Habe ich Sie richtig verstanden, Sarge? Sie wollen die Séance in Dr. Proberts Haus rekonstruieren?«

»Genau«, sagte Cribb. »Es ist schon alles vorbereitet. Jeder hat versprochen, anwesend zu sein. Ihre Hilfe werde ich auch brauchen.«

»Klar, Sarge. Aber was wollen wir denn erreichen?«

»Eine Verhaftung.«

»Großer Gott. So bald schon?«

»So bald und so sicher, wie das hier mein Fuß ist! Wir haben alle Indizien geprüft und mit allen Verdächtigen gesprochen. Es geht nur noch darum, aufzuzeigen, wie es geschehen ist, und dem Mörder die Handschellen anzulegen. Ich könnte ihn heute schon verhaften, aber ich glaube, wenn wir es morgen tun, dann haben wir auch ein Geständnis.«

»Ich auf jeden Fall weiß nicht, wer gestehen wird«, meinte Thackeray in einem Ton, der andeutete, daß Cribb wenigstens so anständig sein könnte, seinen Assistenten vollständig zu informieren. »Es ist keiner von den beiden, mit denen wir eben gesprochen haben, oder? Mrs. Probert hielt ja sehr wenig von Peter Brand und seinem Spiritismus.«

»Das kann schon sein«, entgegnete Cribb, »aber sie würde Professor Quayle nicht für den Abend einladen, an dem sie einen Mord plante. Und ich kann mir auch nicht vorstellen, daß Quayle nach oben gegangen wäre, wenn er Brand umgebracht hätte; er hätte das Haus sofort verlassen, in der Hoffnung, daß ihn niemand gesehen hatte. Nein, der Mord muß von einem der sechs Séance-Teilnehmer begangen worden sein, wie ich morgen abend demonstrieren werde.«

»Sechs?« Es gab eine Pause, in der Thackeray im Geiste nachrechnete. »Miss Crush, Dr. Probert, Miss Alice Probert, Mr. Strathmore, Captain Nye. Wer sonst noch?«

»Inspektor Jowett.«

Thackeray grinste. »Haben Sie ihn noch nicht ausschließen können, Sarge?«

»Noch nicht. Ich muß gestehen, daß ich zu Zeiten...«

»Ich glaube, er ist unverwüstlich«, sagte Thackeray, und als Cribbs Gesicht Andeutungen eines Lächelns zeigte, fügte er hinzu: »Sarge, ich weiß immer noch nicht genau, wie der Mord begangen wurde.«

»Nicht?« fragte Cribb verständnislos.

»Wenn Sie wissen, wer ihn begangen hat, müssen Sie doch auch wissen, wie.«

»Ich bin mit Ihnen doch alle Indizien durchgegangen«, sagte Cribb.

»Dafür bin ich Ihnen ja dankbar, Sarge, aber ich wäre es noch mehr, wenn Sie mir sagten, welches Indiz Ihnen zeigte, wie das Medium umgebracht wurde.«

»Das Verzeichnis der Dinge, die es bei sich trug«, sagte Cribb.

»Seine persönlichen Habseligkeiten. Ich weiß sie auswendig«, sagte Thackeray. »Es waren eine Uhr, eine Zugfahrkarte, eine Streichholzschachtel, ein Zigarettenetui, ein Schlüsselbund, eine Brieftasche und etwas Geld.«

»Gut gemacht«, sagte Cribb.

»Die Antwort ist darunter, oder?« fragte Thackeray.

»Nein, ist sie nicht«, erwiderte Cribb. »Das ist die Crux bei der Sache. Es sollte so sein, ist aber nicht.«

Vierzehntes Kapitel

Am Anfang ist der Spuk gar nicht so schwach!
Doch Zweifel tötet ihn und unterbricht.
Er heilt mit Rache!

Es wurde nicht viel gesprochen am Tisch in Dr. Proberts Bibliothek, obwohl bereits jeder der ursprünglichen Teilnehmer eingetroffen war, natürlich mit der verständlichen Ausnahme des so kürzlich verstorbenen Peter Brand, dessen Stelle Sergeant Cribb einnahm. Seinem Rang entsprechend war es aber Inspektor Jowett, der die Versammlung zur Ruhe rief. Die Spannung ließ nicht nach, hatte aber jetzt einen Gegenstand.

»Meine Damen und Herren«, sagte Jowett. »Die Umstände dieses Abends sind, gelinde gesagt, ungewöhnlich, und keiner von uns wird sich im Augenblick sonderlich wohl fühlen. Ich kann Ihnen versichern, daß ich Ihnen so etwas nicht zugemutet hätte, wenn es nicht für die Untersuchung von Mr. Brands Tod notwendig wäre.«

»Seiner glücklichen Befreiung«, warf Miss Crush dazwischen, die ganz in Schwarz gekleidet war.

»Wie bitte, Madam?«

»Wir sprechen in der Bewegung nicht von Tod, Inspektor. Wenn Sie wollen, können Sie sagen, er ist dem Chor der Unsichtbaren beigetreten.«

»Wie Sie wollen, Madam. Ich wollte nur zum Ausdruck bringen, daß Scotland Yard sehr dankbar für Ihrer aller Mitarbeit ist. Bevor wir nun das Licht ausschalten, muß ich Sie bitten, sich genauso wie am Samstagabend zu verhalten. Einige von Ihnen – wir wollen doch offen miteinander sein – halfen dem

Medium, Phänomene zu produzieren. Ich werde mich hier nicht über die Gründe auslassen; ich möchte Sie nur im Namen von Recht und Ordnung bitten, bei der genauen Rekonstruktion der Ereignisse während dieser Séance mitzuarbeiten.«

»Aber wie können wir das ohne das Medium?« fragte Alice.

»Sergeant Cribb wird die Rolle des verstorbenen Mr. Brand übernehmen«, erläuterte Jowett. »Ich habe ihn über alles unterrichtet, was vorgefallen ist.«

»Er ist ein Sensibler«, vertraute Miss Crush den anderen in einem fremdartigen Flüstern an.

»Können wir beginnen?« fragte Jowett. »Doktor, ich glaube, Sie schalteten das Licht aus.«

Bevor der Schalter umgelegt wurde, sah sich Cribb noch schnell die Gesichter der anderen Teilnehmer an: Miss Crush zu seiner Rechten hatte vor Neugier die Augen weit aufgerissen; Strathmore dagegen sah grimmig zweifelnd aus, und sein Monokel funkelte feindselig; Jowett hatte das eingefrorene Lächeln eines Vorsitzenden, der Schwierigkeiten voraussieht; Alice war würdevoll, bescheiden und nur schwer mit der *Straße der Ehrenjungfrauen* in Verbindung zu bringen, Captain Nye hielt sich aufrecht, wie in vorderster Front bei einem Gefecht (der Sudan-Feldzug bot sich hier an, denn er hatte wirklich eine erstaunliche Ähnlichkeit mit einem Kamel), und schließlich Dr. Probert selbst, der aufgestanden war, um das Licht auszuschalten; er hatte ein gerötetes Gesicht und runzelte die Stirn, aber seit Samstag hatte er merklich an Arroganz verloren.

Das Licht ging aus.

»Wollen Sie sich bitte bei den Händen fassen«, sagte Jowett mit einer Stimme, die eigenartigerweise an einen Tanzlehrer erinnerte.

»Aber es ist doch sicher nicht notwendig, den Samstag so pedantisch nachzuspielen!« protestierte Nye. »Händchenhalten ist unter diesen Umständen eine sehr zweifelhafte Übung, und ich hatte mich schon damals dagegen gewehrt. Meine Verlobte ist es nicht gewöhnt, von fremden Männern angefaßt zu werden.«

»Aber William, du hältst meine rechte Hand und der Inspektor die linke«, sagte Alice.

»Sie hatten Ihre Mitarbeit zugesagt«, erinnerte ihn der Inspektor.

»Nur nachdem jemand an meine Vorgesetzten herangetreten war. Also gut, aber Alice, du sagst es mir sofort, wenn etwas Unziemliches passiert.«

Bei dem Gedanken, wie Jowett diese Bemerkung wohl aufnehmen würde, lächelte Cribb in die Dunkelheit, aber die Sache war damit abgeschlossen. Und es war jetzt auch Zeit, daß er mit seiner eigenen Rolle bei dem Vorhaben begann. Er rutschte auf seinem Stuhl nach vorn, knickte die Füße um und brachte die Absätze seiner Stiefel an den Sohlen in Kontakt. Dann wandte er sich an die Versammlung: »Soviel ich weiß, fing Mr. Brand damit an, Sie zu bitten, nicht beunruhigt zu sein, wenn sich jemand ungewöhnlich verhalten sollte. Um das gleiche möchte ich Sie auch bitten, meine Damen und Herren. Kurz danach deutete jemand von Ihnen an, die Gegenwart von etwas Übernatürlichem zu spüren.« Als Aufforderung drückte er sanft Miss Crushs linke Hand.

»Oh! Das bin ich!« verkündete sie piepsend. »Ich meine, ich war es.«

»Dann sagen Sie es noch einmal, Madam«, sagte Jowett, der sich merklich anstrengen mußte, um freundlich zu bleiben.

»Ich spüre eine Anwesenheit«, sagte Miss Crush tonlos.

»Versucht hier jemand, Kontakt aufzunehmen?« fragte Cribb bedeutend überzeugender. Die ganze Situation war ja beinahe lächerlich, und man konnte sich nur zu leicht vorstellen, was die anderen in der Kantine des Yard daraus machen würden, aber da er sozusagen bis zum Abgrund gegangen war, wollte er nun nicht zitternd davor stehenbleiben.

»Überhaupt nichts«, sagte Nye nach fünf Sekunden. »Meiner Meinung nach ist die ganze Sache sinnlos.«

»Ist da jemand?« fragte Cribb. Er drückte die Sohlen seiner Stiefel gegeneinander und klackte dreimal vorsichtig mit den Absätzen.
»Haben Sie das gehört?« wollte Miss Crush wissen.
Noch bevor jemand antworten konnte, hörte man es fünfmal klopfen. Es schien aus Alices Richtung zu kommen.
»Alphabet«, sagte Dr. Probert mechanisch.
»Das ist gar nicht notwendig«, meinte Miss Crush. »Wir wissen doch, daß es Onkel Walter ist.«
Cribb klackte dreimal, um dies zu bestätigen, und löste zur gleichen Zeit seine Hand aus Miss Crushs Griff. Sie sagte nichts. Cribb hatte zwei Finger gegen die Handfläche gedrückt und so verhindert, daß zu viel von dem Flußspat angerieben wurde, den er vor der Séance sorgfältig aufgetragen hatte. Die Hand war warm, weil er sie vor wenigen Minuten vor den Kamin gehalten hatte.
»Ich erinnere mich, daß man uns zu diesem Zeitpunkt das zweifelhafte Vergnügen einer Geisterhand gönnte«, sagte Strathmore mit gelangweilter Stimme, die sich jedoch plötzlich zu dem erstaunten Ausruf wandelte: »Bei meinen Augen! Da ist sie!«
Vielleicht weil Cribb nicht die Gelegenheit gehabt hatte, Brands Vorführung zu sehen, waren seine Handbewegungen anders, sie erinnerten eher an Verkehrsregulierung denn an die Leitung des Chores der Unsichtbaren, aber der Flußspat leuchtete tapfer und provozierte bewundernde Aufschreie.
»Wie zum Teufel kommt denn das hier her?« fragte Nye. »Wir wollen keine Wiederholung der bedauerlichen Episode vom letzten Mal.«
»Sie können es nicht aufhalten!« rief Miss Crush aufgeregt. »Ich spüre schon, wie etwas an meinem Kleid zerrt.«
»Ich auch«, sagte Alice und fügte schnell hinzu: »Es streicht nur ganz leicht über den Saum, William, das ist alles.«
Die Geschwindigkeit, mit der die Ereignisse abliefen, überraschte Cribb. Eine Orange traf Nye, bevor der überhaupt

Gelegenheit hatte, wegen des Kleides zu protestieren. Cribb bemerkte, daß Dr. Probert seine linke Hand nicht mehr hielt. Eine weitere Orange flog über den Tisch. Ein Schimpfen von Nye zeigte den zweiten Treffer an.
»Ich muß schon sagen!« rief Strathmore. »Diese Ähnlichkeit führt zu weit!«
»Bitte Licht«, sagte Cribb.
Dr. Probert gehorchte und ging zum Schalter, aber erst, nachdem eine weitere Orange ihr Ziel gefunden hatte. Als die Lichter angingen, sah man Nye unter den Tisch geduckt.
»Mein armer William!« sagte Alice und beugte sich vor, um ihm über die Stirn zu streichen, wo sich ein roter Fleck zeigte. »Du hast sicher überall Prellungen.«
»Ich möchte wissen, wer so verdammt gedankenlos war und dort eine frische Schale mit Orangen hinstellte«, murmelte Nye.
»Es geschah auf meine Anordnung«, sagte Jowett. »Sehr anständig von Ihnen, auch diese zweite Knüppelei so mannhaft zu ertragen. Die East Surreys können stolz auf Sie sein. Nun, meine Damen und Herren, ich glaube, wir haben die erste Hälfte der Séance exakt genug rekonstruiert, mit einer kleinen Ausnahme, die wir nicht übersehen dürfen.« Er stand auf und ging zum Kamin hinter Nyes Stuhl. »Ich erinnere mich, daß am Samstag diese Vase mit Chrysanthemen von einer Orange, die ihr Ziel verfehlte, umgestoßen wurde. So etwa.« Er stieß mit seinem Zeigefinger gegen die Vase und warf sie vorsichtig um. Das Wasser lief über den Sims und tropfte geräuschvoll in den Kamin.
»Verdammt, das ist Mahagoni!« rief Probert und lief darauf zu.
»Das macht nichts, wenn man es danach gut poliert«, sagte Jowett und winkte ihn zurück. »Wenn ich mich recht erinnere, wischte das Medium es mit seinem Taschentuch auf, während wir den Stuhl im Arbeitszimmer untersuchten.«
Mit einem weißen Taschentuch, das er in weiser Voraussicht mitgebracht hatte, machte Cribb sich an die Arbeit, während

die anderen Jowett gehorsam durch den Vorhang in das Arbeitszimmer folgten. Als man nach Cribb rief, damit er auf dem Stuhl Platz nahm, hatte er das Wasser aufgewischt, den Flußspat von seiner Hand entfernt und den Ofenschirm beiseite geschoben.

Er ging ins Arbeitszimmer. Probert und Strathmore hielten schon die Baumwollfetzen und das Salzwasser bereit. Es erinnerte Cribb eher an einen Besuch beim Zahnarzt, mit der Ausnahme, daß sechs Ärzte den Stuhl umstanden und einer von ihnen ein Mörder war.

Probert tauchte zwei kleine Baumwollfetzen in das Wasser und legte sie über die Messinggriffe an den Armlehnen. »Bitte setzen Sie sich, Sergeant, und nehmen Sie die Griffe in die Hand. Captain Nye, seien Sie so gut, gehen Sie in den Keller, schalten den Strom aus und warten Sie, bis ich rufe, daß Sie ihn wieder einschalten können! Alice, würdest du bitte die Kerzen anzünden?«

Wenige Minuten später war der Stuhl fertig, ein sanfter Strom lief durch Cribb und zeigte auf dem Galvanometer beständige 200 an.

Bis auf Cribb kehrte jeder hinter den Vorhang zurück und die Kerzen wurden gelöscht. Das Spiel des Feuers auf den Gesichtern beleuchtete deutliche Zeichen von Furcht, die vorher nicht zu sehen gewesen waren. Ganz gleich wie künstlich die Rekonstruktion bis jetzt gewesen war, der Augenblick, in dem ihr Zweck unausweichlich deutlich werden würde, kam immer näher.

»Haben Sie einen Wert?« fragte Probert.

»198, um 22 Uhr 30«, antwortete Jowett, der neben dem Galvanometer kauerte. Er wandte sich Miss Crush zu. »Haben Sie uns nichts zu sagen, Madam?«

Sie erschrak so sehr, daß ihre Jett-Ohrringe in funkelnde Bewegung gerieten. »O mein Gott. Was wollen Sie denn, daß ich sage?«

»Nur, was Sie in diesem Augenblick auch am Samstag sagten –

daß Sie Grund zu der Annahme haben, daß sich ein Geist in Zimmer befindet, oder etwas in dieser Richtung.«
»Habe ich so etwas wirklich gesagt?« fragte Miss Crush.
»Sie spürten eine Anwesenheit«, flüsterte Alice.
»Ach, heiliges Strumpfband! Natürlich!« Miss Crush streckte ihren Zeigefinger aus. »Ich spüre eine Anwesenheit. Wir haben einen Besucher bei uns.«
»Und ich spüre, wie etwas über mein Haar streicht«, ergänzte Alice, die ein besseres Gedächtnis hatte.
»War das nicht der Augenblick, als wir die Schritte hinter dem Vorhang hörten?« fragte Strathmore.
»Dafür ist gesorgt«, sagte Jowett. »Bitte verhalten Sie sich genauso wie am Samstag.«
Im Kamin knackte ein Holzscheit. Von Miss Crush kam ein Wimmern.
»Haben Sie Ihr Riechsalz dabei, Madam?« fragte Probert.
»In meiner Hand, Doktor, in meiner Hand.«
»Das Galvanometer bleibt ruhig«, verkündete Jowett zur Beruhigung.
Plötzlich hörten sie, wie die Tür zum Arbeitszimmer sich öffnete und dann das unmißverständliche Geräusch von Schritten, die das Zimmer durchquerten und schnell zurückkehrten.
»Das ist eine gottverdammte Unverschämtheit«, rief Cribbs Stimme hinter dem Vorhang.
»Soll ich zu ihm gehen?« fragte Probert.
»Nein«, antwortete Strathmore. »Sie werden sich erinnern, daß er zuerst mich bat, zum Vorhang zu kommen.«
»Dann gehen Sie bitte hin«, sagte Jowett.
Strathmore ging zum Vorhang und öffnete ihn einen Spaltbreit. »Ist alles in Ordnung?«
»Nein, isses nich«, sagte Cribbs Stimme. »Bitten Sie Doktor Probert, zu mir zu kommen.«
»Vergiß nicht, die Schüssel mit dem Wasser umzustoßen, Papa«, meinte Alice hilfsbereit.

Probert spielte sein Rolle mit weniger Eifer als am Samstag, aber jeder hörte, wie die Schüssel mit Wasser umfiel, und dann seinen Ruf nach Kerzen. Jowett zündete zwei an und führte die anderen in das Zimmer, wo Cribb saß.
»Was zum Teufel –« begann Cribb.
»Ist schon gut, Sergeant«, unterbrach ihn Jowett. »Wir können es uns leisten, die weniger druckreifen Ausdrücke auszulassen. Es sind Damen anwesend, wissen Sie. Ist bis jetzt alles in Ordnung?«
»Ja, Sir. Der Professor kam auf das Stichwort herein und ging dann wieder hinaus.«
»Sehr gut. Dr. Probert, ist Captain Nye schon in den Keller gegangen, um das Licht auszuschalten?«
»Ja, Inspektor.«
»Großartig. Und was geschah dann?«
»Wir versuchten, das Medium wieder zu beruhigen«, antwortete Probert.
»Genau. Fühlen Sie sich beruhigt, Cribb?«
»Ja, Sir.«
»Sind Sie bereit zu sterben – natürlich nur simuliert?«
»Ja, Sir.«
»Tapferer Kerl! Ah, ich höre Captain Nye kommen. Bitten Sie ihn doch, wieder hinunterzugehen und den Strom einzuschalten, liebe Miss Probert. Ich glaube, ich bin an diesem Punkt zum Galvanometer zurückgekehrt.« Jowett klang immer mehr wie ein Gastgeber, der unwilligen Gästen ein Gesellschaftsspiel aufdrängen will. Er verließ die anderen, die wie hölzern den Stuhl umstanden und huschte durch den Vorhang. »Großartig!« verkündete er augenblicklich. »Ich habe einen Wert von 195. Wir kommen nun zum letzten Abschnitt der Übung, meine Damen und Herren. Nehmen Sie bitte Ihre Plätze wieder ein.«
Schweigend gingen sie durch die Bibliothek und überließen Cribb seinem simulierten Schicksal.
»Ich habe einen Wert von 200, Mr. Strathmore«, sagte Jowett, sobald jeder Platz genommen hatte.

Strathmore hatte bei der Rekonstruktion zwar keine Notizen mehr gemacht, aber er nickte, da sein Name gefallen war.
Für eine ganze Weile war das, vom Flackern des Feuers abgesehen, die letzte Bewegung in der Bibliothek. Sogar Jowett war nun der Spannung erlegen; er stand mit krampfhaft hinter dem Rücken verschränkten Händen neben dem Galvanometer. Alice saß aufrecht auf der Kante ihres Stuhles, um Miss Crush sofort zu Hilfe eilen zu können, die ihre Flasche mit Riechsalz sechs Zoll von ihrer Nase entfernt hielt. Irgendwo im Haus läutete eine Standuhr zur halben Stunde.
»22 Uhr 30. Die Nadel steht bei 196, ein leichter Abfall, wie mir scheint«, bemerkte Jowett.
»Da bewegt sich etwas. Ich weiß es«, sagte Miss Crush.
»Ganz ruhig, Madam!« brummte Probert.
»Der Mann hinter dem Vorhang ist ein Sensibler«, beharrte sie. »Guter Gott, das Zimmer wird kälter! Was ist das nur, Captain Nye? Was ist das?«
Nye, der offensichtlich nicht antworten wollte oder nicht konnte, hob nur die Hand und zeigte nach vorn. Seine Augen wollten ihm schier aus den Höhlen quellen. Sie waren auf einen Gegenstand gerichtet, der zwischen den beiden Hälften des Vorhangs aufgetaucht war. Es war eine weiße, sich bewegende Hand.
»Der Herrgott steh uns bei«, rief Miss Crush und hielt sich das Riechsalz vor die Nase.
Die Hand kam nun weiter aus dem Vorhang heraus, man sah das Gelenk und einen weißbekleideten Unterarm.
Captain Nye fiel ohnmächtig auf den Tisch.
»Das Galvanometer mißt immer noch den gleichen Wert!« sagte Jowett. »Strathmore, sehen Sie sich die Nadel an!«
Aber Strathmore hatte, wie alle anderen, nur Augen für die Erscheinung, die hinter dem Vorhang hervor und in die Bibliothek schwebte. Gesicht und Hände waren so weiß wie das leichentuchähnliche Gewand, das sie umgab. Das Riechsalz hatte Miss Crushs Sinne geschärft. »Ich erkenne es!« rief sie.

»Sehen Sie sich nur die Nase und den Backenbart an. Es ist der Geist des armen Cribb, auf seinem Weg ins Fegfeuer. Der Stuhl hat ihn aus unserer Mitte gerissen, wie den armen Peter.«

»Nein, Madam!« sagte Jowett in einem dramatischen Dazwischentreten, das Irvings Auftritten auf den Brettern des Lyceum durchaus ebenbürtig war. »Sergeant, das reicht.«

Die Gestalt blieb stehen.

»Guter Gott!« rief Miss Crush. »Er gehorcht immer noch Befehlen, der arme, unglückliche Kerl. Er hat sich von seinen weltlichen Verpflichtungen noch nicht befreit.«

»Ich fürchte nicht, Madam«, sagte Cribbs Stimme. »Den Polizeidienst wird man so leicht nicht los.« Mit dem Ärmel seines Nachthemds wischte er sich den Talkumpuder von den Lippen. »Ich scheine Captain Nye erschreckt zu haben, Sir.«

»Nicht nur Captain Nye«, sagte Probert. »Was zum Teufel soll denn dieses Spektakel, Inspektor?«

Jowett ließ sich nicht aus der Ruhe bringen. »Ich werde es Ihnen sagen, Doktor. Es war als Demonstration gedacht. Heute abend haben Sie gesehen, was Peter Brand am Samstag vorgehabt hatte: eine Geistererscheinung. Nach seinem Tod entdeckten wir, daß er ein bodenlanges Nachthemd, wie jetzt Cribbs, unter seiner Kleidung trug. In einer Tasche fanden wir eine kleine Tüte mit Talkumpuder für Gesicht und Hände, um ihnen die gespenstische Blässe zu geben, Sie verstehen. Ich gebe ja zu, das klingt wie ein Gesellschaftsspiel, aber in dem ungewissen Licht des Feuers und vor Anwesenden, die schon andere Erscheinungen gesehen haben, hätte es, so glaube ich, durchaus überzeugen können. Sogar Cribbs Stegreifvorstellung heute abend scheint einige von Ihnen beeindruckt zu haben. Geht es Ihnen jetzt besser, Captain Nye?«

»Ausgezeichnet«, entgegnete der Captain über einer Flasche Riechsalz. »Habe in letzter Zeit nicht genug geschlafen.«

Alice Probert runzelte die Stirn über das, was Jowett gesagt hatte. »Aber wenn Peter Brand sich so verkleidet – oder besser entkleidet – und den Stuhl verlassen hätte, dann hätten wir es doch bemerkt, sobald er die Hände von den Griffen genommen und so den Stromkreis durchbrochen hätte.«

»Eine wichtige Beobachtung, Miss Probert«, sagte Jowett, der seine Rolle als Rätsellöser offensichtlich genoß. »Kommen Sie doch bitte hierher und überprüfen Sie das Galvanometer.«

Die Einladung war für Alice bestimmt, aber es folgten ihr alle.

»Verdammt, dieses Ding zeigt ja immer noch 196 an!« sagte Probert. »Da stimmt etwas nicht.«

»Es muß jemand anderes im Stuhl sitzen!« sagte Alice. »Ein Komplize! Der große Polizist mit dem Bart.«

»Nein, Miss Probert, da irren Sie sich«, erwiderte Jowett. »Kommen Sie und sehen Sie selbst.« Er ging zum Vorhang und zog ihn mit theatralischer Geste auf.

Im Stuhl saß niemand. Nur war jetzt zwischen den Griffen ein Taschentuch gespannt.

»Was tut dieser verdammte Schnupflappen hier?« wollte Probert wissen.

»Er vertritt Sergeant Cribb, Doktor«, antwortete Jowett. »Sie können sich gar nicht vorstellen, wie weit man ein Taschentuch dehnen kann, wenn Sie es nicht schon selbst einmal bei den Enden genommen und gesehen haben, wie lang es ist. Man kann es sehr gut zwischen Griff und Armlehne stecken.«

»Ein Taschentuch leitet keinen Strom«, sagte Dr. Probert.

»Ein nasses schon«, erwiderte Jowett. »Und dieses hier ist schön naß, weil damit das Wasser aus der Vase, die ich umgeworfen habe, aufgewischt wurde. Das haben Sie sehr gut gemacht, Cribb, und auch sehr natürlich.«

»Vielen Dank, Sir«, sagte Cribb.

»Es war ja gar nicht unsere Idee«, fuhr Jowett fort, nachdem er Cribb das Maß an Lob zugestanden hatte, das gut für ihn war. »Es war Brands. Und er war schlau genug, die Chrysanthemen mit einer Orange umzuwerfen – sofern nicht jemand in der Dunkelheit die Hand ausgestreckt hatte, um dabei etwas nachzuhelfen, aber ich vermute, das werden wir nie erfahren. Auf jeden Fall hatte er einen einleuchtenden Grund, sein Taschentuch naß zu machen, indem er so freundlich anbot, das Wasser selbst aufzuwischen. Danach steckte er es wieder in seine Tasche zurück und setzte sich auf den Stuhl.«

»Aber wie konnte er das Tuch aus der Tasche ziehen, wenn er sich an den Griffen festhielt?« fragte Strathmore.

»Das ist einfacher, als es zunächst aussieht. Natürlich konnte er die Hände nicht von den Griffen nehmen, ohne den Stromkreis zu unterbrechen, aber der Rest seines Körpers hatte immer noch genug Bewegungsfreiheit. Es dürfte nicht schwer gewesen sein, die Tasche in eine Position zu bringen, in der er das Tuch mit dem Daumen seiner rechten Hand herausziehen konnte. Solange die Handfläche fest auf dem Griff blieb, konnte er mit den Fingern das eine Ende des Taschentuchs so befestigen, wie Sie es hier sehen. Dann brauchte er das andere Ende nur noch mit den Zähnen aufzunehmen, es auf die linke Seite ziehen und am Griff zu befestigen. So blieb der Stromkreis intakt und er konnte den Stuhl verlassen, indem er seinen Oberkörper unter dem Taschentuch hindurchwand. Sergeant Cribb ist kein Schlangenmensch, aber er scheint dies ohne Schwierigkeiten geschafft zu haben. Oder, Sergeant?«

»Ja, Sir.«

»Den Rest haben Sie ja selbst gesehen«, sagte Jowett und breitete die Arme aus.

Nye runzelte die Stirn. »Jetzt haben wir gesehen, was der arme Kerl vorhatte, aber Sie haben uns noch nicht gezeigt, wie er getötet wurde.«

»Das ist eine andere Frage, Captain, aber Sie werden die Antwort erhalten, wenn Sie freundlicherweise in den Keller gehen und den Strom wieder abschalten – ich versichere Ihnen, zum letzten Mal. Und Cribb, soviel ich weiß, wartet Constable Thackeray vor der Tür. Bitten Sie ihn doch herein!«

»In diesem Aufzug?« fragte Cribb unter Stirnrunzeln.

»Ich bitte darum. Danach können Sie hinter den Vorhang treten und wieder normale Kleidung anziehen. Ich brauche

Thackeray als Leiche. Er hat ja Erfahrung mit dieser Rolle, wie Sie mir sagten.«
»Das stimmt, Sir. Er macht das sehr natürlich.« Cribb unterbrach sich, denn ihm fiel etwas ein. »Ich hätte noch eine Bitte. Ich möchte gern zuerst Jacke und Hose anziehen. Thackeray soll mich nicht so sehen. Es ist nicht gut für die Disziplin.«
»Wirklich?« Jowett betrachtete nachdenklich das Nachthemd. »Ich nehme an, Sie haben recht. Aber beeilen Sie sich. Wir können die Leute nicht bis Mitternacht hierbehalten, wissen Sie.«
»Ich hoffe, es wird niemandem Kummer bereiten, wenn ich den Constable jetzt bitte, die Position einzunehmen, in der wir Mr. Brand fanden«, fuhr Jowett fort, nachdem Thackeray mit einer Binde über dem Auge eingetreten war.
Niemand widersprach, obwohl Captain Nye Thackeray wie gebannt anstarrte, die Stirn runzelte und den Kopf zuerst leicht auf die eine, dann auf die andere Seite neigte. Der Constable war froh, daß er sich umdrehen, in den Stuhl setzen und seine Rolle als Elektroschockleiche spielen konnte. Nachdem er sich steif gegen die linke Seite des Stuhls gelehnt hatte, bemerkte er mit zusammengebissenen Zähnen: »Eigentlich sollten mir jetzt die Haare zu Berge stehen, Sir.«
»Das ist für unsere Zwecke realistisch genug«, sagte Jowett. »Jetzt, meine Damen und Herren, möchte ich, daß Sie vor allem auf die Position der linken Hand achten. Sie umfaßt nicht den Griff, wie man vielleicht erwarten könnte. Bei einem elektrischen Schock verkrampfen sich die Muskeln, und die Hand packt Gegenstände, die sie zuvor hielt, nur noch fester. Aber was geschah hier? Der linke Arm baumelte über der linken Lehne. Thackeray, Sie können sich entspannen.«
»Vielen Dank, Sir.«
»Wir fragten uns also, warum die Leiche in dieser Stellung lag«, fuhr Jowett fort.
»Vielleicht war das Taschentuch auf den Boden gefallen und er wollte es eben aufheben«, schlug Alice vor. »Er hätte den

linken Griff zwischen die Zähne nehmen können, um den Stromkreis nicht zu unterbrechen.«

»Das ist sehr klug gedacht, Miss Alice«, sagte Jowett. »Aber es stimmt nicht ganz mit den Tatsachen überein. Brand hätte keinen vierhundert Volt starken Schlag erlitten, wenn er nur getan hätte, was Sie meinen.«

»Einen Schlag wie diesen konnte er nur erhalten, wenn er das Hauptkabel berührte«, sagte Probert, »aber das ist hinter dem Stuhl außer Reichweite. Das sieht doch jeder.«

»Richtig, Doktor«, entgegnete Jowett. »Aber lassen Sie uns annehmen, daß das nasse Taschentuch nicht auf dem Boden lag, wie Ihre Tochter meinte, sondern hier.« Er deutete auf den Transformator. »Nehmen wir einmal an, daß das eine Ende des Tuches am Pluspol des Kastens befestigt war. Was, glauben Sie, würde geschehen, wenn das Medium die Hand ausstreckte, um das Taschentuch aufzuheben – was ja für seine Zwecke von größter Wichtigkeit war, wie wir gesehen haben?«

»Er würde sterben, sobald er es berührte«, sagte Strathmore. »Aber wollen Sie uns wirklich glauben machen, daß das Taschentuch vom Stuhl fiel und genau drei Fuß entfernt am Pluspol hängenblieb?«

»Nein, Sir«, antwortete Jowett. »Es wurde absichtlich dort befestigt.«

»Aber das wäre ja Mord!« rief Nye.

»Das war es auch.«

»Einen Augenblick, meine Herren!« warf Alice dazwischen. »Ich glaube, Sie haben etwas vergessen. Wenn die Theorie der Wahrheit entspräche, hätte das Taschentuch ja noch am Transformator befestigt sein müssen, als wir den armen Mr. Brand fanden.«

»Das hätte es wirklich«, entgegnete Jowett, »aber es war nirgends zu sehen. Und interessant ist auch, daß ein Taschentuch nicht unter den Gegenständen war, die wir bei Mr. Brands Leiche fanden. Wir sind aber ziemlich sicher, daß er eins hatte, weil er ja das Chrysanthemenwasser damit aufwischte. Es gibt dafür nur eine mögliche Erklärung: Einer von Ihnen muß es aufgehoben haben – nach dem Mord an Mr. Brand.«

Es mußte ja inzwischen immer deutlicher geworden sein, worauf Jowett hinauswollte, aber seine Schlußfolgerung verblüffte trotzdem jeden. Miss Crush schnappte so heftig nach Luft, daß man kaum sagen konnte, wieviel kleinere Atemzüge zur gleichen Zeit passierten.

Probert reagierte als erster. »Bevor Sie anfangen, Behauptungen über Anwesende aufzustellen, Inspektor, sollten Sie unmißverständlich klarstellen, daß dies eine Theorie ohne die geringsten Beweise ist. Ich bin zwar kein Richter, aber ich weiß genug über die Arbeitsweise der Gerichte, um festzustellen, daß nicht einmal der Generalstaatsanwalt selbst ohne Augenzeugen beweisen könnte, was Sie hier behaupten. Wir wollen doch sehen, ob wir einen haben. Meine Damen und Herren, sah irgend jemand von Ihnen ein Taschentuch am Transformator befestigt, wie Inspektor Jowett vermutet?« Mit fragend hochgezogenen Augenbrauen sah er jeden einzeln an. »Sehen Sie. Kein einziger Zeuge. Sie können ja nicht einmal das verflixte Taschentuch vorlegen! Es ist, als wollte man eine Vergiftung ohne Arsen beweisen.«

Das war offensichtlich nicht die Antwort, die Inspektor Jowett erwartet hatte. Er runzelte die Stirn und rieb sich die Wange. Er sah wie ein Zauberer aus, der seinen Stab geschwungen hatte, nun aber kein Kaninchen aus dem Zylinder ziehen konnte.

»Es klingt einleuchtend, das gebe ich ja zu«, fuhr Probert fort, der jetzt seinen Vorteil nutzte. »Aber Sie haben keine Beweise. Es gibt nichts auf der Welt, was beweisen könnte, daß das Taschentuch je am Transformator befestigt war.«

Sergeant Cribb, der bis jetzt nur Zuschauer gewesen war, steckte seine Hand in die Tasche. Die Bewegung, so gering sie auch war, lenkte die Aufmerksamkeit von Jowetts bleichem Gesicht ab. Cribb zog ein Notizbuch heraus, blätterte methodisch durch die Seiten, fand die richtige Stelle und öffnete es.

»Sie verlangen einen Beweis, Sir. Dies hier habe ich auf dem Teppich neben dem Transformator gefunden.« Er ließ zwei dünne Blättchen, beide nicht länger als ein Zoll, in seine Hand gleiten und zeigte sie herum.
»Was zum Teufel ist denn das?« fragte Probert.
»Blütenblätter von Crysanthemen«, antwortete Cribb. »Sie waren wohl in Brands Taschentuch hängengeblieben, als der den Kaminsims abwischte. Winzige Dinger, nicht? Ich nehme nicht an, daß Sie sie am Samstag bemerkten, als Sie nach Brands Tod sein Taschentuch aufhoben, Doktor.«

Fünfzehntes Kapitel

Nun denn! Doch glaubt Ihr mir auch?
Ihr habt gehört, was ich gestanden.
Ich nehme nichts zurück.

»Inspektor Jowett«, sagte Probert. »Muß ich annehmen, daß Ihr Untergebener hier das Recht hat, mich in meinem eigenen Haus und vor meiner Tochter und meinen Gästen auf so unverschämte Weise zu beschuldigen?«

»Sie leugnen es, Sir?« fragte Cribb, bevor Jowett antworten konnte.

»Verdammte Unverschämtheit!« rief Captain Nye. »Dr. Probert ist ein Mitglied der Royal Society. Ich kann das Betragen dieses Menschen nicht ausstehen, Inspektor, ebensowenig wie den Anblick dieses anderen mit der Binde über dem Auge. Wenn Sie uns nicht gesagt hätten, daß er Polizist ist, hätte ich schwören können, ihn kürzlich unter sehr unangenehmen Umständen kennengelernt zu haben. Ich weiß nicht, was aus der Polizei noch werden soll, wenn Männer seiner Schicht in Privathäuser gebracht werden, um ehrbare Bürger zu beleidigen.«

»Sergeant Cribb und Constable Thackeray sind zwei der erfahrensten Detektive von Scotland Yard«, sagte Jowett. Es hätte eigentlich eine Zusicherung von Vertrauen sein sollen. Schade war nur, daß Jowetts Betonung es eher wie das Zugeständnis klingen ließ, die Polizei habe Personalprobleme. »Ich bin mir sicher, daß eine Beleidigung nicht beabsichtigt war.«

Cribb bestätigte das mit einem Nicken und fügte versöhnlich hinzu: »Ich stelle nur Tatsachen fest.«

Als Reaktion verzogen sich Captain Nyes Lippen noch mehr. Nicht genug, daß er aussah wie ein Kamel, jetzt klang er auch wie eins.
»William, bitte«, bat ihn Alice. »Uns zuliebe, bleib ruhig.«
Auch Inspektor Jowett wollte eine Szene vermeiden. Er beugte sich zu Cribb hinüber. »Es ist vielleicht vernünftiger, wenn Sie zurückziehen, Sergeant.«
Gedacht war es als vertrauliche Bemerkung, aber Probert beeilte sich zu zeigen, daß er sie gehört hatte. »Nein, das ist nicht notwendig. Der Sergeant hat offensichtlich einen Fehler gemacht, mein Wort muß ihm hierbei genügen. Ich betrachte den Vorfall als beendet.«
»Nicht ganz«, warf Strathmore mit der mitleidlosen Beharrlichkeit eines Suchers nach der Wahrheit ein. »Wenn die Behauptung nicht zu beweisen ist, dann steht Ihnen zumindest eine Entschuldigung zu. Der Detektiv scheint auf seine Beweise zu vertrauen. Dann soll er sie auch vorbringen. Sergeant, welchen Grund haben Sie für die Behauptung, Dr. Probert habe das Taschentuch aufgehoben?«
Cribb sah Jowett an, der sich zwar nicht eben wohl fühlte, aber dennoch nickend seine Zustimmung gab.
»Nun, Sir, Sie werden sich daran erinnern, daß wir, als wir am Samstagabend den Vorhang wegzogen und den toten Mr. Brand fanden, auf diesen Anblick nicht vorbereitet waren.«
»Nicht vorbereitet!« rief Alice. »Wenn das keine Untertreibung ist, habe ich noch nie eine gehört!«
»Wenn Sie es sagen, Miss«, entgegnete Cribb. »Wichtig ist, daß sich unsere Blicke auf Mr. Brand konzentrierten. Wir bemerkten nicht, daß ein Taschentuch am Transformator befestigt war. Beobachtungen sind ja mein Beruf, aber ich gebe gern zu, daß ich so mit dem Aussehen des Verstorbenen beschäftigt war, daß ich nicht hinter den Stuhl sah. So etwas bemerkt man erst bei einem zweiten Blick, als ich aber zu diesem zweiten Blick kam, war dort kein Taschentuch mehr.«
»Soll man sich darüber wundern?« fragte Probert. »Sie gingen

doch nach oben, um Professor Quayle zu verfolgen. Als Sie und der Inspektor in die Bibliothek zurückkamen, hatten wir die Leiche bereits vom Stuhl gehoben. Jeder einzelne von uns hätte dieses verflixte Taschentuch einstecken können.«

»Das stimmt, Sir. Jeder *einzelne* ist der richtige Ausdruck dafür. Es war eine einsame Handlung. Kein anderer sah zu, wie Sie das Taschentuch aufhoben, denn sonst hätten wir es ja vor wenigen Minuten erfahren.«

»Aber warum Papa?« fragte Alice. »Warum behaupten Sie immer wieder, daß Papa derjenige war?«

»Ich werde es erklären, Miss. Aber zuerst müssen Sie mir eine Frage beantworten. Können Sie sich nicht erinnern, was Sie taten, nachdem der Vorhang zurückgezogen war und Sie sahen, was geschehen war?«

»Natürlich. Ich war bei Miss Crush. Sie wollte nach vorne stürzen, wie um Mr. Brand zu berühren. Papa schrie sie an, Sie hielten sie zurück, und dann wurde sie ohnmächtig. Ich half, sie auf die Couch zu tragen, und tat alles, was man bei einem Kollaps tun sollte, die Kleider lockern zum Beispiel.«

»Vielen Dank, meine Liebe«, sagte Miss Crush und legte ihre Hand auf Alices Arm.

»Und Sie, Sir«, fuhr Cribb, zu Nye gewandt, fort. »Was haben Sie getan?«

Dem Captain bereitete es ganz offensichtlich kein Vergnügen, die Fragen eines Beamten ohne Offiziersrang beantworten zu müssen, und er starrte deshalb arrogant in die Luft, während er sprach. »Was ich tat? Was ich schon die ganze Woche zu tun scheine. Ich ging nach unten, um den verdammten Strom auszuschalten.«

»Wie lange brauchten Sie, um nach unten zu kommen?«

»Keine Ahnung. Höchstens ein paar Sekunden, nehme ich an. Sobald ich das Ding abgeschaltet hatte, rief ich zu Ihrem Inspektor herauf.«

»Ah ja.« Cribb wandte sich an Jowett. »Und ich glaube, Sie warteten am Treppenabsatz, Sir?«

»Das stimmt«, bestätigte Jowett. »Ich rief dann Dr. Probert zu, daß der Strom ausgeschaltet sei.«

»Vielen Dank, Sir.« Cribb sprach nun zu Strathmore: »Wo waren Sie, Sir, als Inspektor Jowett rief, der Strom sei abgeschaltet?«

»Ich stand neben dem Kamin in der Bibliothek«, antwortete Strathmore. »Dr. Probert hatte mich gebeten, Kerzen zu holen, wie Sie sich erinnern werden, denn wir mußten ja das Arbeitszimmer beleuchten.«

»Ich erinnere mich, Sir«, sagte Cribb mit einem Kopfnicken. »Wir haben also ein deutliches Bild der Situation, meine Damen und Herren. Als die Nachricht kam, daß der Strom abgeschaltet sei, zündete Mr. Strathmore in der Bibliothek Kerzen an. Miss Crush war ohnmächtig. Miss Probert und ich waren bei ihr. Captain Nye war im Keller und Inspektor Jowett stand am Treppenabsatz. Sie waren die einzige Person hinter dem Stuhl, Dr. Probert, und zu diesem Zeitpunkt hoben Sie wohl das Taschentuch auf und steckten es ein. Sofort danach brachte Mr. Strathmore die Kerzen, und nun hätten Sie es nicht mehr unbeobachtet tun können, ebensowenig wie irgend jemand anderes.«

Einige Sekunden lang herrschte Schweigen, währenddessen die Anwesenden sich die Bedeutung von Cribbs Argument durch den Kopf gehen ließen. Langsam wandten sich alle Augen Dr. Probert zu, so als wären alle übereingekommen, daß er sich jetzt rechtfertigen müsse.

Alice war die letzte, die ihn ansah, und die erste, die etwas sagte: »Papa, das ist nicht wahr, oder?«

Probert zog ein Taschentuch aus der Tasche, offensichtlich ohne zu bemerken, welchen Eindruck diese normalerweise unverfängliche Handlung auf die anderen machte. Er schneuzte sich und Miss Crush sprang hoch vor Schreck. »Nun gut«, sagte er. »Sie sollen die Wahrheit hören. Ich hob das Taschentuch wirklich auf, so wie Sie sagen, Sergeant.«

»Nein!« rief Alice und wurde weiß. »Aber warum, Papa, warum?«

»Das sollte doch jedem klar sein«, erwiderte Probert. »Ich sah den Toten vor mir liegen, und ich hatte die Chance, die Schande einer Ermittlung in einem Mordfall in meinem Haus zu verhindern, deshalb steckte ich das Taschentuch ein, sobald der Strom abgeschaltet war. Ich habe es dann später verbrannt. Das war alles.«

»Ich glaube nicht, Sir«, sagte Cribb.

»Wollen Sie mir widersprechen?« fragte Probert, eher wirklich fragend denn herausfordernd.

»Wir müssen die Wahrheit herausfinden. Sie sagten, Sie wollten nicht, daß man in Ihrem Haus weges eines Mordes ermittelte, aber was ließ Sie an Mord denken? Ein Taschentuch ist normalerweise keine tödliche Waffe.«

»Es war mit dem Pluspol des Transformators verbunden«, stellte Probert fest.

»Das bezweifle ich ja gar nicht, Sir. Ich bezweifle nur, daß es Sie genau in diesem Moment auf den Gedanken brachte, daß ein Mord geschehen war. Für mich hätte es immer noch nach einem Unfall ausgesehen. Aber vielleicht hatten Sie den Gedanken an Mord schon früher.«

»Vater!« rief Alice. »Er hat kein Recht, so mit dir zu sprechen!«

Dr. Probert war viel zu verlegen, um Sergeant Cribb irgendwelche Rechte streitig zu machen. Mit einem Wink seiner Hand brachte er Alice zum Schweigen. »Sergeant, ich bin mir nicht ganz sicher, wie das geschehen konnte, aber ich stehe jetzt mit dem Rücken gegen die Wand. Wenn Sie mein volles Geständnis des Mordes an Peter Brand wollen, bin ich bereit, es abzulegen, aber ich würde es vorziehen, dies nicht vor allen diesen Leuten zu tun, die ja meine Freunde und meine Familie sind.«

»Vater!« weinte Alice. »Es kann nicht wahr sein. Es ist nicht wahr!« Sie lief zu Probert und packte ihn am Arm. »Sag, daß es nicht wahr ist!«

»Geh nach oben zu deiner Mutter und bring es ihr so schonend wie möglich bei«, entgegnete Probert.

Cribb hob die Hand. »Bevor Sie das tun, Miss, müssen Sie Ihrem Vater etwas sagen. Ich will, daß Sie ihm mit Ihren eigenen Worten sagen – damit er erkennt, daß Sie die Wahrheit sprechen –, daß Sie Peter Brand nicht ermordet haben.«

»Meinen Sie das ernst?« fragte Alice.

»Ich hab' noch nie etwas ernster gemeint. Ihr Vater glaubt, daß Sie Peter Brand töteten, um ihn wegen einer gewissen Sache, die Ihre Besuche in einem Hutgeschäft betrifft, zum Schweigen zu bringen. Am Abend der Séance war es ihm nicht entgangen, daß Sie mit Brand zusammenarbeiteten, indem Sie auf den Tisch klopften und behaupteten, die Geisterhand hätte Sie berührt. Er schloß daraus, daß das Medium Sie erpreßte, und als man die Leiche fand, nahm er an, daß Sie dafür verantwortlich waren. Er steckte das Taschentuch ein, um die Aufmerksamkeit von Ihnen abzulenken. Wenn Sie ihn nicht davon abbringen können, wird er ein falsches Geständnis ablegen, um Sie vor dem Henker zu retten, wie er glaubt. Es ist eine bewundernswerte Haltung und ich bin sicher, wir alle werden ihm dafür Beifall spenden, aber ich hoffe, Sie können ihn davon überzeugen, daß es nicht notwendig ist. Constable Thackeray schreibt nicht gern Protokolle, nur um sie danach wieder zu zerreißen.«

Alice hatte mit einem Gesichtsausdruck zugehört, der sich von Unglauben zu Erstaunen und schließlich zu Schrecken gewandelt hatte. Sie schüttelte langsam den Kopf, für Sekunden war es ihr unmöglich zu sprechen.

Dafür sprang Miss Crush ein. »Es wäre ja schon sehr außergewöhnlich, jemand wegen einer Sache, die in einem Hutgeschäft passiert ist, umzubringen.«

»Es ist einfach unglaublich!« sagte Alice. »Papa, du hast doch das nicht wirklich geglaubt, oder? Ich stimmte zu, Peter Brand bei der Séance zu helfen, damit er mit unserer Familie keinen Unfug anstellte, aber das habe ich doch alles erklärt. Du *weißt*, warum ich dort meine Kleider wechselte.« Sie nahm ihren Vater beim Arm und suchte in seinem Gesicht nach einem Zeichen von Verständnis.

Er vermied ihren Blick. »Ich weiß, daß du dein Verhalten erklärt hast, Alice, aber diese Unterhaltung fand doch am Sonntag statt. Als ich ihn am Samstagabend tot sah, konnte ich nur denken, daß du etwas damit zu tun hattest. Du bist immer schon ein sehr eigensinniges Mädchen gewesen. Ich entdeckte das Taschentuch und wußte, wie es geschehen war.«

»Aber so stark hat mich Peter Brand auch wieder nicht belästigt!« rief Alice. »Ich half ihm bei der Séance doch nur, um dir Peinlichkeiten zu ersparen. Aber das war doch kein Grund, ihn zu töten. Wenn es mir sehr viel ausgemacht hätte, dann hätte ich William gebeten, ihn anständig zu verprügeln.«

»Bei Gott, ja!« sagte Nye mit Begeisterung. »Der Gauner hätte es verdient. Nur schade, daß er jetzt nicht da ist, ich würde ihm seine Nase schon verbiegen.«

»Erzürnen Sie die Toten nicht«, warf Miss Crush mit drohend erhobenem Finger ein.

»Papa«, sagte Alice. »Du siehst doch jetzt, wie lächerlich dein Verdacht war, oder?«

»Ich muß mich setzen«, antwortete Dr. Probert. »Constable, darf ich bitten?«

Thackeray sprang mit einer für eine Leiche erstaunlichen Behendigkeit aus dem Stuhl und stellte sich zu den anderen, jedoch immer noch außer Captain Nyes Reichweite. Probert setzte sich auf den Stuhl. »Ja, meine Liebe. Ich glaube dir. Aber *jemand* mußte doch das Taschentuch dort befestigt haben, und mit einem guten Grund.«

Cribb suchte Jowetts Blick. »Wollen Sie es erklären, Sir?«

»Nun, da Sie schon angefangen haben, können Sie ebensogut fortfahren«, erwiderte Jowett, als würde ihn die ganze Sache langweilen.

»Wenn Sie darauf bestehen, Sir. Nun, wir wissen, wie Peter Brand diesen tödlichen Schock erlitt, und wir wissen auch, daß jemand es so eingerichtet haben mußte. Ein Taschentuch fällt nicht einfach von einem Stuhl und windet sich von selbst um einen Pluspol. Wir wissen auch, wann es geschah.«

»Es muß nach der ersten Unterbrechung gewesen sein«, sagte Strathmore. »Wir gingen alle ins Arbeitszimmer, um Brand zu beruhigen, nachdem die Schritte – Professor Quayles, wie wir jetzt wissen – seine Konzentration gestört hatten. Zu diesem Zeitpunkt muß das Taschentuch befestigt worden sein. Wir nahmen dann wieder unsere Plätze ein und hatten einige Minuten lang normale Galvanometerwerte, aber dann muß er gemerkt haben, daß das Taschentuch auf dem Boden lag, und er griff nach hinten, um es aufzuheben – mit tödlichen Konsequenzen.«

»Vielen Dank, Sir«, sagte Cribb. »Genauso würde ich es auch sehen.«

Strathmore lächelte. »Ich meine, schon einmal erwähnt zu haben, daß wir uns als Ermittler durchaus ähnlich sind, Sergeant.«

»Das haben Sie, Sir. Also: Scotland Yard und die Gesellschaft für das Leben nach dem Tod stimmen bei Art und Zeitpunkt des Verbrechens überein. Und sobald man das Wie und das Wann kennt, ist das Wer leichter zu finden.«

»Aber jeder von uns hätte das Taschentuch am Transformator befestigen können«, bemerkte Alice. »Bei dem Kerzenlicht und der ganzen Verwirrung wäre das niemand aufgefallen.«

»Sehr richtig, Miss. Wir müssen deshalb herauszufinden versuchen, wer es am wahrscheinlichsten getan hat.«

»Ein Motiv«, warf Captain Nye ein.

»Ja Sir, das ist wichtig, aber ich dachte an etwas anderes. Motive können sehr nützlich sein, aber wenn jeder eins hat, kann man sich darauf alleine nicht verlassen.«

»Was meinen Sie damit – jeder?« fragte Nye. »Ich möchte wissen, welches Motiv Sie mir unterstellen. Ich hatte kein Interesse am Tod dieses widerlichen kleinen Scharlatans.«

»Es ist nicht notwendig, nach den Motiven zu fragen«, sagte Cribb mit Bestimmtheit.

»Sehr richtig«, pflichtete ihm Miss Crush bei.

»Ich glaube, er dachte, daß du es meinetwegen getan haben könntest«, versuchte Alice es ihrem Verlobten zu erklären.

Nye strahlte. »Daran hatte ich nicht gedacht.«
»Und du bist sehr unbeherrscht«, fügte Alice hinzu.
»Lassen wir also die Motive beiseite«, sagte Cribb schnell. »Es ist Teil der Arbeit eines Detektivs, seine Schlußfolgerungen aus den Umständen des Verbrechens zu ziehen. Die Umstände hier waren sehr außergewöhnlich, weil sie zeigen, daß der Mord von Ereignissen abhing, die niemand voraussagen konnte. Um Peter Brand an einem Elektroschock sterben zu lassen, mußte ein Taschentuch vorhanden sein, nach dem er greifen mußte, der Zweck dieses Taschentuchs war aber Brands Geheimnis; auf dem Teppich mußte ein feuchter Fleck vorhanden sein, damit seine Füße Kontakt aufnehmen und so der Strom durch seinen Körper in die Erde fließen konnte – der wurde, für den Fall, daß Sie es vergessen haben, von Dr. Probert unabsichtlich verursacht; und es mußte sich die Gelegenheit ergeben, das Taschentuch in Position zu bringen – die ergab sich nur zufällig durch Professor Quayles Eindringen, als Brand die Séance unterbrach und erst fortfuhr, als die Anwesenden ihn beruhigt hatten.«
»Langsam klingt es eher nach einem Unfall als nach einer überlegten Handlung«, sagte Strathmore.
»Nein, Sir. Wir müssen weiterhin davon ausgehen, daß jemand das Taschentuch so plazierte, daß es ihn mit Sicherheit töten würde, sobald er es berührte. Was wir allerdings mit Sicherheit sagen können, ist, daß die Tat nicht schon von Anfang an geplant war.«
»Juristisch gesprochen also ohne Vorsatz«, sagte Strathmore.
»Das habe ich nicht gesagt, Sir.«
»Nun, es geschah ohne vorherige Überlegung.«
»Ich würde eher sagen, es war improvisiert«, sagte Cribb. »Der Mörder nutzte die Umstände, die er oder sie nicht selber geschaffen hatte. Sehen Sie, das sagt uns viel über die Art des Verbrechens. Es geschah aus einer schnellen Entscheidung heraus, einer Entscheidung, die erst in der Zeitspanne nach Professor Quayles Unterbrechung möglich wurde. Denn erst

zu diesem Zeitpunkt ließen die Umstände einen Mord überhaupt zu.«

»Irgend etwas mußte geschehen sein«, sagte Alice. »Mr. Brand mußte etwas gesagt oder getan haben, das einen von uns zu diesem plötzlichen Mord trieb. Aber was konnte es gewesen sein?«

»Ich werde es Ihnen sagen, Miss. Es war der Anblick von Peter Brand auf dem Stuhl mit einem Taschentuch zwischen den Griffen. Es zeigte, daß Brand doch nicht mehr war als ein raffinierter Gauner.«

»Aber ich habe das nicht gesehen, Sergeant. Keiner von uns hat gesehen, was Sie da beschreiben. Wir hatten keine Ahnung, daß er so eine Täuschung plante, bis Sie es uns heute abend demonstrierten.«

»Ich muß Sie verbessern, Miss. Einer von Ihnen sah es wirklich. Als Brand nach der Unterbrechung rief, ging jemand zum Vorhang und sah dahinter.«

»Strathmore!« sagte Probert. »Aber er behauptete doch, er könne überhaupt nichts sehen.«

»Glauben Sie mir, Sir, als Mr. Strathmore die Vorhänge beiseite schob, war es hell genug, um ein weißes Taschentuch zu sehen, das zwischen den Armlehnen gespannt war. Deshalb war es ihm bei der Rekonstruktion heute abend so wichtig, deutlich herauszustellen, daß er derjenige gewesen war, der hinter den Vorhang geblickt hatte. Er mußte herausfinden, ob ich wußte, was er am letzten Samstag gesehen hatte.« Cribb wandte sich an Strathmore: »Das wollen Sie doch nicht leugnen, oder, Sir?«

Strathmore wich der Frage aus. »Das ist aber ein dünner Faden, an dem Sie die Mordanklage aufhängen, Sergeant.«

»Es kommt noch mehr, Sir. Zunächst die Frage Ihrer plötzlichen Meinungsänderung in bezug auf Brand. Vor dem Mord waren Sie durchaus bereit zu der Annahme, Ihre zwölfjährige Suche nach einem wirklich geisterbeschwörenden Medium sei von Erfolg gekrönt. Sie sprachen davon, daß Ihr Bericht darüber von Wissenschaftlern in der ganzen Welt gelesen würde – und wer kann es Ihnen verübeln? Wie hätten Sie denn wissen können, daß drei der Anwesenden Brand halfen, Erscheinungen hervorzurufen? Es war doch unvorstellbar, daß Leute wie die Proberts oder Miss Crush zu einer Zusammenarbeit mit einem Hochstapler gebracht werden konnten. Nein, alles wies darauf hin, daß Sie das Endziel Ihrer Gesellschaft erreicht hatten – den wissenschaftlich exakten Beweis für ein Leben nach dem Tod. Kurz, Sir, man hatte Sie getäuscht, und das erkannten Sie in dem Augenblick, als Sie hinter den Vorhang sahen, bevor Brand die Geistesgegenwart hatte, das Tuch wieder in seine Tasche zu stecken. In den Minuten der Verwirrung, als jeder eine Erklärung für die Vorfälle finden wollte, zogen Sie ihm das Tuch wieder aus der Tasche.«

»Mir fällt ein, daß es zum Teil heraushing«, trug Jowett zur Erklärung bei.

»Auf jeden Fall war es nicht schwierig, es in Ihren Besitz zu bringen, während Sie die Drähte wieder anschlossen«, fuhr Cribb fort. »Sobald der Strom abgeschaltet war, knüpften Sie ein Ende um den Pluspol des Transformators und überließen Brand seinem Schicksal.«

Strathmore hatte mit außerordentlicher Gelassenheit zugehört. »Wenn er ein echtes Medium gewesen wäre«, sagte er jetzt, »hätte er das Taschentuch nicht zu berühren brauchen. Meine Tat unterwarf ihn der Prüfung. Ist das wirklich Mord?«

»Diese Frage wird das Gericht entscheiden, Sir, meine Pflicht ist es aber, Sie wegen Mordes zu verhaften, dessen bin ich mir sicher.«

Strathmore holte ein Taschentuch hervor und putzte sorgfältig sein Monokel. »Ich möchte gern den Rest Ihrer Geschichte hören, Sergeant. Was macht Sie denn so sicher, daß ich für Brands Tod verantwortlich war? Mir scheint, Sie hätten den Mord ebenso Dr. Probert zur Last legen können.«

»Gehen Sie zum Teufel!« rief Probert.

»Das werde ich vermutlich auch tun, aber es würde mich interessieren, warum nicht Sie an meiner Stelle gehen.«

»Ich werde es Ihnen sagen«, entgegnete Cribb, dessen Achtung vor Strathmore wuchs. Einen Mann, der einen Mordvorwurf mit so viel Würde ertragen konnte, durfte man nicht gänzlich verachten. »Wenn Dr. Probert Brand getötet hätte, dann wäre das aus einem anderen Grund geschehen, einem Grund, den er bereits seit Freitagabend, einen Tag vor der Séance, hatte. Er hätte Zeit gehabt, den Mord zu planen, und hätte es nicht dem Zufall überlassen. Er hätte einen Defekt in den Transformator einbauen können, der Brand getötet hätte, und das wäre als Unfall akzeptiert worden. Er brauchte das Taschentuch nicht zu verwenden.«

»Aber er steckte es danach ein«, sagte Strathmore.

»Das stimmt – und das überzeugte mich mehr als alles andere, daß er es nicht befestigt hatte. Es war die Handlung eines Mannes in Panik, eines Mannes, der es eben erst entdeckt und seinen Zweck erkannt hatte. Er steckte es ein, weil er glaubte, damit seine Tochter zu schützen. Das muß für Sie die Sache schwierig gemacht haben, Mr. Strathmore, weil Sie ja wollten, daß man das Taschentuch fand, oder nicht?«

»Man hätte die ganze Sache dann wahrscheinlich für einen Unfall gehalten«, stimmte Mr. Strathmore zu.

»Ja, aber Sie hatten noch einen anderen Grund, warum Sie wollten, daß man es fand«, fuhr Cribb fort. »Sie wollten, daß die ganze Welt von Brands Betrug erfuhr, und das Taschentuch wäre der Beweis dafür gewesen. Aber statt dessen sahen Sie sich nun in eine Lage versetzt, in der Sie ihn zwar als Betrüger bezeichnen, es aber nicht beweisen konnten. Auch nach seinem Tod konnten Sie es nicht ertragen, daß jemand ihn noch für echt hielt, und Sie machten Ihren Meinungswechsel sehr deutlich. Ich erinnere mich, daß Captain Nye damals darüber eine Bemerkung fallen ließ.«

»Stimmt genau«, sagte Nye. »Es war eine verdammt schnelle Kehrtwendung, und das sagte ich auch. Sie machten ja auch einige sehr zweifelhafte Bemerkungen über die Rolle meiner Verlobten bei dieser Séance.«

»Mit gutem Recht, wie man gesehen hat«, erwiderte Strathmore. Er überhörte Nyes stotternde Reaktion auf diese Bemerkung und wandte sich Cribb zu. »Vielen Dank für die Erklärung, Sir. Ich sehe ein, daß mein Fehler war, mich unwissenschaftlich verhalten zu haben. Ich stellte Behauptungen auf, von denen ich wußte, daß sie stimmten, die ich aber noch nicht beweisen konnte. Ich hätte abwarten sollen, bis die Obduktion unumstößliche Beweise für Brands Betrügereien lieferte. Ich war unwissenschaftlich, aber ich kann zumindest für mich in Anspruch nehmen, daß ich mich in einer Weise verhalten habe, die mit der Wahrheit zu vereinbaren war, wie ich es in all den Jahren meiner Suche nach Beweisen für ein Leben nach dem Tode versucht habe. Das kann ich nicht von allen meinen Forscherkollegen sagen.« Er sah Cribb mit festem Blick an und schien in diesem Augenblick der am wenigsten schuldbewußte von allen Gästen Dr. Proberts zu sein. »Benötigen Sie meine Aussage sofort, Sergeant, oder werden Sie sie im Revier aufnehmen?«

»Wird man ihn hängen?« fragte Thackeray Cribb in den frühen Morgenstunden, nachdem sich im Polizeirevier von Richmond die Zellentür hinter Strathmore geschlossen hatte.
»Schwer zu sagen. Alle Voraussetzungen für einen klassischen Prozeß sind gegeben. Wahrscheinlich hängt alles von der Frage nach dem Vorsatz ab. Wenn Sie seine Aussagen lesen, werden Sie merken, daß er zwar deutliche Angaben über seine Handlungen gemacht hat, aber nicht über seine Motive. Der kennt sich aus, unser Mr. Strathmore, und er wird auf der Anklagebank sicher eine gute Figur machen. Ja, ich glaube, ein guter Verteidiger hat die Chance, einen Freispruch zu erreichen. Unsere Arbeit ist beendet. Jetzt ist es Sache der Juristen.«
»Die Presse wird ihren großen Tag haben, wenn Miss Crush und Alice Probert im Zeugenstand stehen. Übrigens, Sarge, die Proberts scheinen den wirklichen Grund für Alices ständige Besuche im Hutgeschäft noch immer nicht zu kennen. Sie

wissen nicht, was ich bei meinem Blick durch das Fenster in der *Straße der Ehrenjungfrauen* sah, ebensowenig wie Captain Nye.«

»Es ist besser für alle, wenn sie es nie erfahren«, erwiderte Cribb. »Den Ausgang des Prozesses wird es nicht berühren. Es ist nicht nötig, Captain Nye noch mehr aufzuregen. Ich weiß, er ist ein schrecklicher Langweiler, aber er wird einen soliden Ehemann für Alice Probert abgeben, und sie braucht ja einen sicheren Hafen. Na, wenn Sie daran zurückdenken – wahrscheinlich haben Sie sich das alles nur eingebildet, da oben auf dem schwankenden Spalier zu sitzen und einen Blick durchs Fenster zu erhaschen.«

»Ich bilde mir nichts ein«, protestierte Thackeray. »Ich hatte eine hervorragende Sicht. Die Sonne schien ins Zimmer. Ich war schon immer ein genauer Beobachter.«

Cribb schüttelte langsam den Kopf. »Thackeray, es ist sehr spät, und wir hatten eine anstrengende Woche. Ich hätte gedacht, daß Sie dabei vielleicht gelernt hätten, nicht alles zu glauben, was Sie mit Ihren eigenen Augen sehen, aber das ist offensichtlich nicht der Fall. Ich muß Ihnen etwas von einem polizeilichen Ausrüstungsgegenstand erzählen, von dem Sie vielleicht gar nicht wissen, daß Sie ihn haben. Es ist ihr zugedrücktes Auge, und es ist ebenso wichtig wie Ihre Taschenlampe oder Ihr Knüppel. Ein erfolgreicher Polizist muß wissen, wann er es anwenden soll.« Er legte Thackeray eine Hand auf die Schulter. »Als wir die Proberts kennenlernten, waren sie eine zerstrittene Familie, aber ich glaube, sie haben etwas dazugelernt. Drücken wir doch ein Auge zu und geben ihnen die Möglichkeit, ein wenig Harmonie zu finden.«

»Wenn Sie es sagen, Sarge«, meinte Thackeray. »Aber viel Chancen gebe ich ihnen nicht.«

»Warum nicht?«

»Ich hatte während des Abends etwas bemerkt, das ich Ihnen nicht meldete. Ich – ähm – hatte ein Auge zugedrückt.«

»Oh?« Cribb sah Thackeray lange an.

»Ja. Sie werden sich erinnern, daß ich während der Rekonstruktion der Séance im Gang wartete. Von dem, was drinnen vorging, bekam ich nicht viel mit, aber ich sah, wie Professor Quayle in das Arbeitszimmer schlich und später wieder herauskam.«

»Stimmt schon«, sagte Cribb. »Das tat er ja auch am Samstag. Er hat seine Rolle sehr überzeugend gespielt.«

»Das schon, Sarge. Er hatte sogar eine Flasche Gin in seiner Tasche. Nachdem er das Arbeitszimmer wieder verlassen hatte, ging er nach oben zu Mrs. Proberts Zimmer.«

»Für die Ermittlungen war es zwar nicht unbedingt notwendig, aber ich vermute, daß er einfach seine Bewegungen vom Samstag zurückverfolgte.«

»Das nahm ich auch an, Sarge, und dachte mir, vielleicht sollte ich dann Ihre Rolle spielen und ihm folgen. Na, und da mußte ich ein Auge zudrücken.«

»Was meinen Sie damit?«

»Nun, ich glaube, Mrs. Probert verstand nicht ganz, warum er nach oben kam. Sie öffnete die Tür, aber statt ihm ihr Predigtbuch an den Kopf zu werfen, zog sie ihn ins Zimmer und schloß die Tür hinter ihm. Ich glaube nicht, daß von dem Gin noch viel übrig ist, und ich gebe auch der Harmonie auf Richmond Hill für heute nacht keine allzu großen Chancen, wenn Dr. Probert es herausfindet.«

Cribb lächelte. »Davon würde ich mir nicht den Schlaf rauben lassen, Thackeray. Als ich Dr. Probert das letzte Mal sah, lud er eben Miss Crush ein, sich seinen Etty anzusehen.«

»Na hoffentlich weiß sie, wie man ein Auge zudrückt«, meinte Thackeray.